LE RETOUR D'ARIANE

DU MÊME AUTEUR

L'Arbre à pain, De Borée, 2003 ; Éditions du Papillon, 2009 ; Terre de poche, De Borée, 2011

L'Appel des drailles, De Borée, 2004 ; Éditions France Loisirs 2004 ; GLM, 2006 ; À vue d'œil, 2006 ; Terre de poche, De Borée, 2011

Les Drailles oubliées, De Borée, 2005 ; Éditions France Loisirs, 2005 ; À vue d'œil, 2007 ; Terre de Poche, De Borée, 2014

Le Secret des Terres blanches, De Borée, 2006 ; GLM, 2006 ; À vue d'œil, 2006 ; Terre de poche, De Borée, 2015

L'Arbre d'or, De Borée, 2007 ; Éditions France Loisirs, 2006 ; GLM, 2007 ; À vue d'œil, 2008 ; Terre de poche, De Borée, 2011

L'Arbre à palabres, Mélis Éditions, 2009

Le Brouillard de l'aube, Terre de poche, 2010 ; De Borée, 2011

Les Hauts de Bellecoste, Éditions France Loisirs, 2010 ; De Borée, 2011

Terres noires, Éditions France Loisirs, 2011 ; De Borée, 2012

Les Rives Blanches, Presses de la Cité, 2013 (Prix de l'académie cévenole Le Cabri d'Or 2013) ; Éditions France Loisirs, 2015 ; Pocket, 2020

Les Rochefort, Éditions France Loisirs, 2013 ; Presses de la Cité, 2014 ; Pocket, 2015

L'Enfant rebelle, Éditions France Loisirs, 2014 ; Presses de la Cité, 2015 ; Pocket, 2017

Le Goût du soleil, Éditions France Loisirs, 2015 ; Presses de la Cité, 2016 ; Pocket, 2018

La Promesse à Élise, Éditions France Loisirs, 2016 ; Presses de la Cité, 2017 ; Pocket, 2019

Le Chemin des larmes, De Borée, 2004 (Prix Mémoire d'Oc 2004) ; Presses de la Cité, 2018

L'Héritier du secret, Éditions France Loisirs, 2017 ; Presses de la Cité, 2018 ; Pocket, 2020

Les Sarments de la colère, De Borée, 2009 ; Presses de la Cité, 2019

Dans les yeux d'Ana, Éditions France Loisirs, 2018 ; Presses de la Cité, 2019 ; Pocket, 2021

Les Bonheurs de Céline, De Borée, 2010 ; Presses de la Cité, 2020

Les Enfants de Val Fleuri, Éditions France Loisirs, 2019 ; Presses de la Cité, 2020 ; Pocket, 2021

Le Saut du loup, Presses de la Cité, 2020

Les Fiancés de l'été, Presses de la Cité, 2021

Les Naufragés du déluge, Presses de la Cité, 2022

Christian Laborie

LE RETOUR D'ARIANE

Les Fiancés de l'été

**

Roman

TERRES DE FRANCE

Les Presses de la Cité

92, avenue d'Italie – 75013 Paris
ISBN 978-2-258-19287-4
Dépôt légal : août 2022

Avertissement

Ce roman est une pure fiction. Toutefois, son développement a été placé dans un cadre réel. Si l'auteur a pris des libertés avec la géographie, certains événements et les quelques personnages ayant vécu à l'époque et qu'il a mis en scène, les faits auxquels il se réfère ont été transcrits avec la volonté de rester fidèle au contexte historique.

PREMIÈRE PARTIE

Le retour

1958

1

Florac, Lozère

La vallée somnolait comme au sortir d'une torpeur lancinante. L'été s'affirmait, écrasant les habitants sous une épaisse chape de plomb. C'était chaque année la même ritournelle. Après avoir espéré que le ciel s'embrase pour mettre fin aux froidures de l'hiver, nombreux étaient ceux qui souhaitaient échapper aux touffeurs estivales. Dans la plaine, juillet était le mois des récoltes et, dans le haut pays, celui de l'estive. La vie s'activait dès lors que les bergers revenaient et que leurs bêtes reprenaient possession des pâturages de montagne.

Pour le vieux Félicien, chaque saison était un éternel recommencement. Jamais il ne maugréait contre la chaleur excessive, le froid trop intense, les pluies dévastatrices ou les coups de vent ravageurs qui essoraient le ciel et purifiaient l'atmosphère des miasmes de l'hiver. L'été, il restait tapi à l'ombre de son tilleul séculaire, plongé dans une sieste que rien ne perturbait, pas même les rares automobiles qui se risquaient sur la placette du village de Cazeneuve près de laquelle son mas de pierre blonde défiait le temps tel un roc inexpugnable. Il aimait flâner dehors malgré la forte température, prétextant que l'hiver suffisait bien à la réclusion lorsque l'air se cristallisait et que la bise du nord s'immisçait dans les intérieurs par les interstices des portes et des fenêtres mal jointées.

Au printemps, avec le retour des beaux jours, il trépignait d'impatience pour sortir les quelques brebis qu'il élevait encore afin de ne pas demeurer inactif, ce qu'il expliquait avec fierté quand on lui faisait remarquer qu'il avait mérité de prendre sa retraite.

La retraite ! Il exécrait ce mot qui, dans sa pensée, désignait le recul, l'abandon, comme celui d'une armée en déroute. Il gardait toujours en mémoire ce qu'il avait enduré au cours de la Grande Guerre, les avancées et les replis des troupes françaises devant l'ennemi, la retraite comme salut, immédiatement suivie par la contre-offensive meurtrière qui clouait ses camarades de combat au sol, dans d'effroyables souffrances.

Non, la retraite, Félicien ne voulait pas en entendre parler ! C'était bon pour ces hommes de la ville qui travaillaient dans les bureaux ou dans les usines, qui attendaient chaque mois leur salaire et, à la fin de leur vie, cette oisiveté si longtemps miroitée. En fait, combien de temps profitaient-ils de cette période soi-disant heureuse et tant espérée, tous ces gens qui, parfois, lui signifiaient gentiment qu'à son âge il ferait mieux d'apprécier les quelques années qui lui restaient à vivre ?

À soixante-dix ans révolus, Félicien ne sentait pas le poids des ans sur ses épaules, et il en aurait montré à de plus jeunes que lui s'il lui avait fallu prouver qu'il était toujours capable de tondre ses brebis en un temps record ou de remonter un mur de pierre sèche éboulé après un violent orage !

Toute son existence n'avait été consacrée qu'au dur labeur sur la terre de ses aïeux léguée par son père à sa mort. Une terre de misère et non de cocagne, comme d'aucuns, venus de la ville pour passer quelques jours de vacances au soleil, avaient tendance à croire. Qu'en savaient-ils, ces messieurs de Nîmes, de Montpellier ou de Paris, certains professeurs d'université, d'autres médecins ou ingénieurs en mal de retour à la nature et qui prétendaient que les paysans ne connaissaient pas leur bonheur, loin de la pollution, du trafic automobile et du rythme trépidant de la vie moderne ?

Se détendre ! Les vacanciers qui débarquaient en grand nombre au début des années 1950 n'avaient que ce verbe à la bouche pour justifier leur présence dans une vallée qui, jusque-là, n'avait jamais attiré les foules. Les Cévennes n'étaient pas la Côte d'Azur, et la vallée de la Mimente ne présentait aucune similitude avec celles de la riante et proche Provence ou de l'arrière-pays niçois.

Florac n'était qu'un gros bourg niché entre les contreforts du causse Méjean et ceux des Cévennes. Au-delà, on n'accédait au pays voisin que par des cols aux pentes raides et des routes escarpées. C'était un bout du monde pour qui ne connaissait pas la région, un havre de paix pour qui y habitait et travaillait sans se soucier du tumulte des villes.

★

Félicien était de ceux-là. De ces gens habitués à la vie dure des montagnes. De mémoire de ses ancêtres, jamais depuis des générations un membre de sa famille n'avait quitté le village dont ils étaient originaires, hormis un lointain cousin, parti en Argentine tenter l'aventure au lendemain de la guerre de 1870 et dont la terre qu'il avait donnée en héritage à ses descendants portait depuis le nom évocateur de « L'Amérique ». Il en éprouvait une grande fierté et se sentait redevable au ciel de lui avoir permis de traverser plus de la moitié de ce siècle en bonne santé, sans grands malheurs, mis à part la disparition précoce de ses parents et la tristesse du deuil, à la mort de sa femme, Simone. Choses toutes naturelles, en somme, se consolait-il pour ne pas sombrer dans le chagrin.

Certes, à son retour de la Grande Guerre, en 1918, alors qu'il s'en était sorti miraculeusement indemne, il faillit devenir fou de douleur quand on lui annonça que Jeanne, sa fiancée, ne l'avait pas attendu. Elle lui avait écrit de longues lettres enflammées jusqu'au printemps de l'ultime année de combats. Puis celles-ci s'étaient espacées, raréfiées. Félicien crut que le courrier avait du mal à atteindre le front. Et il ne s'était pas inquiété outre mesure de ce brusque silence, après que la dernière lettre lui fut parvenue.

Une fois rentré chez lui après l'armistice, lorsque ses parents lui apprirent la terrible réalité, il demeura incrédule. Jeanne n'avait pas pu l'abandonner sans explication ! Ne lui avait-il pas promis de l'épouser dès la paix retrouvée ? D'un commun accord, ils avaient décidé d'attendre la fin des hostilités, pour ne pas courir le risque de donner naissance à un orphelin de père si Félicien n'était pas revenu vivant, comme ce fut le cas pour beaucoup de soldats sacrifiés pour la patrie.

Personne dans le village ne lui fournit des nouvelles de Jeanne. Ses parents savaient seulement qu'elle était partie avec un Espagnol, dont le pays n'était pas impliqué dans le conflit. Un maçon catalan, lui avaient-ils avoué, qui travaillait pour un entrepreneur de travaux publics sur la route du Pompidou. En l'absence des hommes mobilisés par la guerre, un certain nombre d'étrangers avaient remplacé ces derniers dans les fermes, les usines, les mines ou à la voirie. Ils rappelaient aux plus anciens l'époque lointaine où les Piémontais avaient afflué dans la région et semé un vent de méfiance à leur égard. Des maris avaient été trompés, des filles avaient quitté leurs parents pour suivre ces Italiens à l'accent chantant et aux paroles hâbleuses. Certains s'étaient enracinés dans le pays, et il n'était pas rare de trouver dans la population des villages cévenols, surtout ceux situés le long des voies ferrées, des Baccala, des Maggiore ou des Tacchini.

Jeanne n'avait pas de famille dans la commune. Issue de l'Assistance publique, elle avait été placée dans des fermes dès l'âge de sept ans. Lorsqu'elle eut atteint ses quatorze ans, des paysans l'avaient recueillie, lui permettant d'échapper enfin à une existence d'orpheline. Sous leur toit, elle vivait heureuse, même si elle n'était pas tout à fait considérée comme leur fille mais encore comme une domestique. Quatre ans plus tard, elle avait rencontré Félicien au bal de la Saint-Jean. Ils s'étaient fiancés deux mois après leur premier baiser.

Lorsque Félicien avait reçu son ordre de mobilisation, il lui avait promis de l'épouser dès son retour. « À Noël, tout sera terminé, l'avait-il rassurée. Et nous nous marierons. » Comme la plupart des appelés, il croyait que la guerre serait brève. Quelques semaines, quelques mois tout au plus ! Mais les événements en décidèrent autrement.

Les absences de Félicien étaient devenues de plus en plus longues. Ses permissions de plus en plus courtes. Lorsqu'il rentrait chez lui, à Cazeneuve, ce n'était plus le même homme que Jeanne retrouvait dans ses bras, mais un soldat désabusé, qui avait perdu sa bonne humeur, sa joie de vivre. Il refusait d'évoquer devant elle ce qu'il endurait chaque jour dans les tranchées, avec ses camarades de combat. Ses nuits étaient très agitées. Et, quand il enlaçait Jeanne par la taille, il semblait toujours ailleurs, englué dans ses pensées, hanté par l'horreur et les visions d'enfer dont il serait bientôt à nouveau témoin.

Jeanne avait fini par perdre patience. Le temps lui avait paru trop long, sans doute, et elle avait dû se laisser charmer par un beau parleur, avait cru Félicien. Elle reviendrait dès qu'elle s'apercevrait de son erreur, ne cessait-il d'affirmer. Il niait l'évidence, dans le fol espoir de la retrouver comme il l'avait quittée lors de sa dernière permission.

Deux années interminables s'écoulèrent. Félicien ne trouva d'exutoire à sa peine qu'en se jetant à corps perdu dans le travail. Ses parents s'inquiétèrent de le voir se refermer sur lui-même au point de refuser de sortir pour les fêtes votives des communes avoisinantes, de renouer avec ses anciens amis revenus du front.

Parti dès l'aube dans la montagne, sa bêche et sa pioche sur l'épaule, il ne rentrait qu'à la tombée de la nuit, éreinté d'avoir soulevé des pierres énormes pour remonter un mur éboulé ou d'avoir retourné des acres de sol ingrat pour les semis de printemps. Plus il s'abrutissait dans l'effort, plus il lui semblait expier une faute qu'il aurait commise et dont il se punissait lui-même. Plus il se sentait proche de Jeanne. Plus il l'aimait. Parfois, il restait absent des jours entiers dans ses terres cultivées en terrasses, dormant à la belle étoile sous un ciel embrasé d'une lumière lointaine et profonde issue d'un autre monde. Il imaginait Jeanne lui tendant les bras et l'attirant vers elle pour se donner à lui sans retenue. Il ne ressentait plus la douleur de son corps ni celle de son âme meurtrie. Ses parents, bien qu'alarmés, évitaient de le raisonner de crainte que n'explose la détresse qui avait envahi son cœur.

Quand il se décidait à rentrer au mas, taciturne, il avalait sans un mot l'assiette de soupe préparée par sa mère et s'affalait sur son lit jusqu'à l'aube. Alors, il partait dans les étoiles et espérait que sa petite Jeanne réapparaîtrait bientôt et qu'il la serrerait à nouveau contre lui.

Petit à petit, Félicien s'était rendu à l'évidence. Jeanne avait disparu.

Il lui avait pardonné de l'avoir délaissé et n'avait jamais connu après elle une autre aventure amoureuse aussi intense. Depuis maintenant plus de quarante ans, il ne l'avait jamais oubliée. Rien n'avait terni son souvenir. Il gardait d'elle une vieille photo couleur sépia, exposée, depuis la mort de sa femme, dans un cadre sur le buffet de la cuisine, juste à côté du poste de TSF qu'il avait acquis pour capter

Radio Londres en 1940. Il ne passait jamais un jour sans la regarder et lui demander quand elle reviendrait. Parfois, il prenait le cadre dans ses mains, le plaquait contre sa poitrine et écoutait, les larmes aux yeux, son cœur battre la chamade.

Elle était belle, Jeanne, dans sa robe d'organdi tout ornée de dentelles du Puy ! En public, elle maintenait ses cheveux en chignon derrière la nuque, selon la mode de l'époque, et les convenances. Mais, quand elle se réfugiait dans les bras de Félicien, elle se laissait décoiffer par ses doigts maladroits et posait sa tête dans le creux de son cou pour mieux savourer l'instant d'intimité qu'il lui offrait. Alors, il l'embrassait timidement, caressait ses longues boucles dorées déployées sur ses épaules nues et se perdait dans un tourbillon de voluptés. Parfois, elle retenait ses mains dans les siennes de crainte qu'il ne s'aventure trop loin, là où sa pudeur lui interdisait de s'abandonner. Sous le tissu soyeux de sa robe, il percevait son corps vibrer, son désir grandir au fur et à mesure que sa tendresse devenait plus sensuelle. Il épousait de ses mains rugueuses le galbe de ses hanches, remontait jusqu'à sa taille de guêpe, sentait sa poitrine se gonfler. Mais Félicien se montrait aussi réservé que Jeanne et n'aurait osé franchir les limites de la bienséance. À l'époque, on savait attendre le mariage avant de se donner l'un à l'autre. Jamais Félicien ne poussa Jeanne à commettre l'irréparable.

Le soir, il ne s'endormait pas sans penser à elle.

Des décennies après sa disparition, il la voyait encore telle qu'elle était dans la plénitude de ses dix-huit printemps. Il n'imaginait pas qu'elle ait sans doute fait sa vie avec un autre homme et connu les joies de la maternité, lui qui n'avait jamais eu d'enfants à cajoler dans son existence, qu'elle soit maintenant entourée de nombreux petits-enfants. Il ne concevait pas qu'elle ait vieilli, comme lui, que les rides aient sculpté son visage, que sa belle chevelure ait blanchi comme neige en hiver, qu'elle puisse marcher courbée, comme une grand-mère qu'elle était sans doute devenue.

*

À la mort de ses parents, Félicien avait hérité du mas familial. Mais il n'avait pas changé ses habitudes. En compagnie de Simone qu'il avait épousée bien après, à l'aube de ses quarante ans, il dormait dans la chambre qui avait toujours été la sienne, ayant refusé d'occuper celle de son père et de sa mère, qui, de ce fait, restait fermée, dans l'état où elle était au moment de leur décès. Son père était parti le premier en 1930, suivi de sa mère un an plus tard, tous deux victimes de la tuberculose qui sévissait toujours dans les vallées humides. Il travaillait les mêmes arpents de terre, avec les mêmes outils transmis par ses aïeux, qu'il réparait jusqu'à l'extrême limite. Avare de paroles, il se montrait économe de son argent chichement gagné et de ses biens matériels, comme tout bon Cévenol. Il avait horreur du gaspillage et prolongeait l'usage du moindre objet, ne jetant jamais un reste de nourriture, surtout le pain qu'il mangeait rassis, ni un vêtement plusieurs fois ravaudé, un morceau de bois qu'il réservait à la cheminée ou un clou rouillé, dont il trouvait un usage pour quelque rafistolage ou qu'il conservait par simple prévoyance.

Il se contentait de peu, Félicien, et avait vieilli à l'ombre de ses châtaigniers séculaires, dans le souvenir et le respect de ceux à qui il se sentait redevable d'être devenu ce qu'il était. Marié, puis veuf, il n'avait pas de descendance mais vivait serein. Un peu de lard dans sa soupe de légumes, quelques châtaignes, une brise de fromage de chèvre, un verre de piquette, un vin peu alcoolisé de sa production personnelle, suffisaient à son quotidien. Et, à l'arrivée de l'hiver, quelques bûches dans l'âtre quand, dans son âme, le froid s'immisçait à son insu.

Félicien ne s'était jamais éloigné de son village depuis son retour de la guerre. Tout au plus se rendait-il dans le bourg voisin, Florac, pour des formalités à remplir ou pour la foire agricole. Il était heureux loin du monde, en harmonie avec la nature, et n'éprouvait pas de plus grande joie qu'à chaque passage de saison, gardant sans cesse l'espoir que demain serait meilleur qu'aujourd'hui.

Certes, il n'attendait plus sa bien-aimée, mais son cœur battait toujours pour elle quand il se réfugiait au plus profond de sa mémoire. Félicien était de ces êtres imperturbables, qui semblaient aussi solides que le granite des montagnes dont étaient construites les fermes fortifiées du haut pays.

Dans le village, où il vivait seul depuis le décès de Simone, il passait pour un sage et les plus jeunes n'hésitaient pas à quémander son opinion lorsqu'un fait nouveau dérangeait la tranquillité ou les habitudes de chacun. En réalité, peu de changements étaient survenus depuis le début du siècle. Le modernisme s'était introduit lentement dans les maisons. Rares étaient les familles qui possédaient un téléviseur, un lave-linge ou un réfrigérateur. L'eau courante avait été installée, mais les mas les plus reculés en étaient encore privés. Et si la fée Électricité avait jeté sur toutes les chaumières sa magique lumière, le miracle du téléphone n'avait touché que les foyers des plus nantis, comme les Chaptal, dont le domaine et l'usine de chaussures jouxtaient ses terres.

Félicien n'était pas au courant de ce qui se passait en dehors de sa commune. Son vieux poste de TSF était en panne depuis des années. Une lampe avait grillé et il ne l'avait jamais remplacée. Aussi l'effervescence du monde, qui commençait à gonfler telle une vague déferlante, lui était-elle totalement étrangère. Taiseux de tempérament, il n'avait aucune conscience des mutations qui s'opéraient depuis une dizaine d'années, depuis que la jeunesse des pays riches dédaignait ce que leurs parents avaient obtenu avec tant de mal, depuis que le rock and roll inondait les ondes radiophoniques et que les jupes des filles raccourcissaient, depuis que les grandes puissances étaient entrées dans l'ère du danger nucléaire et de la guerre froide.

Son horizon demeurait inchangé, son cadre de vie immuable. Quand il apercevait une automobile s'arrêter sur la placette, il réagissait comme en 1936, au moment du Front populaire et des premiers estivants qui s'étaient aventurés à vélo jusque devant sa porte pour lui demander l'autorisation de planter leurs tentes à côté de sa bergerie. À l'époque, il s'était amusé à regarder débarquer ces jeunes garçons et ces jeunes filles en tenue légère, avides de renouer avec la nature le temps d'une semaine ou deux. Il les avait accueillis avec générosité et une certaine curiosité, non sans penser qu'il s'agissait de quelques farfelus en mal d'exotisme. Qu'appréciaient-ils à la campagne, ces citadins, songeait-il, au milieu des brebis et des chèvres, des vignes et des oliviers, eux dont la plupart ignoraient comment on allumait un feu, confondaient les aubergines et les courgettes et ne différenciaient pas un bouc d'un bélier ?

Puis il s'était habitué à voir s'implanter des familles venues du bas pays, et même parfois de plus loin, qui avaient racheté des mas abandonnés par leurs propriétaires. Il regrettait le départ des enfants attirés par le mirage de la ville et des salaires facilement gagnés. Il déplorait leur refus de continuer à vivre comme leurs parents. Il ne comprenait pas qu'on puisse renoncer si vite à ce que les anciens avaient mis tant de temps à construire, qu'on puisse s'éloigner du toit de ses ancêtres et laisser les volets clos jusqu'à ce que le lierre et la vigne vierge emprisonnent et étouffent de leurs lianes tentaculaires les vieilles pierres séculaires, témoins de toute une époque.

Certes, des maisons retrouvaient vie pendant quelques semaines, un mois parfois, à l'occasion des vacances. Des enfants venaient jouer jusque dans sa cour et lui parlaient, créant ainsi un peu d'animation dans son village reculé. Mais Félicien sentait qu'il assistait à la fin d'un monde. Un monde qui était en train de basculer dans l'inconnu. Un monde qu'il ne pouvait envisager, tant les souvenirs qu'il gardait enfouis dans son cœur comme un précieux trésor étaient encore vivaces.

2

Au volant de sa Mercedes, Jacques Dufresne ne pouvait garder ses yeux sur la route. C'était plus fort que lui. Son regard se portait sans arrêt sur les crêtes qui se profilaient au loin, comme attiré par un aimant. De temps en temps, il se laissait surprendre par un véhicule qui arrivait en sens inverse. Au premier coup de klaxon, il réagissait à la seconde et grommelait comme pour faire croire que ce n'était pas lui qui était en faute.

« Sois à ta conduite ! lui reprochait alors Clémence, sa compagne. Tu oublies que je suis assise à la place du mort et que tu transportes ton fils ! »

Jacques n'était pas d'un naturel distrait. Mais à la pensée de revoir Florac, son esprit était perturbé. Bien qu'habitant une région tout aussi attrayante que celle où il se rendait, il ne cessait de s'extasier à chaque virage, tandis qu'à l'approche d'Alès il commençait à discerner les premiers contreforts cévenols. Le mont Lozère se dessinait à l'horizon, imposant sa masse sombre et trapue, telle une forteresse de granite inexpugnable. Bientôt il pénétrerait dans l'une des trois vallées des Gardons et s'enfoncerait dans les Cévennes profondes.

Retourné dans les Alpes depuis une douzaine d'années, sans le montrer il regrettait d'avoir dû abandonner les Cévennes au profit des bords du lac Léman, sa région d'origine. Certes, la petite commune d'Yvoire, non loin d'Évian, où il s'était établi à la fin de la guerre et où il travaillait, représentait l'un des sites les plus remarquables de Haute-Savoie. Mais il reconnaissait volontiers que les Cévennes possédaient une beauté austère et sauvage à nulle autre pareille.

À l'arrière, son fils Sami somnolait. Le trajet lui paraissait interminable et ennuyeux. Passer dix heures enfermé dans une automobile, si confortable fût-elle, lui était insupportable. À chaque voyage qu'ils entreprenaient ensemble, il s'allongeait sur la banquette et laissait vagabonder ses pensées, les yeux fermés.

— Réveille-toi et admire le paysage ! le sermonna son père, étonné que son fils témoigne autant d'indifférence à sa région de prédilection.

— Je préfère les rives du Léman. Et les montagnes du Chablais. Ici, c'est triste ! Et les gens vont nous regarder comme des étrangers.

— Si tu ne te forces pas à aller vers eux, c'est sûr qu'ils ne te sauteront pas au cou… Et cesse donc de râler !

— Arrêtez de vous chamailler ! intervint Clémence. C'est toujours le même refrain chaque fois que nous quittons Yvoire... Il est vrai que tu ne fais pas beaucoup d'efforts, Sami. Ton père n'a pas tort. Si tu te montrais plus ouvert, tu verrais que les gens ne sont pas moins hospitaliers ailleurs que chez nous.

Sami était un garçon espiègle, enjoué, vif de caractère, mais parfois ronchonneur quand il s'obstinait à ne pas entendre raison. Ce que Jacques lui reprochait gentiment.

— Tu es un vrai *rébroussier*. Comme les Cévenols !

— Ça veut dire quoi ?

— Contrariant. Qui aime s'opposer. C'est quelqu'un qui a du caractère, si tu préfères.

L'enfant prit ce qui était en réalité une sorte de compliment dans la bouche de son père pour une moquerie, voire un gros défaut dont il se défendait.

— Je ne râle pas ! bougonna-t-il. Je dis seulement ce que je pense.

— Nous n'en avons plus pour très longtemps, se réjouit Clémence pour mettre un terme à leur discussion. Sois patient, mon chéri. Le voyage se termine. Nous pénétrons dans la vallée de Saint-Jean-du-Gard. Dans une heure nous serons arrivés.

Pendant la guerre, quand Jacques revenait à Florac en venant de Montpellier où il exerçait, il empruntait la route de la corniche, passant par Saint-Roman-de-Tousque, plutôt que la nationale 106 par le col de Jalcreste. L'itinéraire était moins direct et plus sinueux, mais les paysages qui s'offraient à lui n'avaient rien de comparable. Parfois, selon la saison, après le village du Pompidou, une nappe épaisse de brouillard enveloppait la montagne jusqu'à Florac. L'accès à la petite sous-préfecture prenait soudain des allures d'expédition, car les virages resserrés représentaient alors un réel danger.

À l'arrière de la voiture, Sami se sentait mal.

— J'ai envie de vomir, se plaignait-il avec insistance. Ça tourne trop !

— Nous approchons du col Saint-Pierre, précisa Jacques. À partir de maintenant, la route sera plus rectiligne. Au bout de la corniche, nous amorcerons la descente vers notre destination.

Une fois passé Florac, Jacques s'engagea sur la route étroite qui menait au village de Cazeneuve dans la vallée de la Mimente. Il se tut. Ses souvenirs lui remontaient à l'esprit. À ses côtés, Clémence s'aperçut qu'il était ému de revenir sur les lieux où, pendant la guerre, sa femme Aliza avait vécu un terrible drame. Elle respecta son silence, attentive seulement à ce qu'il demeure vigilant.

Sami s'était redressé et regardait par la fenêtre le cours de la rivière.

— Elle ne vaut pas la Dranse ! soupira-t-il, déçu. Ce n'est qu'un pipi de chat.

Jacques ne releva pas.

Clémence lui signifia de se taire et d'essayer de positiver.

— Cesse donc de geindre. Les Taillades ne sont plus très loin. D'après la carte Michelin, il ne reste plus que deux kilomètres.

Jacques avait emprunté cette route tant de fois jadis qu'il n'avait pas besoin de réfléchir pour enchaîner les virages et tourner aux croisements. Il lui semblait qu'il avait quitté la région la veille.

En passant devant la propriété des Abarines, il sortit de ses pensées.

— Voici l'usine des Chaptal. Je n'aurais jamais cru qu'elle soit encore debout. Les locaux me paraissent en bon état et la grille d'entrée est ouverte.

— C'est qui les Chaptal ? demanda Sami.

— Une famille de petits industriels qui fabriquait des chaussures.

— Ils ont arrêté ?

— Non, visiblement. On dirait que l'usine est en activité.

Jacques ralentit devant la demeure, une jolie maison de maître entourée d'un jardin à la française.

— Elle est toujours occupée. Mais j'ignore si ce sont les Chaptal qui y résident. L'usine a peut-être été revendue après la guerre.

— Ça ne marchait pas ? s'enquit Clémence.

— J'ai ouï dire que le patron a eu des démêlés avec les autorités à la Libération pour fait de collaboration. Il travaillait pour les Allemands. Je n'ai jamais su le fond de l'histoire. Ces gens-là, je ne les fréquentais pas.

Jacques accéléra après l'usine de chaussures.

À l'entrée du village, il ralentit, traversa la placette au pas, regardant avec attention les rares personnes qui y flânaient.

— Je ne les reconnais pas, releva-t-il. Je ne traînais pas souvent dans le village à l'époque.

Sami était maintenant très attentif à ce qui défilait sous ses yeux.

— C'est vachement mort ! grogna-t-il. Il n'y a que des vieux. Eh bien… je vais drôlement m'ennuyer !

Clémence se retourna et lui ébouriffa les cheveux.

— Ne sois pas aussi impatient. Tu finiras par te faire des petits camarades. Et puis, nous ne resterons peut-être pas. Jacques t'a déjà expliqué qu'il allait rechercher un cabinet médical vacant. S'il n'en trouve pas un à sa convenance, nous rentrerons à Yvoire.

— Promis ?

Jacques ne répondit pas.

— Hein, papa, c'est promis ?

— Mais oui, combien de fois faudra-t-il te le dire ?

*

Jacques Dufresne était médecin. Originaire d'Yvoire en Haute-Savoie, il avait fait ses études à Lyon puis s'était établi à Évian une fois diplômé. Il avait rencontré sa femme, Aliza Nagy, sur les bancs de la faculté. Les Nagy avaient fui la Hongrie en

1938 à la suite des lois antijuives prises par le régent du pays, Miklós Horthy. En effet, ils avaient été victimes du renforcement de la loi de 1920 limitant les droits civiques et les libertés des Juifs. Ils s'étaient réfugiés en France, près de la frontière suisse, et s'étaient finalement repliés à Thonon-les-Bains.

Mais, ses études terminées, Aliza fut empêchée d'exercer dès octobre 1940 du fait des mesures prises cette fois par le gouvernement de Vichy. D'un commun accord, les jeunes mariés décidèrent de se rendre dans le sud de la France, ressentant comme une menace la présence de l'Allemagne trop proche des rives du lac Léman.

Ils s'installèrent à Montpellier où Jacques ouvrit un cabinet. La région ne lui était pas inconnue. Ses parents, Pierre et Irène Dufresne, avaient acheté dans les Cévennes une petite propriété près de Florac, dans le village de Cazeneuve, les Taillades. Jacques y avait passé toutes ses vacances en compagnie de ses deux sœurs aînées, et en conservait de merveilleux souvenirs. Il gardait toujours en mémoire ses escapades au bord de la rivière, la pêche à la truite à main nue dans la Mimente, ses fous rires quand, juché sur la remorque du père de son meilleur ami, il s'amusait à se dissimuler dans le foin pour laisser croire qu'il avait disparu.

À dix-neuf ans, à peine ses études commencées, un grand malheur interrompit sa période d'insouciance et de félicité. Ses parents, venus aux Taillades à la retraite, trouvèrent tragiquement la mort au cours de leur sommeil, asphyxiés par une émanation de gaz carbonique du poêle à charbon.

Depuis cette tragédie, Jacques était rarement revenu à Cazeneuve. Une ou deux fois, guère plus. Ses sœurs, quant à elles, avaient renoncé à retourner sur les lieux du drame. La petite propriété des Dufresne cependant n'était pas tombée en ruine. Les terres, peu nombreuses, avaient été entretenues par le voisin, un certain Robert Lapierre. La maison, construite en solides moellons de granite, bien que fermée, n'avait pas subi les outrages du temps.

L'invasion par les troupes allemandes de la zone libre, en 1942, avait une fois de plus perturbé le bonheur de Jacques et d'Aliza. Mariés depuis moins d'un an, ils décidèrent de se protéger du danger nazi, Montpellier ayant connu plusieurs rafles de Juifs. Jacques convainquit sa jeune épouse de se mettre à l'abri dans sa maison cévenole héritée de ses parents. Il l'emmena aux Taillades et lui demanda de s'y montrer discrète. C'était compter sans la présence d'une unité de la Wehrmacht venue réquisitionner la demeure des Chaptal, les Abarines.

Un drame s'y était joué, dont Jacques ignorait tous les détails. Des bruits avaient couru, la rumeur s'était amplifiée. Mais Jacques avait été trop occupé à surmonter ses propres malheurs pour se soucier de ce qui s'était déroulé chez les Chaptal.

Peu avant la fin de la guerre, le territoire étant déjà presque totalement libéré, il repartit sur les rives du lac Léman en compagnie de son épouse et de leur nouveau-né, et s'installa à nouveau dans sa ville natale d'Yvoire où il reprit ses fonctions.

★

— Voici les Taillades, exulta Jacques en apercevant les murs de granite de la bâtisse.

Il ralentit. Se gara devant l'entrée. Coupa son moteur.

Sami avait abaissé la vitre de sa portière et regardait à l'extérieur, médusé.

— Pourquoi fais-tu la tête ? lui reprocha son père. On dirait que tu es arrivé au bagne.

— C'est moche ! répliqua le jeune garçon. Rassure-moi, ce n'est pas là que nous allons vivre ?

— C'est la maison de mes parents. Celle qu'ils ont achetée pour leur retraite.

— Je ne comprends pas, insista Sami. Ils habitaient Yvoire, en bordure du lac. Qu'est-ce qu'ils sont venus faire dans ce coin perdu ? Il n'y a même pas de lac ! C'est à peine si nous avons vu une rivière.

— Détrompe-toi. Il y en a plusieurs… À ton âge, j'allais pêcher la truite avec mes petits camarades et nous ne rentrions pas bredouilles.

Sami maugréait. Il refusa de sortir de la voiture.

— Ne fais pas ta mauvaise tête, le pria gentiment Clémence. Ton papa est si heureux de revenir dans la maison de ses parents. Ne lui gâche pas son plaisir. Fais un effort.

Le jeune garçon se laissa attendrir et, sans conviction, pointa le nez dehors.

— J'aime pas cette maison. Elle est toute grise. La pierre, c'est froid. Je préfère le bois de nos chalets de montagne. Tiens comme à Abondance, chez tata Yvette... Pourquoi tes parents n'ont pas acheté un chalet à Abondance ? C'est beaucoup plus joli qu'ici. Et c'est moins loin.

Jacques commençait à être agacé par les remarques de son fils.

— Bon, écoute. Que tu le veuilles ou non, c'est ici que nous allons vivre momentanément. Le temps que je me retourne. Pour l'instant, considère-toi en vacances. Beaucoup de tes petits amis t'envieraient s'ils étaient à ta place.

— C'est quand même pas le paradis ! Qu'est-ce que je vais faire ici ? Je n'aurai pas de copains. Je vais m'ennuyer à cent sous de l'heure !

— Cesse donc de répondre et de faire ta mauvaise tête !

Clémence, plus patiente, prit Sami en aparté.

— On sera bien ici tous les trois. Ne t'en fais pas. À ton âge, on s'habitue vite. Et puis, je t'aiderai à te faire de nouveaux amis.

Jacques avait déjà commencé à sortir les bagages du coffre. Il cherchait désespérément les clés de la maison dans le vide-poches de sa voiture.

— Bon sang, où les ai-je déposées ? râla-t-il, énervé.

— J'espère que tu ne les as pas oubliées à la maison ! s'inquiéta Clémence.

— Ce serait trop chouette ! ajouta Sami, tout sourire. On rentrerait chez nous.

Jacques le fusilla du regard et comprit à la mine réjouie de son fils qu'il n'était pas étranger à la disparition de son trousseau.

— Si c'est une farce de ta part, elle n'est pas drôle. Rends-moi mes clés.

Le garçonnet tourna les talons et détala sans prévenir.

— Rattrape-moi si tu les veux.

— Sami, reviens, sois raisonnable !

L'enfant ne parcourut pas dix mètres qu'il s'étalait de tout son long dans le chemin caillouteux.

Son pantalon était déchiré. Ses mains écorchées. Son visage couvert de poussière.

— Voilà ce qui arrive quand on désobéit, le sermonna Clémence.

Malgré la douleur, il retint ses larmes, fier de montrer qu'il n'était pas douillet.

Mais, penaud, il revint en arrière et tendit les clés à son père.

— Tiens, c'était une blague !

— Tu as vu dans quel état tu es à présent ?

— J'ai même pas mal !

— Clémence t'avait acheté un pantalon tout neuf avant de partir. Il sera déjà rapiécé avant même d'être lavé !

— Pardon, Clémence. Je ne voulais pas…

— Ce n'est pas grave, mon chéri. Que cela te serve de leçon.

Clémence aimait Sami comme son propre fils. Elle l'avait élevé dès son plus jeune âge. Elle avait rencontré Jacques à l'hôpital de Thonon où elle était infirmière au service de pédiatrie. Il était veuf et avait à charge un petit garçon de quelques mois. La guerre semblait loin. La joie remplissait les cœurs mais pas celui de Jacques.

Il venait de perdre sa femme Aliza quelques mois plus tôt. Ils s'étaient rapidement sentis en confiance tous les deux. Jacques avait besoin d'une oreille attentive lorsqu'il avait envie de s'épancher. Clémence ne souhaitait que l'écouter pour soulager sa peine.

Ils restèrent amis longtemps, ne se voyant que pendant les gardes qu'ils effectuaient ensemble. Parfois Jacques lui parlait de son fils et reconnaissait qu'il lui était difficile de l'élever seul, sans sa maman auprès de lui.

Peu à peu, ils se rapprochèrent. Jacques proposa un jour à Clémence de faire office de nounou pour Sami.

— On s'arrangerait pour les horaires de travail, lui avait-il confié. Je ne vous demande pas d'abandonner votre place à l'hôpital.

Clémence accepta et vint garder Sami plusieurs fois par semaine à Yvoire, lorsque son père ne pouvait pas s'occuper de lui.

Plus tard, quand Jacques monta son cabinet à Évian, il lui offrit le poste de secrétaire médicale.

— Vous pourriez en plus continuer votre tâche d'infirmière, lui avait-il proposé. Ce serait même très commode à côté d'un médecin. Nous formerions une bonne équipe tous les deux.

Clémence, dont le cœur battait déjà pour le jeune médecin, accepta sans hésitation.

Ils demeurèrent ainsi collègues de travail pendant plusieurs années. Le temps que la douleur de Jacques finisse de cicatriser.

Bientôt il s'aperçut que Clémence était devenue plus qu'une nounou pour son fils. Elle n'attendait qu'un mot de sa part pour lui dévoiler ses sentiments et tomber dans ses bras.

Sami avait alors cinq ans. Il considérait Clémence comme sa maman.

3

À l'instant même où il l'aperçut débarquer de voiture avec femme et enfant, il comprit qu'un drame allait éclater. Malgré les années écoulées, il n'avait rien oublié. Le passé resurgirait un jour ou l'autre. Des vérités remonteraient à la surface. Des souvenirs douloureux entacheraient la tranquillité retrouvée.

Il n'osa s'extraire de l'ombre où il s'était assoupi, profitant du feuillage généreux d'un chêne majestueux planté dans le pré qu'il possédait près des Taillades. Il s'y rendait chaque après-midi en été, pour regarder les gens passer. Ça le distrayait, lui changeait les idées. Depuis qu'il avait perdu sa femme, dix ans plus tôt, il tournait en rond dans sa maison et ne travaillait plus ses terres avec entrain. Le pré était de petite dimension. Un ruisseau le traversait où, parfois, quelques truites frayaient. Félicien aimait observer les rides de l'eau fraîche, guettant le moindre frémissement. Quand il découvrait un poisson, il s'immobilisait, retenait sa respiration, reprenait goût à la vie. Il se souvenait que, dans sa jeunesse, il s'aventurait souvent très loin le long de la Mimente ou du Tarnon pour pêcher, à la sauvette, truites, brochets ou simples ablettes. Il déplorait aujourd'hui la fréquentation de tous ces pêcheurs venus de partout, qui épuisaient les réserves en pratiquant une pêche intensive. Il en était de même pour les ramasseurs de champignons ou de châtaignes.

Il n'utilisait son pré que pour laisser son vieux chien et ses quelques brebis se dégourdir les pattes. Ne plus se sentir enfermé dans la maison où il avait toujours habité lui permettait de s'éloigner de son quotidien. Félicien n'avait jamais été malheureux dans sa vie. Il avait beaucoup travaillé, beaucoup peiné parfois. Il avait été un mari dévoué, fidèle. Mais il se demandait encore si sa femme Simone lui en avait été reconnaissante. Depuis son décès, peu après la guerre, il ne passait pas une journée sans penser à celle qu'il aurait dû épouser en 1918. Jeanne était belle comme un matin de printemps. Quarante ans s'étaient écoulés depuis qu'il s'était rendu à l'évidence qu'il l'avait à jamais perdue.

Il ne connaissait pas personnellement Jacques Dufresne, ce médecin de Montpellier qui venait de temps en temps à Cazeneuve pendant la guerre. Sa femme lui avait bien fait quelques confidences à propos de cette famille, mais il s'était bien gardé de les divulguer.

Félicien était de ces hommes qui parlent peu et émettent rarement un jugement sur autrui.

Toutefois, ce qu'il observait de l'autre côté de son pré, juste devant la porte d'entrée des Taillades, ne le laissait pas indifférent.

Pour sûr ! réfléchit-il. Il s'agit du fils Dufresne. Celui-là même qui avait caché sa femme pendant l'Occupation. Une Juive, plutôt mignonne, au visage encadré de cheveux noir de jais.

Il s'en souvenait parfaitement, bien qu'il ne se fût jamais approché de leur maison. La locataire des lieux sortait peu à l'époque. On ne la voyait jamais dans le village. Son mari la rejoignait pendant les week-ends, et encore pas régulièrement. Quand il était de retour, ils demeuraient tous les deux enfermés, les volets ouverts en entonnoir comme s'ils craignaient les regards indiscrets. Lorsque Simone lui apprit que l'épouse du médecin était juive, il comprit alors pourquoi le couple se cachait. La présence des Allemands aux Abarines devait les effrayer.

Félicien s'était toujours abstenu de questionner sa femme qui, elle, en savait beaucoup plus qu'elle n'en disait. Il ne tenait pas à alimenter les rumeurs. Chacun chez soi, avait-il coutume d'affirmer. Moins on en sait, mieux on se porte.

Mais quand Simone, à l'affût du moindre ragot, lui révéla ce qu'elle avait appris dans la journée, il ne put se boucher les oreilles. Il n'y prêta plus attention et ne changea en rien ni sa manière d'agir ni sa façon de penser.

Depuis treize ans que la guerre avait cessé, il avait oublié le drame qu'avait connu le jeune couple, ou s'était efforcé de ne plus y songer. Au reste ce dernier était reparti sans prévenir et sans laisser d'adresse. Simone, qui avait aidé à mettre au monde leur enfant, ne s'était pas épanchée sur le sujet.

Aussi Félicien était-il très intrigué.

Pour quelles raisons ce Jacques Dufresne revenait-il aux Taillades après une si longue absence ? Avait-il l'intention de s'y installer à demeure ou seulement pour les vacances ? Sa maison devait être dans un piteux état. Personne ne s'en était occupé depuis sa fermeture.

De là où il restait tapi, il distinguait mal les visages. S'il n'avait aucun doute sur l'identité de Jacques Dufresne, il n'aurait pas juré reconnaître celle qui l'accompagnait. Quant à l'enfant, il avait beaucoup grandi, bien sûr en treize ans !

Il n'osa s'approcher davantage. Pourtant l'envie ne lui manquait pas d'aller saluer les nouveaux venus. Mais sa retenue naturelle l'en empêchait.

Ah, Simone, elle, ne se serait pas gênée ! Elle aurait accouru au-devant d'eux et leur aurait posé quantité de questions. Pourquoi êtes-vous revenus ?... Où étiez-vous ?... Qu'avez-vous fait pendant tout ce temps ?... Et vous n'avez pas eu d'autres enfants ?...

À cette pensée, Félicien se rembrunit… Cet enfant…

Subitement le drame qui s'était joué aux Taillades le bouleversa à nouveau comme au premier jour.

Il osa s'approcher de quelques pas. Affûta son regard. Malgré son âge, Félicien gardait une vision de lynx. Alors que d'autres, plus jeunes que lui, portaient des lunettes depuis la cinquantaine, il lisait encore son journal sans effort et déchiffrait sans sourciller et de loin les numéros des plaques minéralogiques.

— Elle, je ne la reconnais pas, marmonna-t-il entre ses dents, comme s'il s'adressait à un complice. Faut dire, après tout ce temps… Et je l'avais à peine croisée à l'époque ! Quant au gamin, ce n'était qu'un nouveau-né quand Jacques Dufresne nous l'a amené.

Les parents avaient d'abord songé à abandonner leur bébé. Puis ils s'étaient ravisés. Le mari était revenu in extremis récupérer son enfant, alors que Simone était sur le point de l'emmener dans une famille adoptive.

Le jour même, tout le monde s'était volatilisé !

Et depuis, plus aucune nouvelle des habitants mystérieux des Taillades. Ni Simone ni son amie Germaine Lapierre, tout aussi curieuse et médisante qu'elle, ne surent ce qu'il était advenu du jeune couple et de son bébé.

— Je ne croyais plus les rencontrer de mon vivant ! s'étonna Félicien.

Lorsqu'il les vit disparaître à l'intérieur de la maison, il sortit enfin de sa cachette et, l'air de rien, siffla son chien, regroupa ses brebis, puis reprit le chemin de son mas.

★

Jacques ouvrit immédiatement toutes les fenêtres, laissant pénétrer l'air et la lumière du soleil. La poussière s'était déposée sur les meubles qui n'avaient pas été recouverts de draps. Des toiles d'araignée étaient suspendues dans les angles des plafonds et donnaient un étrange aspect de maison hantée. Une odeur de moisi piquait la gorge. Quant au mobilier, il était d'une autre époque. C'était toujours celui de ses parents.

— C'est lugubre ! maugréa aussitôt Sami.

— Ne recommence pas ! le reprit son père. Tu peux continuer à râler, ça n'y changera rien. Ce soir, tu dormiras dans cette maison. Clémence va te préparer la chambre que j'occupais. Nous, nous prendrons celle de mes parents. La troisième me servira de cabinet.

— Tu comptes donner tes consultations ici ? s'étonna Clémence. Je croyais que nous étions venus seulement pour prospecter.

— Je m'en doutais ! s'insurgea Sami. Tu nous as menti. Tu as décidé de rester ici. Nous ne retournerons pas à Yvoire !

— Calme-toi, mon chéri. Papa n'a pas dit ça.

N'est-ce pas, Jacques ? Rassure ton fils. Tu vois bien qu'il s'inquiète inutilement.

Jacques ne souhaitait pas leurrer davantage Sami. Son intention véritable était de s'installer à Florac s'il y trouvait une patientèle à reprendre. Il s'était renseigné avant de quitter Yvoire. Un vieux médecin allait bientôt partir à la retraite. Ce serait l'occasion pour lui. Sauf impossibilité majeure, il était donc résolu à demeurer aux Taillades.

Les arguments qu'il avait invoqués devant Clémence n'avaient pas convaincu la jeune femme. Sans l'avouer à Sami, elle aussi jugeait étrange la détermination de Jacques à venir vivre dans un lieu empreint de souvenirs douloureux. Il lui avait expliqué les raisons pour lesquelles il avait mis Aliza à l'abri et avait abandonné précipitamment sa maison familiale.

Sami avait été tenu à l'écart de cette tragédie. Un enfant ne doit pas tout savoir.

« Quand il aura l'âge de comprendre, avait-il soutenu, je lui expliquerai. »

Clémence aimait trop Jacques pour s'opposer à ses décisions. Depuis qu'ils s'étaient rencontrés, ils avaient tout vécu ensemble, ils s'étaient donnés l'un à l'autre, même si le souvenir d'Aliza était encore bien ancré dans le cœur de Jacques.

Clémence n'insistait jamais quand il fuyait les questions. Elle respectait ses silences.

Elle traitait Sami comme son propre fils. Mais au

fond d'elle, elle souffrait de ne pas avoir d'enfants avec celui dont elle partageait la vie. Elle aurait souhaité qu'il la demande en mariage. Cela l'aurait sans doute convaincue d'offrir un petit frère ou une petite sœur à Sami. Jacques n'avait jamais évoqué cette éventualité. Clémence s'était résignée. Elle se contentait de cet amour en partie ombragé par celle qui l'avait précédée. Elle espérait qu'un jour viendrait où le soleil brillerait à nouveau dans son cœur, sans nuages, sans le voile opaque des souvenirs, sans remords.

Sami était trop jeune pour comprendre son père. Il ne s'expliquait pas pourquoi il avait dû quitter la maison où il avait été élevé, ses amis, son école.

Il ne souffrait pas de ne pas avoir connu sa vraie maman. Clémence la remplaçait parfaitement. Il n'avait aimé qu'elle. Ça ne faisait aucune différence par rapport à ses petits camarades. Pourtant, ils auraient pu lui demander pourquoi sa mère ne portait pas le même nom que son père. Sami aurait été bien en peine de leur répondre tant la situation lui paraissait naturelle. Mariés ou pas, ses parents étaient ses parents. Son père était Jacques Dufresne. Sa mère Clémence Dupuy. Et lui s'appelait Dufresne !

Jacques ne lui avait pas encore révélé que du sang juif coulait dans ses veines. Il estimait non sans raison que l'antisémitisme dont Aliza avait souffert toute sa vie n'avait pas totalement disparu. Il ne souhaitait pas que son fils coure le risque d'être traité de youpin dans la cour de l'école ou que des mamans éloignent leurs enfants de lui en l'apprenant. Aussi

Sami ne se sentait-il pas différent des autres. En outre, sur l'insistance de Clémence, il avait suivi les cours de catéchisme à la paroisse d'Yvoire.

Sans être pratiquant, Jacques avait accepté. Ça l'amusait d'imaginer qu'un petit Juif avale l'hostie et fasse le signe de la croix ! Lui-même se disait volontiers agnostique et n'était pas imperméable aux thèses de la religion réformée. À Yvoire, il n'était pas loin de Genève. Il s'y rendait fréquemment et se retrouvait plongé au cœur d'un pays protestant. Dans les Cévennes où il songeait à s'établir, il rencontrerait beaucoup de protestants dans sa future patientèle. Il n'éprouvait aucun a priori à l'endroit de telle ou telle communauté religieuse pourvu qu'aucune ne fasse du prosélytisme. S'il avait accepté que Sami suive le catéchisme catholique à Yvoire, il ne s'opposerait pas à ce qu'il fréquente les bancs du temple à Cazeneuve ou à Florac.

*

La remise en état de la maison leur prit plusieurs journées pendant lesquelles ils ne virent personne. Sami boudait dans son coin, mais son père semblait décidé à aller jusqu'au bout de son objectif. Sur les conseils de Clémence, l'enfant changea d'attitude et essaya de positiver.

À l'extérieur, le jardin était en friche. Les mauvaises herbes l'avaient envahi, les haies étaient hirsutes, les ronces rampaient sur le sol. Jacques entreprit de le nettoyer afin de lui redonner l'aspect qu'il lui avait connu jadis. Le terrain n'était pas très étendu, mais suffisait amplement pour accueillir un potager, une aire de jeux pour Sami et une jolie pelouse sur l'arrière.

Il jouxtait les terres de Robert Lapierre, un paysan qui s'était occupé de l'entretien de la propriété quand Jacques, à la suite du décès de ses parents, n'avait pas tenu à retourner sur les lieux du drame familial. Leurs relations s'étaient refroidies pendant la guerre. Jacques avait mis son voisin dans la confidence quant aux origines d'Aliza. Gentiment, Robert lui avait promis de veiller sur sa femme pendant ses absences. Or, un jour qu'il était éméché, il ne se contrôla plus et fit des avances à Aliza. Celle-ci s'en ouvrit aussitôt à son mari qui la tranquillisa. À ses yeux, Robert n'était pas un mauvais bougre ; son état d'ébriété devait expliquer son attitude. L'affaire ne fut pas ébruitée. Mais Jacques évita dès lors de demander l'aide de son voisin qui, de ce fait, ne s'approcha plus des Taillades. Aliza n'entendit plus jamais parler de lui.

Jacques se demandait si les Lapierre, depuis toutes ces années, résidaient toujours dans leur ferme. En vérité, il n'éprouvait nulle envie de revoir cette famille avec laquelle il avait eu ce différend. Aliza étant morte, il lui faudrait répondre à leurs questions. Ça le mettrait mal à l'aise.

Mais il y fut contraint par la force des choses. Trois jours après leur arrivée, Sami rencontra un garçon de son âge en jouant au-delà des limites des Taillades. Attiré par le troupeau de vaches qui paissait dans le pré voisin, il s'y aventura. Les bêtes lui paraissaient énormes, pourtant il avait l'habitude d'en voir quand, en Haute-Savoie, il rendait visite à sa tante Yvette, l'une des deux sœurs de Jacques. Celle-ci habitait un chalet entouré de prairies et vivait au milieu des vaches laitières toute l'année.

— Que fais-tu là ? entendit-il tout à coup. Tu n'es pas chez toi ici !

Surpris, Sami tenta de se justifier. Mais face à ce garçon à la carrure d'adolescent, il perdit ses moyens.

— Je ne fais rien de mal. Je regardais les vaches.

— Tu risques de les effrayer. C'est mauvais pour le lait.

— Je ne voulais pas leur faire peur ! Chez moi aussi, il y a beaucoup de vaches. J'ai l'habitude de m'en approcher sans les perturber.

— D'où viens-tu ?

— De Haute-Savoie. Le pays du fromage d'Abondance. Tu connais ?

— Non. J'ignore où c'est.

Le garçon baissa sa garde.

— Je m'appelle Pierre. Pierre Lapierre. Oui, c'est pas très original. Mais mes vieux l'ont fait exprès. Pour qu'on se souvienne de moi, je suppose. Et toi ?

— Moi, c'est Sami Dufresne. Mon père est médecin et ma mère infirmière. Ils travaillent ensemble là où j'habite, à Yvoire, sur les bords du lac Léman.

— C'est où ?

— Ce n'est pas loin de la Suisse, au nord des Alpes.

— Ah, je vois maintenant !

Les deux enfants firent plus ample connaissance. Au bout d'un quart d'heure, toutes les barrières entre eux étaient tombées. Pierre invita Sami à s'approcher davantage des bêtes, fier de lui apprendre que le troupeau était celui de son père.

— Notre ferme, c'est le gros bâtiment là-bas, lui indiqua-t-il.

— Alors nous sommes voisins !

— En quelque sorte... Nous avons beaucoup de terres sur la commune. Mon père les exploite toutes. Aucune n'est laissée en friche. Regarde cette vaste étendue autour de nous ; ça lui appartient. Plus tard, c'est moi qui en hériterai. Avec ma sœur.

— Ta sœur ?

— Oui, Pauline. Elle est plus âgée que moi. Elle a quinze ans.

— Elle va où à l'école ?

— Elle n'y va plus depuis qu'elle a eu son certif. Maintenant, elle aide mes parents à la ferme.

Sami se sentait de plus en plus à l'aise. Pierre lui faisait oublier ses appréhensions.

— Tu es venu en vacances à Cazeneuve ? le questionna Pierre.

— Oui, dans la maison de mon père, aux Taillades.

— Cette bicoque appartient à ton père ?

— Euh… oui. Il l'a héritée de mes grands-parents.

— Ah, les vieux qui y sont morts asphyxiés dans leur lit ! Mon père m'en a parlé.

Sami écarquilla les yeux. Jacques ne lui avait jamais raconté l'accident tragique de ses parents, estimant qu'il serait toujours temps plus tard de le lui apprendre.

— C'était quand ?

— Il y a longtemps. J'étais pas né. Toi non plus, d'ailleurs.

Sami n'insista pas. Ses parents ne lui avaient donc pas tout dit concernant cette maison des Taillades. Quelles étaient donc les vraies raisons qui les avaient poussés à y revenir ?

Ils se quittèrent bons amis, se promirent de se revoir très vite.

Aussitôt rentré chez lui, Sami ne put contenir sa joie de s'être enfin fait un camarade.

— Comment s'appelle-t-il ? s'enquit Clémence.

— Pierre Lapierre. C'est rigolo, non ?

Jacques réagit immédiatement.

— Tu lui as dit que tu étais mon fils ?

— Évidemment… il me l'a demandé. Pourquoi, il y a un problème ?

Jacques hésita.

— Évite d'aller chez lui. Ce sera mieux pour tout le monde.

4

L'arrivée des Dufresne ne passa pas inaperçue dans le village. Jacques n'avait plus aucune raison de se cacher ni de se méfier, comme pendant l'Occupation. Même si les souvenirs ne s'étaient pas effacés.

Aussi ne tarda-t-il pas à aller rencontrer le maire et les commerçants de la placette.

Le premier édile ignorait qui il était.

— Je n'étais pas encore dans la commune au moment du drame qu'ont subi vos parents, se justifia-t-il. Et pendant la guerre, j'étais prisonnier en Allemagne. Voilà pourquoi nos chemins ne se sont jamais croisés.

Jacques ne s'éternisa pas sur les présentations et signifia seulement qu'il avait l'intention de reprendre une patientèle à Florac.

— Êtes-vous marié ? s'intéressa l'élu. Je ne veux pas paraître indiscret, mais pour la bonne tenue de notre état civil, je vous invite à vous inscrire sur nos registres.

Jacques hésita. Il ne souhaitait pas étaler au grand jour et devant le premier venu, fût-il le maire, les détails de sa vie.

— Je suis veuf, se contenta-t-il de répondre. Et j'ai un enfant. Un petit garçon. Je ne manquerai pas de remplir mes obligations civiques.

— Vous n'êtes pas remarié ? insista le maire.

— Non. Mais je ne vis pas seul. Vous le saurez vite. Alors, j'aime autant vous l'apprendre moi-même que d'en laisser le soin aux autres.

Jacques ne s'attarda pas à la mairie.

Il entra ensuite au café-tabac de la place pour acheter un paquet de gitanes. À ses yeux, c'était le meilleur endroit pour entrer directement en contact avec les habitants.

Il s'assit au comptoir et commanda un café.

Le patron lui demanda comment il le désirait, serré ou allongé, sans lui prêter davantage attention.

Derrière le comptoir, un large miroir réfléchissait l'image des clients attablés.

Des habitués, pensa Jacques sans leur accorder plus d'intérêt.

Il évita de se retourner afin de ne pas susciter la curiosité et observa discrètement les réactions de la salle.

Au fond, trois hommes le regardaient bizarrement. L'un d'eux ne lui semblait pas inconnu, mais il ne parvenait pas à mettre un nom sur le visage qu'il apercevait dans son propre reflet.

Ils semblaient parler de lui. L'air de rien, il tendit l'oreille.

— Je t'affirme que c'est lui, murmura le plus âgé. Je le reconnais. Sa femme se planquait aux Taillades pendant l'Occupation. C'était une Juive. Il m'avait demandé de veiller sur elle. Une Juive ! T'imagines ce qu'il attendait de moi ! Pendant la guerre… avec les Boches aux Abarines !

Jacques saisissait l'essentiel de la conversation. Il avait beau réfléchir, le nom de l'individu lui échappait toujours.

— Qu'est-ce que t'as fait ? l'interrompit l'un de ses deux acolytes.

— J'ai accepté de l'aider, mais, un jour, elle m'a jeté à la porte. Ah, ces Juifs ! On peut pas s'y fier… En tout cas, ils nous ont bien foutus dans la merde en se réfugiant chez nous. À cause d'eux, les Boches fouillaient partout et la Gestapo était sur les dents.

— C'est de l'histoire ancienne.

Jacques faillit se retourner et affronter les trois hommes.

Il osa un coup d'œil par-dessus son épaule et reconnut aussitôt Robert Lapierre, celui-là même qu'il avait sollicité pour veiller sur sa femme Aliza.

Croyant ne pas être écouté, Lapierre poursuivit, sans se méfier :

— Vous êtes au courant de ce qui s'est passé aux Abarines en 44 ?

Les deux autres, de plus en plus intéressés par les commérages de leur ami, le prièrent avec insistance de continuer.

— Nous n'étions pas ici pendant la guerre ! Comment on le saurait ? Nous, on ne laisse pas traîner nos oreilles partout !

— Eh bien, je vais vous l'apprendre. Les Boches ont réquisitionné la maison des Chaptal, la famille de l'industriel qui fabrique des chaussures à la limite de Cazeneuve et de Florac.

— Oui, on connaît l'usine Chaptal. On habite la commune quand même !

— Toute une unité motorisée a investi leur parc, autour du château. L'officier et son aide de camp se sont installés sous leur propre toit. Ils n'ont pas pu s'y opposer.

— Et alors ?

— Alors ! Vous ne devinez pas ? On ne vous a jamais expliqué pourquoi les Chaptal ont été inquiétés à la Libération ?

Jacques était de plus en plus mal à l'aise.

Lui non plus n'avait jamais eu vent de cette histoire. À l'époque, celle-ci n'avait pas été ébruitée, mais, une fois les passions apaisées, elle avait resurgi de l'ombre et avait même alimenté la rumeur.

Robert Lapierre expliqua :

— Le père Chaptal a été arrêté pour collaboration. Il avait mis son usine au service de l'Allemagne en fabriquant des chaussures pour la Wehrmacht et pour la population civile allemande. Et, à ce qu'il paraît, ça lui aurait permis d'éviter la faillite. L'Occupation n'a pas été mauvaise pour tout le monde !

— Tu oublies qu'il a été disculpé par les autorités de la Libération ! s'interposa Jeannot, le cafetier, qui s'était approché des trois compères.

— Ouais… encore faudrait-il prouver qu'il n'ait pas bénéficié de faveurs ! Ça, on n'en saura jamais rien !

Robert semblait intarissable.

— Je n'ai pas terminé, reprit-il à l'adresse de ses compagnons.

— Il y a autre chose ? s'enquit le plus attentif.

— Oui, plus grave encore.

— Jeannot, sers-nous un pastis. Ça va être plus long qu'on croyait.

— À cette heure ! Il n'est que dix heures.

— Y a pas d'heure pour les braves.

Jeannot s'exécuta.

— Alors ?

— Eh bien, la fille de Charles Chaptal, une certaine Ariane, elle aurait couché avec l'officier allemand qui logeait sous son toit.

— Comment peux-tu affirmer ça ?

— Ma femme. Elle l'avait appris par sa meilleure amie, la Simone Bastide, qui est décédée, mais qui, à l'époque, s'occupait du ménage chez les Chaptal. Elle avait découvert le pot aux roses.

Tous ces noms revenaient à l'esprit de Jacques et lui rappelaient de bien mauvais souvenirs. Ces trois hommes remuaient un passé douloureux, un passé qu'il s'était efforcé d'oublier.

— Elle a été tondue en public, à Nîmes, poursuivit Robert. Elle n'a récolté que ce qu'elle méritait.

— Et après ?

— On n'a plus jamais entendu parler d'elle. Disparue. Faut dire que ses vieux ne se sont jamais vantés de ce que leur fille avait commis sous leur toit.

— Eh bien, tu en connais des histoires pas très propres, l'interrompit le plus jeune des trois.

— Oh, vous ne savez pas tout ! J'en ai d'autres à vous raconter… Justement à propos de cette Juive que j'ai finalement accepté d'aider. Bien mal m'en a pris.

C'en était trop. Jacques ne tenait plus à en entendre davantage.

Il descendit du tabouret sur lequel il était juché, accoudé au comptoir. Se retourna. Fit face aux trois hommes qui attaquaient leur deuxième verre de pastis.

Il s'approcha d'eux. Plongea ses yeux dans ceux de Robert.

— Bonjour, monsieur Lapierre. Je suis heureux de vous retrouver en si bonne forme. Vous donnerez bien le bonjour à votre dame.

Puis il feignit de quitter les lieux. S'arrêta devant la porte. Se retourna à nouveau.

— J'oubliais : je me suis à nouveau installé aux Taillades. Avec ma femme et mon fils.

Lapierre resta coi.

Jacques disparut aussitôt, sans un au revoir.

— C'est pas possible ! s'étonna Robert, interdit.

— Qu'est-ce qui n'est pas possible ? lui demanda Jeannot, qui n'avait rien perdu de la conversation.

— Qu'il soit revenu aux Taillades avec sa femme et son gosse après ce qu'ils y ont vécu. Ils sont masos, ces gens-là !

— Explique-toi.

— Oh, c'est une autre histoire.

★

Ce jour-là, Robert n'en dit pas plus. Il jugea préférable de mettre de l'ordre dans son esprit avant de finir son histoire. Il prit soudainement conscience qu'il parlait trop. Ses bavardages lui avaient déjà valu des désagréments.

Il rentra chez lui un peu éméché, comme souvent quand il traînait au café en mauvaise compagnie. Germaine lui en tenait grief et ne se gênait pas de lui dire ses quatre vérités. Mais il n'en tenait pas compte et s'abandonnait à ses penchants dès que l'occasion se présentait.

La présence de Jacques Dufresne au café l'avait perturbé. Sur le moment, il s'était répandu en confidences, voire en médisances, devant ses compagnons de beuverie. Mais, après avoir recouvré ses esprits, l'alcool s'étant quelque peu dissipé, il chercha en vain les raisons qui avaient poussé le jeune médecin à revenir sur les lieux où il avait souffert une douzaine d'années plus tôt. Il n'avait rien oublié mais, jusqu'à présent, il s'était toujours gardé de révéler à quiconque ce qu'il savait.

Néanmoins, une fois chez lui, Robert ne put taire longtemps à sa femme ce qu'il s'efforçait de garder pour lui.

— Toi, tu me caches quelque chose, lui opposa Germaine au moment de débarrasser la table.

— Je ne cache rien du tout !

— Tu te laisses toujours entraîner par tes amis au café. Tu ne penses donc pas à ta santé ! Le médecin t'a prévenu que tu devais arrêter de boire. Tu oublies que tu as une cirrhose du foie ! Ça te perdra ! Tu creuses ta tombe.

— Il ne s'agit pas de cela ! objecta-t-il.

— Alors, pourquoi fais-tu ta tête des mauvais jours ? Quand tu as bu un verre de trop, tu deviens rouge comme un coq et tu es tout renfrogné !

— J'ai croisé Jacques Dufresne au bistrot.

Germaine cessa immédiatement d'essuyer sa vaisselle. Déposa son torchon sur le bord de l'évier.

— Qui ça ? insista-t-elle, incrédule.

— Tu m'as bien entendu : Jacques Dufresne, des Taillades. On s'est parlé... enfin, quelques mots seulement, de politesse. Il semblait ne pas tenir à entrer en conversation.

— Que vient-il faire à Cazeneuve ?

— Tu le lui demanderas quand tu le verras ! Je

l'ignore, moi. Je n'ai pas eu le temps de réagir. Il a filé aussi vite qu'il m'a salué. Faut dire que…

Robert laissa sa phrase en suspens.

— Il faut dire quoi ? Quelque chose t'a gêné ?

— En fait, j'étais en train d'expliquer à Jean-Pierre et à Ernest ce qui s'est passé aux Abarines pendant la guerre. Il m'a probablement entendu.

Robert n'osa avouer à sa femme qu'il disait pis que pendre des Juifs. Si ses sentiments antisémites ne l'avaient pas entièrement quitté, il évitait d'étaler au grand jour le fond de ses pensées. Même Germaine ne supportait plus les idées qu'il proférait quand il avait trop bu.

Elle connaissait les faits qui s'étaient déroulés aux Abarines ainsi que le drame vécu par les Dufresne aux Taillades. Elle croyait que les années avaient effacé toutes ces noirceurs. Trop de monde avait trempé dans des histoires peu honorables. Il y avait eu des vengeances de dernière minute, des dénonciations, des malversations, des calomnies. Tout ce qu'on colportait était rarement avéré. Dans l'immédiat après-guerre, on n'osait pas toujours se regarder en face. La gêne s'était installée parfois entre amis de longue date, entre voisins.

Germaine ne souhaitait pas reparler du passé.

— Je t'ai déjà conseillé de garder ta langue, répliqua-t-elle à son mari. Moins tu en dis, mieux tu te portes. N'oublie pas que tu as un fils et une fille, et qu'il ne faudrait pas qu'un jour on leur reproche quoi que ce soit. Moi, toutes ces histoires de Juifs, d'Allemands, de résistants et de collabos, j'en ai plus qu'assez. Ça fait bientôt quinze ans que la guerre est derrière nous. On ne va quand même pas remuer tout ça pendant des décennies !

— En attendant, Jacques Dufresne a débarqué avec femme et enfant. C'est bizarre, non ? Revenir sur les lieux d'un tel drame ! Cette Juive n'a pas assez souffert ici pour désirer vivre à nouveau dans cette maison de malheur !

— Pourquoi, le fils Dufresne t'a appris qu'ils s'installaient définitivement aux Taillades ?

— Il ne me l'a pas affirmé. Mais je l'ai entendu raconter à Jeannot qu'il avait l'intention de chercher un cabinet médical à reprendre.

Ce fut au tour de Germaine de trouver étrange cette décision de Jacques Dufresne.

*

Robert et Germaine pensèrent sur le moment que Jacques était accompagné d'Aliza, ignorant qu'elle était morte depuis de nombreuses années.

Aussi, quelle ne fut pas leur surprise quand, le lendemain, en conduisant leur troupeau dans leurs prés, ils découvrirent sur le pas de la porte des Taillades une jeune femme brune qui leur était inconnue.

— C'est qui ? s'étonna aussitôt Robert.

Puis, quand Clémence enlaça Jacques sous leurs

yeux ébahis et embrassa tendrement Sami qui était venu les rejoindre, ils se regardèrent, l'air incrédule, évitèrent de dévoiler leur présence. Rentrèrent chez eux sans s'attarder.

— C'est pas sa femme ! commenta immédiatement Robert. Elle est trop jeune. On s'est trompés. Il a dû se remarier. Mais alors, qu'est devenue cette Juive qui vivait terrée dans sa maison ?

Germaine était bien en peine de répondre aux questions de son mari. Elle connaissait le drame des Taillades. Elle savait que les Dufresne en étaient repartis dans la précipitation après avoir eu l'intention d'abandonner leur nouveau-né. Simone Bastide le lui avait avoué, ainsi que leur changement de décision, à la dernière minute, juste au moment où elle s'apprêtait à le confier à un jeune ménage qui l'aurait volontiers adopté.

— Ainsi ce petit garçon serait élevé par cette femme qui n'est pas sa mère ! supposa Germaine.

— Je me demande ce qui est advenu de l'autre, la Juive ? la coupa Robert. Je reconnais qu'elle n'avait pas bonne mine quand elle se cachait.

— Pour moi, ce qu'on a raconté à propos de cet enfant doit être vrai, poursuivit Germaine. Simone avait des doutes, mais elle ne se trompait pas.

— Tu peux m'éclairer.

— Tu ne t'es jamais posé la question ? Pour quelle raison ce couple avait aussi vite disparu, et sans prévenir ?

Robert n'était pas un homme très perspicace.

— Non, je ne vois pas.

— Eh bien, voici le fond de ma pensée…

— Je t'écoute.

Germaine n'avait jamais osé révéler ses soupçons.

— Simone a aperçu l'officier allemand des Abarines rôder plus d'une fois devant les Taillades.

— Ce Kurt Hensler ?

— Parfaitement.

— Le même que celui des Abarines… et de la fille Chaptal ?

— Le même. Non seulement il profitait de la petite Ariane, mais en plus il abusait certainement de cette Aliza Dufresne. Tu vois où je veux en venir ?

— Pas très bien. Sois plus claire.

— Je n'affirme pas qu'Aliza couchait volontairement avec ce Boche. Pour une Juive, c'eût été étonnant.

— Il la forçait ?

— C'est évident. Et pourquoi les Dufresne ont-ils eu l'intention d'abandonner leur bébé après avoir songé à un avortement ? Ça aussi, c'est Simone qui me l'a dit.

— Cette Aliza voulait avorter ! Mais pourquoi ?

— Mais parce qu'elle portait l'enfant de cet Allemand, pardi ! Ça ne fait plus aucun doute maintenant. Tout se tient.

— Et comment expliques-tu la présence de cette femme brune aux côtés de Jacques Dufresne ? Une femme nettement plus jeune que lui et que son épouse ?

— Tu aurais accepté, toi, que je tombe enceinte d'un Allemand ? Comment aurais-tu réagi ?

Robert avait pensé à tout, sauf à ça !

— Alors, je plains le gosse, ajouta-t-il. Je n'aimerais pas être à sa place.

5

L'été s'annonçait tendu. Les esprits demeuraient sur le qui-vive tant l'actualité semblait en surchauffe. Les événements en Algérie suivaient leur cours dans l'incertitude et avec leur lot de drames. Depuis son discours du 4 juin à Alger, le général de Gaulle, rappelé au gouvernement et investi de la charge de président du Conseil doté des pleins pouvoirs, laissait planer le doute sur ses intentions d'accorder l'indépendance à l'Algérie ou de la fusionner à la France. Or les troupes françaises avaient commencé à évacuer la Tunisie, ce que certains considéraient comme le début du renoncement de la France à ses possessions d'Afrique du Nord.

Jacques s'intéressait de près à l'actualité. Il était attiré par la politique et regrettait de ne pas s'être engagé plus tôt dans le combat d'idées qui divisait la France. Il sentait les Français à nouveau déchirés, prêts à s'opposer les uns aux autres.

— Aujourd'hui, ce ne sont plus les Juifs la

pomme de discorde, affirmait-il à Clémence lors de leurs discussions, mais les Algériens. Je perçois partout la montée d'un sentiment antiarabe qui n'est guère plus réjouissant que l'antisémitisme dont nous avons souffert pendant l'Occupation.

Clémence connaissait le passé de son compagnon. Jacques ne lui avait rien caché. Aussi, lorsqu'il lui signifia son intention de revenir aux Taillades, là où s'était joué le drame d'Aliza, elle crut qu'il avait définitivement tourné la page. Elle évitait toutefois de lui en parler, pour ne pas perturber Sami.

— Il est trop jeune, prétextait Jacques. De plus, il n'a aucun souvenir d'Aliza. Il est donc inutile de lui rappeler une maman qui, à ses yeux, ne sera toujours qu'une étrangère.

Clémence n'était pas de l'avis de Jacques, mais elle se gardait de le contredire. Elle aurait souhaité tout expliquer à Sami. À son âge, pensait-elle, l'enfant avait droit à la vérité.

Quelle vérité ? Toute la vérité, ou seulement une partie ?

Clémence doutait parfois que Jacques lui ait tout révélé. Il se murait souvent dans le silence lorsqu'elle insistait sur les causes du décès d'Aliza. Jacques ne s'étendait jamais sur ce douloureux événement. Elle respectait sa peine et se contentait des éclaircissements qu'il lui fournissait.

Aussi, lorsqu'il pria son fils de ne pas fréquenter les Lapierre, elle s'étonna d'abord, puis supposa que ces derniers n'étaient peut-être pas étrangers à ce qu'il estimait être son jardin secret.

Dans le village, Jacques s'était vite fait des connaissances. Il avait immédiatement averti qu'il était médecin. Au café-tabac de la Placette où il achetait ses cigarettes et buvait son café, il osait maintenant prendre part aux conversations et prendre des nouvelles des uns et des autres. Il évitait d'aborder la politique, principale source de dissensions. Le maire de la commune, grand résistant pendant la guerre, s'affichait ostensiblement gaulliste. Beaucoup de ses concitoyens l'approuvaient. Deux fois élu, il n'avait eu aucune difficulté à battre son adversaire socialiste.

— Il n'y a que de Gaulle pour nous sortir du bordel où nous ont fourrés les socialos, proclamaient les plus fervents partisans du Général. Sûr qu'il y mettra un terme. Et ce sera mieux pour tout le monde.

Jacques n'avait rien dévoilé de ses idées. Sans pour autant militer, il avait adhéré au parti socialiste au début des années 1950. Certes, la SFIO n'avait pas bonne presse depuis qu'elle s'était rendue impopulaire en raison de ses positions sur l'Algérie. Mais Jacques demeurait fidèle à ses idéaux et refusait de tenir compte des colères passagères de l'électorat. S'il avait été gaulliste pendant la guerre, il se méfiait maintenant des intentions du sauveur de la France et ne voyait plus en lui l'homme providentiel.

Au café de la Placette, il croisait rarement Robert Lapierre. Lorsqu'il ne pouvait pas l'ignorer, il n'engageait pas la conversation, se contentant de le saluer. De son côté, Robert ne cherchait pas à l'accoster.

Toutefois, un soir qu'il s'était attardé en compagnie d'un client venu pour le consulter sur ses douleurs à l'épaule, Jacques l'entendit proférer des paroles choquantes.

— Tous ces Arabes, faudrait agir avec eux comme avec les Juifs pendant la guerre ! assénait-il. Sinon, on sera vite envahis.

À sa table, ses amis l'écoutaient sans l'interrompre, l'air amusé.

— De Gaulle leur réglera leur sort. Il les foutra au pied du mur sans discuter. L'Algérie, c'est la France. Ils ne doivent pas l'oublier !

— Et s'il leur offre l'indépendance, aux Algériens ? le coupa l'un de ses comparses.

— S'il trahit la France, il le regrettera vite. Il se perdra lui-même.

Les Français risquaient à nouveau de s'affronter et de revivre des heures sombres.

Jacques en avait terminé et s'apprêtait à régler sa consommation quand l'homme venu le consulter le retint.

— Attendez, c'est pour moi. Je vous dois bien ça…

Ayant gentiment accepté, Jacques releva qu'il peinait à trouver sa monnaie.

— Montre-moi ton porte-monnaie, Mimile, lui dit Jeannot. Je vais me servir, ça ira plus vite.

Le cafetier regarda Jacques d'un air de connivence. Ce dernier devina ce qu'il tentait de lui signifier.

— Mimile ne distingue pas une grosse coupure d'une petite. Il faut parfois l'aider. En fait, il s'appelle Émile, Émile Lacombe, mais pour tout le monde c'est Mimile.

Jacques en effet avait remarqué que son interlocuteur éprouvait certaines difficultés. Il cherchait ses mots, parlait fort en effectuant des gestes brusques, semblait constamment excité.

— C'est un bourreau de travail, ajouta Jeannot. Si vous avez besoin d'un coup de main chez vous, n'hésitez pas à l'embaucher. Il est capable de soulever des montagnes !

Jacques remercia Émile et lui dit au revoir. Sans regarder la table où Robert Lapierre continuait de déblatérer, il se dirigea vers la sortie. Se ravisa.

— Il me faudrait de l'aide aux Taillades. Ça vous conviendrait de travailler pour moi, Émile ?

— Oh, volontiers ! C'est pas avec ce que je gagne à la mairie que je mène la grande vie ! J'accepte les petits boulots. Mais à condition que vous m'appeliez Mimile et que vous me tutoyiez.

— Alors, sois chez moi demain matin. Je te montrerai ce qu'il y a à faire.

Tout heureux, Émile s'approcha de Jacques et lui tendit la main.

— À demain, monsieur Jacques. Je serai chez vous à huit heures tapantes.

Il passa devant Jacques et fila rapidement, tout guilleret.

— Il n'y a pas plus ponctuel que lui, reconnut Jeannot, ni plus bosseur. C'est un brave garçon. Certains profitent de lui à cause de… Vous me comprenez.

— J'avais compris. Ne craignez rien. J'ai horreur des gens malhonnêtes et malfaisants.

Jacques avait volontairement haussé la voix.

Au fond de la salle, Robert sourcilla. Le fusilla du regard. Se retint de répondre.

*

Le lendemain matin comme promis, sans une minute de retard, Émile frappa à la porte des Taillades. Il était venu à bicyclette, un casque de moto sur la tête.

Quand Jacques le découvrit dans cet accoutrement, il s'étonna.

— Pourquoi portes-tu un casque ?

— Je tombe souvent et je ne voudrais pas me blesser. Quand j'étais petit, je suis tombé de vélo en bas d'une *faïsse*[1]. J'ai eu une fracture du crâne. Depuis, parfois, j'ai mal à la tête. Dans le village, certains soutiennent que c'est pour ça que j'ai des problèmes. Ils se moquent de moi. Mais, moi, je sais que ce n'est pas la raison.

---

1. Terrasse cultivée.

— Ne les écoute pas. Ce sont des gens médisants.

— En fait, ma mère a eu des problèmes à ma naissance. Je suis resté sans respirer trop longtemps. C'est ce que Simone Bastide m'a affirmé.

À l'évocation de Simone Bastide, Jacques sentit son cœur se serrer. Comment oublier que c'était cette dernière qui avait accouché Aliza quelques mois avant la fin de la guerre ? Depuis il n'avait plus eu de ses nouvelles.

Il ne laissa rien paraître.

— Qu'est devenue cette Simone ?

— Simone ! Elle est morte, précisa Émile. D'une crise cardiaque, a dit le docteur. C'était il y a une dizaine d'années, je crois. J'étais bien jeune à l'époque. Je ne m'en souviens pas trop. Mes parents, eux, l'ont bien connue.

— Tu vis encore chez eux ?

— Non. Ils sont décédés tous les deux.

— Oh, je suis désolé !

— Au cours de l'hiver 56, pendant les grands froids. Moi, j'étais à l'armée. On les a retrouvés morts de froid dans leur maison.

— Ils ne se chauffaient pas ?

— Si… enfin pas toujours. Il y avait un tas de bois et de charbon dans la cave. J'ai pas compris ce qui leur était arrivé… Depuis, je vis seul. Heureusement, le maire m'a embauché à la voirie. Je nettoie les rues du village.

— Tu es cantonnier.

— Oui, c'est ça. Avec Petit-Pierre et Fernand.

Jacques était très intéressé par ce que lui racontait Émile. Il l'écouta avec attention.

Puis il l'interrompit pour lui indiquer le travail qui l'attendait.

— D'abord, j'aimerais que tu retournes la terre du jardin à la bêche, à moins que tu ne disposes d'un motoculteur chez toi. Moi, je n'en ai pas.

— Oh non ! répondit Émile. À la mairie, ils ne veulent pas me confier des machines. Seulement des outils manuels. Ils ont peur que je les casse.

Jacques ne demanda pas pourquoi.

— Ensuite nous délimiterons le potager, poursuivit-il.

— Ça, je sais faire, monsieur Jacques. La pioche, la pelle ou le *luchet*[1], c'est bon pour moi !

— Quand tu auras terminé de bêcher, il faudra ratisser, puis semer et planter. Ensuite, on s'occupera de la pelouse. Au début de l'automne, on sèmera le gazon avant l'arrivée des grands froids.

— Je serai là tous les après-midi. Je ne travaille que le matin à la mairie.

En lui procurant cette tâche, Jacques se réjouit de venir en aide à Émile dans lequel il vit immédiatement un brave garçon, le cœur sur la main, toujours prêt à rendre service.

— Je te paierai comme il faut, précisa-t-il. De temps en temps, tu mangeras avec nous. Clémence

1. Bêche-fourche à quatre dents.

te préparera de bons petits plats. Et mon fils Sami sera ravi de parler avec toi.

Sami ne s'était pas fait de camarades. Encore un peu sauvage, il ne se trouvait pas dans son élément. Hormis le jeune Lapierre, il n'avait côtoyé personne. Lorsqu'il aperçut Émile dans le jardin, il se dissimula derrière le pilier de l'auvent de la terrasse afin de l'observer sans être vu.

Émile ne ménageait pas sa peine. Il avait quitté sa chemise et retournait la terre torse nu. Sur la tête, il arborait un large chapeau de paille au bord déchiré qui lui donnait l'air d'un épouvantail à moineaux. Il bêchait sans s'interrompre, la cigarette aux lèvres, ahanant à chaque pelletée comme pour mieux prendre des forces. Il s'arrêtait régulièrement, plantait sa bêche dans le sol ameubli, examinait son travail, dodelinait de la tête, marmonnait entre ses dents des mots inaudibles.

Il ne fait que râler, pensa Sami. Il n'a pas l'air commode !

Il n'osa s'approcher de lui. À vrai dire, l'aspect bourru d'Émile effrayait l'enfant. Il demeura de longues minutes à l'épier, puis, de guerre lasse, il finit par sortir de sa cachette pour rentrer dans la maison.

En passant, il renversa une chaise de jardin.

Émile, surpris par le bruit, s'arrêta aussitôt de bêcher, se retourna dans sa direction.

— Tu es le fils de monsieur Jacques ? Tu me regardais travailler ?

— Moi, non... enfin, oui, je suis Sami Dufresne. Et toi, qui es-tu ? Papa t'a embauché ?

— Je m'appelle Émile. Mimile si tu préfères.

L'enfant avait amorcé un pas en avant.

— Alors, c'est toi que Simone a mis au monde ! poursuivit Émile.

Sami ne sembla pas comprendre.

— Qui ça ?

— Ben, Simone, l'accoucheuse du village. C'est elle aussi qui m'a sorti du ventre de ma mère.

— Je n'ai jamais entendu parler de cette Simone !

— Elle est morte depuis longtemps.

Sami n'insista pas. Il crut sur le moment qu'Émile se trompait de personne ou n'avait pas toute sa tête. Il avait entendu son père annoncer à Clémence qu'il avait embauché un brave garçon de la commune pour de menus travaux. Il lui avait recommandé de se montrer affable avec lui, car il était assez particulier. Sami saisit immédiatement que l'homme devait être un peu bizarre.

Au moment de passer à table, vers midi, il interrogea son père.

— Dis-moi, papa, c'est vrai que c'est une certaine Simone qui m'a mis au monde ?

— Qui t'a raconté ça ?

— Mimile, ce matin, dans le jardin.

Jacques parut gêné. Il regarda Clémence d'un air

hésitant. Elle lui signifia en fronçant les sourcils de ne pas entrer dans les détails.

Il esquiva.

— Émile se trompe. Il confond. D'ailleurs, je ne connais pas de Simone dans ce village.

— Normal, elle est morte !

— Pour quelqu'un qui ne parle à personne, tu me sembles très informé !

La conversation en resta là. Sami oublia vite sa question et s'assit à sa place entre Jacques et Clémence.

Il prit celle-ci par la main. Affirma :

— De toute façon, je m'en moque. C'est toi ma maman.

Depuis que Clémence s'occupait de lui, Sami n'avait jamais posé de questions sur sa naissance.

Jacques prit conscience que le moment approchait de lui révéler toute la vérité.

*

Émile se plaisait aux Taillades. Il ne rechignait jamais à y venir travailler chaque fois que Jacques le lui proposait.

Quand il eut terminé de remuer la terre autour de la maison, en attendant la saison des semis et des plantations, Jacques lui demanda de poser des clôtures. La propriété en effet n'était séparée des prairies de Robert Lapierre que par un mince cours d'eau et une rangée de peupliers. Il arrivait que ses vaches s'approchent de trop près, attirées par l'eau du ruisseau.

— L'une d'elles pourrait un jour avoir envie de traverser et se retrouver dans le jardin ! prétexta-t-il en réponse à Clémence qui s'étonnait de son intention de délimiter ainsi le terrain. De plus, il faut se protéger des sangliers qui pullulent dans la région. Les chasseurs n'en viennent pas à bout. Or ces bêtes-là font des ravages considérables dans les potagers, et même dans les cultures.

Ils se mirent aussitôt au travail à la première heure afin de profiter de la fraîcheur du petit jour. Jacques donnait ses ordres, prêtait la main, mais laissait à Émile le dur labeur de planter les piquets, de dérouler les rouleaux de grillage, de serrer les tendeurs…

Quand arrivait l'heure de casser la croûte, Clémence leur apportait sur place une collation comme pendant les vendanges au beau milieu des vignes. Émile enfournait saucisse sèche, jambon, fromage, et quelques rasades de vin rouge que Clémence coupait d'eau pour lui éviter d'ingurgiter trop d'alcool en plein soleil.

Ensemble ils formaient une bonne équipe. Jacques se sentait l'âme d'un paysan, et ce n'était pas pour lui déplaire.

— Début septembre, je m'installe à Florac. C'est décidé. Le docteur Ravanel cesse définitivement ses fonctions. Je vais prendre sa suite. Personne ne s'est encore présenté pour le remplacer.

Émile était curieux de connaître le passé de Jacques. Il avait appris qu'il avait habité aux Taillades pendant la guerre, alors que lui n'avait qu'une dizaine d'années.

— Pourquoi êtes-vous parti de Cazeneuve ?

Jacques ne souhaitait pas s'étendre sur cette période qui était toujours source d'amers souvenirs dans son esprit.

— J'ai abandonné mon cabinet médical de Montpellier et, avec ma femme, on est retournés à Yvoire près du lac Léman, notre pays d'origine. Aliza a beaucoup souffert de vivre terrée aux Taillades sous l'Occupation.

Jacques avait expliqué à Émile qu'Aliza était juive et qu'elle avait échappé de peu aux rafles ordonnées par les nazis.

— Cette femme qui se cachait aux Taillades était donc votre première épouse ! s'étonna Émile. Je l'ignorais. On m'a raconté cette histoire…

— Ma première épouse, si tu veux… Enfin, je ne me suis jamais remarié après son décès. Clémence est ma compagne.

Émile baissa les yeux, comme gêné. Garda le silence un moment.

— Tu ne dis plus rien ?

— C'est que…

— Qu'y a-t-il ? Tu n'as rien à craindre.

Émile cherchait ses mots. Quand il n'osait s'épancher, son esprit s'embrouillait. Il ne parvenait pas à dissimuler son incapacité à s'exprimer.

Il se reprit.

— C'est… c'est à propos de votre femme, Aliza. Maintenant que vous m'avez appris comment elle s'appelait, je me souviens de ce qu'on colportait dans le village.

Intrigué, Jacques l'invita à être plus explicite.

— Ça m'embête de vous en parler. Moi, j'y ai jamais cru.

— Qu'est-ce qu'on rapportait à propos de ma femme ?

Alors Émile respira profondément et, sans relever les yeux, commença à raconter les bruits qui avaient couru après le départ de Jacques et d'Aliza Dufresne peu avant la fin de la guerre.

— J'ai entendu des choses pas très jolies, reconnut-il.

— Qu'as-tu entendu ?

— Que Germaine Lapierre avait conseillé à son mari de révéler aux Allemands qu'une Juive se cachait aux Taillades. Sinon, c'est eux qui auraient eu des ennuis pour ne pas l'avoir signalé.

— C'est tout ?

— Oui.

Jacques, bouleversé, eut une forte envie d'aller exiger des explications auprès des Lapierre. Certes, il connaissait l'incident dont Aliza avait été l'objet peu après leur arrivée aux Taillades. Robert avait tenté d'abuser d'elle. Mais il avait été à cent lieues de se douter d'une telle ignominie : dénoncer sa femme alors qu'il lui avait demandé de veiller sur elle !

— Nous sommes partis à temps ! se contenta-t-il de répliquer à Émile qui ignorait les dessous de cette tragédie.

Jacques n'en dévoila pas davantage.

Il évita même de se confier à Clémence, préférant demeurer aux Taillades avec elle et Sami comme si de rien n'était.

Le lendemain, il se rendit chez le docteur Ravanel à Florac pour lui proposer de reprendre son cabinet.

6

Les pourparlers avec le docteur Ravanel furent rondement menés. Le vieux médecin commençait à désespérer de trouver un remplaçant et s'inquiétait pour le suivi de sa clientèle.

— Florac n'est qu'un gros bourg, reconnut-il. Les nouveaux médecins, tout frais sortis de la faculté, préfèrent s'installer dans les grands centres où ils sont sûrs d'avoir des patients à leur convenance et une qualité de vie meilleure que dans nos contrées un peu perdues. Ici, les hivers sont rudes et l'on est vite isolé. Les tournées dans la montagne ou sur le causse se transforment parfois en véritables expéditions, surtout quand il y a de la neige ou du vent violent. La burle, c'est encore plus terrible que les chutes de neige. Elle vous pétrifie sur place. Et je ne parle pas des distances à parcourir pour se rendre chez certains malades vivant dans des hameaux reculés. Êtes-vous conscient de cette réalité ?

Jacques connaissait les difficultés qu'il aurait

à surmonter. Le docteur Ravanel n'était pas un médecin des villes, bien qu'installé au cœur de la petite sous-préfecture. Il avait patiemment constitué sa patientèle avec ceux que ses confrères rechignaient à soigner à cause des longs déplacements qu'ils nécessitaient.

— Je n'espérais pas trouver une sinécure en venant exercer dans votre commune, répondit-il. Je me suis renseigné sur votre cabinet avant de vous contacter. J'accepte toutes les contraintes et les obligations inhérentes à la fonction que vous me remettez. Pour moi, le corps médical ne doit faire aucune différence entre patients. Riches ou pauvres, jeunes ou vieux, citadins ou ruraux, tous ont droit à la même médecine et aux mêmes soins.

— On vous appellera parfois pour une vache ou un cheval ! Il faut vous y attendre. Dans les fermes très éloignées, on n'a pas toujours accès au vétérinaire. Il est tellement plus facile de recourir au médecin de famille ! Moi, je n'ai jamais renoncé. Mais je comprendrais que vous refusiez ce genre de… comment dire ?

— D'écart à notre sacerdoce.

— Si vous voulez. Avez-vous quelques notions d'anatomie animale ?

Jacques n'avait pas imaginé une telle situation.

Il concéda :

— J'avoue que non. Mais nous possédons avec les autres mammifères de nombreux points communs. Je m'en sortirai.

Le docteur Ravanel lui remit les clés de son cabinet ainsi que tous les dossiers médicaux de ses patients non sans une certaine émotion.

— Je quitte mes fonctions la larme à l'œil. Mais je demeurerai médecin dans l'âme jusqu'à la fin de ma vie. Si vous avez besoin d'aide ou de conseil, n'hésitez pas à venir me voir. Je n'habite pas très loin. Une grande maison entourée de cyprès, en bordure de la route de Mende à la sortie de Florac. Vous ne pouvez pas vous tromper.

Jacques avait placé toutes ses économies dans le rachat de la clientèle du vieux praticien. Dorénavant, il ne pouvait plus reculer. Il avait l'obligation de réussir.

— Il n'y a aucune raison que j'échoue, se rassura-t-il le soir même devant Clémence qui le trouvait dubitatif.

— Ce n'est pas la première fois que tu reprends le cabinet d'un confrère ! Ça s'est toujours bien passé, non ?

— Au début, on perd forcément quelques malades qui préfèrent avoir affaire à un autre médecin établi depuis longtemps dans leur commune. La méfiance explique leurs hésitations. Surtout envers un étranger. Je ne suis pas cévenol. Mais, après quelques mois, tout rentrera dans l'ordre… Je l'espère.

Malgré les paroles d'encouragement de Clémence, Jacques paraissait soucieux.

— Qu'est-ce qui te tracasse ? insista-t-elle.

— C'est Sami. Comment réagira-t-il lorsque je lui apprendrai que nous nous installons définitivement ici aux Taillades ?

— Ne travestis pas la vérité. Il est assez grand maintenant pour comprendre que ce cabinet représente pour toi une chance inespérée de revenir dans les Cévennes, une région qui t'est chère, qui te ramène à tes jeunes années, quand tu passais des vacances heureuses avec ta famille. Il ignore le drame que tes parents y ont vécu. Ainsi que celui d'Aliza.

Jacques s'efforça de minimiser son inquiétude et décida de ne plus temporiser.

Le lendemain matin, il appela Sami qui jouait dans sa chambre.

L'enfant essayait de sortir des notes sur la guitare de son père, et réussissait quelques accords sans que personne lui ait jamais appris où placer ses doigts sur les cordes. Jacques le laissait se débrouiller seul, fier que son fils montre un penchant pour la musique. Il s'était promis de lui inculquer les bases de son instrument préféré, mais n'en avait encore pas pris le temps.

— Descends, Sami. J'ai quelque chose d'important à t'annoncer. Tu retrouveras ta guitare après. Je te donnerai ta première leçon, si tu es décidé.

— Ça ne peut pas attendre ?

— Je n'en ai pas pour longtemps.

Sami posa la guitare sur son lit et obéit à son père en maugréant. Il me propose de m'aider, mais il changera vite d'avis ! Comme d'habitude, pensait-il.

Quand le garçon fut en bas de l'escalier, Jacques s'efforça de lui sourire.

— Approche-toi.

L'enfant s'exécuta, l'air soupçonneux. Il devinait une nouvelle peu agréable. Il s'assit à la table de la cuisine.

Clémence se plaça à côté de lui, lui offrit une tasse de chocolat.

— Tu n'as pas déjeuné ce matin, mon chéri. Mange quelque chose.

— Je n'ai pas faim.

Puis s'adressant à son père :

— Alors, qu'as-tu de si important à me dire ? Nous repartons bientôt à la maison ? Il serait temps ! Je commence à m'ennuyer ici.

Jacques déglutit. Lui caressa tendrement la main. Déclara sans détour :

— Voilà, je viens de racheter le cabinet médical du docteur Ravanel, à Florac. J'ai donc décidé que nous nous installerions à demeure aux Taillades.

Sami se dressa d'un coup, retirant brutalement sa main de celle de son père.

— Tu te fiches bien de mon avis… comme toujours !

— Clémence est d'accord… Tu finiras par t'habituer. À ton âge, on se fait vite des amis.

— Mes amis sont à Yvoire. Mon école est à

Yvoire. Ma maison est à Yvoire. Yvoire ! Yvoire ! Yvoire ! martela Sami, totalement désespéré. Je ne veux pas vivre dans les Cévennes. C'est moche et les gens sont méchants ! Je ne resterai pas ! Non, je ne resterai pas ! J'irai vivre chez tata Yvette.

Sans permettre à Jacques et à Clémence de réagir, Sami courut vers l'entrée et détala à toutes jambes, droit devant lui.

— Sami ! Reviens, voyons ! Sami ! Sois raisonnable.

L'enfant était déjà loin quand Jacques se rua à son tour sur le pas de la porte.

Il eut à peine le temps d'apercevoir son fils disparaître dans le bois voisin.

Clémence le rassura.

— Il n'ira pas loin. Quand il aura fini de digérer son amertume, il reviendra. Laisse-le se calmer.

*

À midi, Sami n'était pas encore de retour. Jacques se reprochait de ne pas être parti immédiatement à sa recherche. Clémence l'en avait dissuadé, sous prétexte qu'il fallait lui laisser un peu de liberté, ne pas être toujours sur son dos.

— Plus tu exerceras ton autorité sur lui, plus il se cabrera. Ne te montre pas trop sévère. Sami, j'en suis persuadée, se sent différent des autres. Je ne suis pas sa mère, quoiqu'il prétende le contraire. Il souffre probablement de cette situation.

— Il ne m'a jamais donné cette impression !

— Moi, je le ressens. C'est la raison pour laquelle il a besoin de certitudes, de se retrouver dans un cadre rassurant et familier. Or, ici, rien ne lui rappelle ce à quoi il tient le plus. Tu lui demandes d'abandonner ses souvenirs pour adopter un univers auquel il est totalement étranger. C'est beaucoup pour un enfant.

Jacques admit les explications de sa compagne.

— Tu es plus psychologue que moi, avoua-t-il. Pourtant, avec mes patients, je joue souvent au psy pour les convaincre de se soigner et de prendre leurs médicaments !

Mais plus les heures passaient, plus Jacques se tourmentait.

Sans le lui montrer, Clémence commençait également à s'inquiéter.

En fin d'après-midi, ils partirent à sa recherche.

— Je suis certaine qu'il n'est pas très loin, tenta de le rassurer Clémence. Il doit se cacher dans les bois.

Mais Sami pouvait s'éloigner sans avoir conscience de la distance qu'il effectuait. Bon marcheur, il étonnait par sa résistance à l'effort quand, avec ses parents, ils atteignaient les sommets du Chablais dans la région d'Abondance. Les Cornettes de Bise, la dent d'Oche ou le mont de Grange ne l'avaient jamais effrayé. Très jeune, l'enfant se plaisait à en gravir les pentes, suivant son père à la semelle pour lui prouver qu'il était un vrai montagnard. Il lui affirmait depuis longtemps que, plus tard, il serait alpiniste et vaincrait le mont Blanc. Jacques s'enorgueillissait d'avoir un fils aussi courageux, mais craignait parfois sa témérité. Sami ne mesurait pas ses limites et mettait un point d'honneur à réussir là où ses camarades échouaient.

Ils s'enfoncèrent dans le bois devenu forêt. Le chemin s'arrêta brutalement, se fractionnant en de multiples passages tracés par les animaux sauvages.

— Je m'inquiète vraiment, reconnut Jacques. La nuit tombe. Dans l'obscurité, il se perdra, c'est certain. Dans tous ces taillis, on ne distingue rien.

Clémence se taisait. Elle s'en voulait de ne pas avoir écouté son compagnon. Elle cria à tue-tête :

— Sami ! Sami ! Où es-tu ? Réponds. Sami !

Jacques lui faisait écho.

Au bout de deux heures, ils se rendirent à la raison.

— Nous ne le retrouverons pas d'ici la nuit ! se lamenta Jacques.

— Il est peut-être retourné à la maison et il nous attend bien installé dans sa chambre, en train de jouer de la guitare.

Jacques ne releva pas. Quelque chose en lui affirmait le contraire. Il connaissait son fils. Il n'était pas du genre à renoncer. S'il s'était mis dans la tête de repartir à Yvoire, aussi stupide que fût cette idée, rien ne le retiendrait.

Découragés, ils abandonnèrent leurs recherches,

dans l'espoir effectivement que l'enfant fût rentré de lui-même.

Mais à leur arrivée aux Taillades, la maison était vide.

★

Dans sa fuite effrénée, Sami ne se rendit pas compte du souci qu'il créait chez ses parents. Très en colère, il ne pensait qu'à s'éloigner des Taillades pour mieux se rapprocher de sa maison d'Yvoire. C'était vite devenu une idée fixe, certes déraisonnable, mais qui l'obsédait. Persuadé que la forêt était peu étendue, il espérait trouver rapidement une route. Il arrêterait une voiture et demanderait au conducteur de l'amener à la gare de Florac où il sauterait dans un train pour... En réalité, il l'ignorait. Il n'avait pas retenu l'itinéraire emprunté par son père pour atteindre Cazeneuve. Il était incapable de citer Alès, Nîmes, Valence, Annecy. Thonon était son seul point de repère dans son errance.

Mais force lui fut de constater qu'il s'était trompé. Alors, réalisant son geste, il se réveilla comme au sortir d'un mauvais rêve.

— Je suis perdu, s'effraya-t-il.

Autour de lui, la nuit tombait, guère rassurante. Le feuillage des arbres lui parut hostile, comme si, tout à coup, la nature se refermait sur lui. Il ralentit sa marche. Tout à l'écoute. Des bruits étranges l'apeurèrent. Les animaux de la forêt reprenaient possession de leur domaine, les yeux à l'affût, les oreilles aux aguets. Ils sentaient l'intrus. Demeuraient sur le qui-vive. Prêts à disparaître pour éviter le prédateur.

Sami s'affola, conscient de son erreur.

Il se démenait depuis plus d'une heure dans une semi-obscurité qui s'épaississait quand il déboucha dans une trouée. Devant lui se dressait une petite maison en bois. Il s'en approcha. Il y verrait peut-être quelqu'un qui lui permettrait de rentrer chez lui avant la nuit totale. Les volets étaient ouverts. Mais aucune lumière ne filtrait aux fenêtres. Il frappa à la porte, qui céda facilement.

Personne. La maison était vide. En réalité, il s'agissait d'un refuge pour les forestiers ou les chasseurs. L'intérieur était sommairement meublé. Une table, trois chaises, deux matelas à même le sol, un réchaud avec une bouteille de gaz, une armoire délabrée. À l'étage, sur le plancher, de la paille. Partout des toiles d'araignée, de la poussière et une odeur de moisissure désagréable.

— On n'y voit rien ! dit Sami à haute voix pour se donner du courage.

Il fouilla dans le tiroir de la table. Découvrit trois bougies et une boîte d'allumettes. Il éclaira aussitôt les lieux. Se rassura.

— Cette cabane est abandonnée.

La faim lui tiraillait l'estomac. Il n'avait rien avalé depuis la veille au soir. Il eut beau chercher, il ne dénicha pas la moindre miette à se mettre sous la dent.

Il ressortit, une chandelle à la main pour examiner les alentours. Il aperçut un tas de bûches, puis, au-delà, un appentis accolé au mur de la maison. À l'intérieur, des étagères sur lesquelles une demi-douzaine de conserves avaient été laissées par les derniers occupants.

— Il me faudrait un ouvre-boîte !

Il ne trouva rien pour le secourir, hormis un marteau et un poinçon dans un coffre à outils, à côté de scies, de limes, de coins pour fendre le bois, du matériel de bûcheron, pensa-t-il à juste titre.

Sans hésiter, d'un coup sec, il éventra une boîte de haricots verts. Il égoutta le jus de cuisson, goûta prudemment les précieux légumes.

— Ils me paraissent encore comestibles, constata-t-il avec soulagement. À la guerre comme à la guerre !

Il dévora le contenu avec les doigts. Puis il s'attaqua à une boîte de petits pois auxquels il réserva le même sort.

Rassasié, il s'affala sur l'un des deux matelas sans se préoccuper de sa propreté, et finit par s'endormir, la bougie allumée.

Au petit matin, il fut réveillé par les rayons du soleil. À l'extérieur, des pas feutrés attestaient d'une présence.

Il se leva lentement, se cala derrière la porte, redoutant la venue du locataire des lieux.

Il attendit de longues minutes. Les bruits se précisèrent, mais de manière confuse. Ils ne ressemblaient pas à ceux d'un être humain.

Il osa pointer le nez dehors et s'ébahit. Un cerf et deux biches se promenaient dans l'herbe fraîche de la clairière. En silence, il les observa, admiratif. Il en oublia sa peur. Le mâle, majestueux, portait des bois aux nombreuses ramifications, et surveillait de près celles qu'il honorait. Celles-ci, plus craintives, se méfiaient. Elles sentaient la présence de l'homme. Sami se retint de respirer, demeurant le plus immobile possible.

Quand subitement, un coup de feu éclata.

Le cerf s'effondra sur place. Les deux biches détalèrent dans des directions opposées.

Un deuxième tir arrêta la fuite de l'une d'elles qui, à son tour, s'étala au sol. Le troisième animal eut la vie sauve, car le chasseur n'avait que deux cartouches dans son fusil.

Médusé, Sami sortit de sa cachette et se découvrit, observant les alentours. Il vit alors apparaître un homme, le fusil de chasse à la main. Hirsute, le corps trapu, le visage mal rasé, il aperçut le jeune fugitif et s'approcha de la cabane.

— Que fais-tu là, mon garçon ?

Sami se sentit pris dans une souricière.

L'homme poursuivit :

— Tu as dormi ici, seul ? Mais d'où viens-tu ?

Alors Sami expliqua la vérité, sans mentir.

— Je me suis enfui de chez moi hier matin,

car j'étais très en colère. J'ai foncé à travers bois sans savoir où j'allais. J'ai marché, marché, sans me rendre compte ni de l'heure ni de la distance que je parcourais. J'avais l'intention de revenir à la maison avant la nuit. Mais je me suis perdu dans la forêt. Quand j'ai découvert cette cabane, je m'y suis réfugié.

— Comment t'appelles-tu ? demanda le chasseur.

— Sami Dufresne. Je suis le fils du docteur Dufresne.

L'homme se rembrunit. Cassa son fusil par précaution. L'appuya au mur de la maisonnette. Souleva sa casquette sur le haut du front.

— Quel est son prénom, à ton père ?

— Jacques. Et ma mère…

— Aliza, le coupa le chasseur. Je ne me trompe pas ?

Sami s'étonna. Instinctivement, il allait prononcer le prénom de Clémence.

Il se retint.

— Comment le savez-vous ?

— Je suis votre voisin à Cazeneuve. Robert Lapierre.

— Le père de Pierre ?

— Exact. Vous vous connaissez ?

— Un peu. On s'est rencontrés dans les prairies. Mais papa m'interdit de le revoir.

— Tiens donc ! Et pourquoi ?

— Aucune idée.

Lapierre n'en demanda pas davantage et proposa à Sami de le guider jusqu'à l'orée de la forêt.

Soulagé, Sami se laissa conduire, tout apeuré de la réaction de ses parents à son arrivée aux Taillades.

Une fois parvenu aux abords de Cazeneuve, Robert Lapierre l'abandonna en lui confiant :

— Puisque ton père ne souhaite pas que tu fréquentes mon fils, je ne te raccompagne pas plus loin. J'ai du travail avec les deux bêtes que j'ai abattues.

Alors Sami remercia son sauveur et se rapprocha de Cazeneuve qui émergeait dans la lumière du petit matin.

7

En début de matinée, Sami reconnut le village de Cazeneuve en bordure duquel Robert Lapierre l'avait laissé. Il n'y était pas venu depuis son arrivée aux Taillades, mais la place, le café, l'église et surtout la mairie avec son fronton sur lequel l'inscription républicaine était gravée dans la pierre lui resurgirent à l'esprit. Lorsqu'il l'avait traversé, il avait observé sans bienveillance ceux qui s'y trouvaient, notamment les habitués du café de la Placette. Il se sentit rassuré. Pour autant, il n'osa pas demander son chemin.

Il hésita, s'engouffra dans la rue principale. Devant le bureau de poste, il aperçut le facteur monter sur sa bicyclette, prêt pour sa tournée quotidienne. Ne sachant pas quelle direction prendre, il s'en approcha timidement.

— Pardon, monsieur, pourriez-vous m'indiquer la route des Taillades, s'il vous plaît ?

Le préposé s'étonna.

— Oh, mais tu es un petit garçon très poli ! Je ne t'ai jamais vu par ici. Tu habites au village ?

— Oui, aux Taillades. Mon père, c'est le docteur Dufresne.

— Dufresne… Dufresne ? J'ai du courrier pour lui. C'est la première fois. Je me disais… la maison est ouverte depuis quelque temps. Ainsi donc, vous êtes les nouveaux locataires ?

— La maison appartient à mon père. Avant, c'était celle de mes grands-parents. Je ne les ai jamais connus. Ils sont morts il y a longtemps.

— Les Taillades… Dufresne… ça me revient. Ah, j'y suis ! J'ai entendu parler d'une tragédie qui s'y est déroulée. Il y a des années de cela.

Sami ne sut que répondre. C'était la seconde fois qu'il entendait parler de cette histoire. Il trouva son père bien cachottier. À moins, se dit-il, qu'il s'agisse d'un de ces secrets de famille dont on ne parle pas aux enfants ! Il se jura d'en avoir le cœur net.

— Si je comprends bien, ajouta le facteur, tu t'es perdu !

— Euh… oui.

— Pour les Taillades, c'est simple : tu continues tout droit, environ sur deux kilomètres. Tu longeras le mas de Félicien Bastide. Peu après, tu arriveras chez toi.

— Merci beaucoup, monsieur.

— Ne pars pas comme ça ! J'ai du courrier pour ton père. Jacques Dufresne, c'est bien ça ? Tiens, tu lui remettras cette enveloppe. Ça m'évitera d'y aller.

Sami poursuivit son chemin sans plus s'attarder.

Comme le lui avait indiqué le préposé de la poste, au bout d'une demi-heure de marche, il atteignit le mas de Félicien Bastide. L'enfant ne s'était jamais aventuré jusque-là. De loin, il aperçut le vieil homme assis sur le seuil de sa maison. À ses pieds, son chien fidèle suivait Sami du regard. Il ne pouvait l'éviter en s'écartant, car la route longeait une sorte de zone marécageuse impraticable, vestiges d'une ancienne tourbière.

D'un naturel prudent, Sami accéléra le pas.

Mais juste au moment où il passait devant l'entrée du mas, le chien de Félicien, un berger belge à la robe fauve, aboya. Son maître sortit de son demi-sommeil, leva le nez, remarqua l'enfant.

Sami tourna la tête dans sa direction, et, comme ses parents le lui avaient inculqué, salua le vieillard.

— Bonjour, monsieur.

— Bonjour, mon garçon.

Le berger se précipita sur Sami, tournoya autour de lui, désireux de s'amuser avec le nouveau venu.

Sami redoutait les animaux qui ne lui étaient pas familiers. Tout petit, il avait été menacé par un dogue danois et gardait une appréhension viscérale des chiens. Il s'écarta, poussa un cri de frayeur.

— Ne crains rien ! le rassura Félicien. Il n'est pas méchant. Il veut seulement jouer avec toi.

— J'ai peur qu'il me morde.

— Il n'a jamais mordu personne.

Félicien n'avait pas reconnu Sami. Le jour de

son arrivée, l'enfant ne s'était pas attardé devant la porte des Taillades.

— Qui es-tu ? le pressa-t-il. Je ne t'ai jamais aperçu dans le coin !

Encore méfiant, Sami répondit :

— Je m'appelle Sami Dufresne, je suis le fils du docteur Dufresne.

À ces mots, le vieux Félicien blêmit, mais ne releva pas.

Tout à coup, l'histoire que lui avait rapportée sa femme Simone lui revint en mémoire : le jeune couple des Taillades pendant l'Occupation ; elle, une Juive qui se cachait ; lui, son mari, qui venait la rejoindre en fin de semaine. Il ne s'était donc pas trompé.

Ce petit garçon, songea-t-il immédiatement, c'était bien… l'enfant de la honte dont les parents avaient tenté d'empêcher la naissance, puis abandonné et repris in extremis des mains de Simone !

Il ne lui fallut pas longtemps pour comprendre. L'enfant était blond, avait les yeux bleus, le teint clair. Nul doute. Jacques Dufresne n'était pas son père !

Son père serait donc… l'officier allemand des Abarines !

C'était une histoire dramatique. Depuis, Félicien n'en avait plus jamais entendu parler.

Alors, pourquoi maintenant étaient-ils revenus ?

Félicien avait un doute. Cette femme, qu'il avait observée de loin à sa descente de voiture, ne ressemblait pas du tout à la jeune Juive qui se terrait aux Taillades. Certes, comme elle, elle était brune, mais beaucoup moins typée.

Sur le coup, il hésita à demander des détails à Sami. Celui-ci avait déjà amorcé quelques pas pour reprendre sa route. Il l'arrêta. Le questionna l'air de rien, prêchant le faux pour le vrai :

— Dis-moi, petit. Ta maman est cette jolie dame blonde que j'ai aperçue près de ta maison ?

— Oui, mais elle n'est pas blonde, elle est brune, comme papa.

J'en étais sûr ! pensa Félicien. Je ne me trompe pas. Et Simone avait raison.

Il laissa Sami repartir sans plus le questionner.

— Tu me rendras visite de temps en temps, n'est-ce pas ? ajouta-t-il cependant. Tu me sembles être un brave petit garçon. Toi au moins, tu ne dois rien avoir à cacher.

Sami ne comprit pas l'allusion de Félicien. Il lui promit de lui rendre visite si ses parents l'y autorisaient et s'éloigna sans se retourner.

— Sa mère, j'en suis certain, était brune et typée comme une fille du Sud, marmonna Félicien. Pourtant je ne l'ai pas reconnue quand ils ont débarqué !… Et son mari, ce Jacques, il est aussi brun qu'elle !

Peu après le mas de Félicien, le chemin se partageait en deux branches mais il n'y avait plus aucune indication. Se fiant à son instinct, Sami prit celle de gauche. La mauvaise ! Au lieu de se diriger vers les Taillades, il s'en écarta de plus en plus et se rapprocha des Abarines, le domaine des Chaptal.

Il ne reconnut pas les lieux.

Il poursuivit sa route sans se douter de son erreur. Après un quart d'heure de marche, il comprit enfin.

Il s'apprêtait à s'en retourner lorsqu'une fillette à bicyclette fonça droit sur lui. Elle s'arrêta à ses côtés et s'enquit :

— Tu es perdu ?

— Comment le sais-tu ?

Sami éprouvait toujours un sentiment de méfiance lorsqu'il rencontrait un inconnu. Mais la petite fille lui parut gentille. Il se sentit en confiance.

— Où vas-tu ? Je peux t'aider si tu veux.

— Je rentre chez moi, aux Taillades.

— Tu as pris le mauvais chemin. À la fourche, tu aurais dû tourner à droite. Par ici, tu te diriges vers chez moi.

— C'est où chez toi ?

— Le Joncas, une maison près des Abarines, un hameau un peu plus loin. Tu es passé devant. Il y a une usine de chaussures en limite de la commune. Tu ne l'as jamais vue ?

— Si, lorsque nous sommes arrivés, mon père me l'a montrée.

— Eh bien, c'est près de chez moi.

Les deux enfants bavardaient comme s'ils se connaissaient depuis des années.

— Ton vélo est drôlement chouette ! s'extasia-t-il. Il est neuf ?

— Oui, c'est ma grand-mère qui me l'a offert.

— Tu te promènes souvent dans la campagne ?

— De temps en temps, mais je reste sur les petites routes. Maman m'interdit de m'éloigner.

— Pourquoi ?

— Il n'y a pas très longtemps que nous sommes à Cazeneuve. Elle craint que je me perde.

— Comment t'appelles-tu ?

— Emma. Et toi ?

— Sami. Sami Dufresne. Je suis le fils du docteur Dufresne. Nous aussi, on est nouveaux à Cazeneuve. On vient d'arriver.

— Nous ne sommes pas tout à fait nouveaux. Ma mère habitait ici quand elle était jeune. En fait, nous sommes venues vivre près de chez ses parents… enfin mes grands-parents. Avant, nous résidions à Paris.

— Paris ! C'est qui ta mère ? Une actrice de cinéma ? Ou une chanteuse ?

— Tous les Parisiens ne sont pas des gens célèbres ! Où as-tu appris de telles bêtises ?

Les deux enfants s'esclaffèrent de concert.

— Alors, c'est qui ta mère ?

— Elle s'appelle Ariane Chaptal. Et elle travaillait dans la haute couture. Pas dans le cinéma ni dans la chanson ! Mais chez Christian Dior.

*

Sami ne connaissait pas l'histoire de la commune pendant la guerre. Jacques ne la lui avait jamais racontée.

Ariane Chaptal n'avait pas connu le même heureux dénouement que son père, relaxé et lavé de tout soupçon. Condamnée à Nîmes par le tribunal, elle fut remise en liberté après plusieurs semaines d'incarcération, puis tondue en place publique. Depuis, elle n'était plus jamais réapparue chez elle, laissant sa famille dans le plus profond désarroi.

Afin d'enterrer à jamais l'injustice dont elle avait été victime, elle partit cacher son malheur à Paris, tentant d'oublier qu'elle s'était sacrifiée pour sauver son fiancé, Raphaël Soubise, détenu dans un camp de concentration. Peintre à ses heures perdues, elle se reconvertit rapidement dans la haute couture à la suite d'une rencontre fortuite à Montmartre avec le directeur du personnel de la maison Dior. Hervé Latour la sortit de sa détresse et lui donna l'espoir qu'après un drame sentimental la vie reprenait le dessus. Il lui ouvrit ses bras en même temps que le monde de la mode. Peu à peu, Ariane s'acclimata à son nouvel univers. Il lui promit une brillante carrière de styliste – ce qu'elle réalisa. Il lui fit un enfant – Emma – et la demanda en mariage. Ariane crut parvenir au bout de ses malheurs. Le bonheur se faufilait à nouveau dans son cœur.

C'était compter sans la nature volage de son mari ! Hervé, en effet, ne se privait pas d'entretenir des maîtresses, quasiment sous les yeux de sa femme, n'ayant jamais renoncé à sa vie dissolue de coureur de jupons.

Malgré la naissance de leur enfant, le couple ne survécut pas à une telle situation. Ariane finit par exiger le divorce et par reprendre sa liberté. Emma n'avait alors que trois ans.

Hervé ayant quitté Dior pour rejoindre l'équipe de Coco Chanel, Ariane, très appréciée pour son talent de styliste de mode, y demeura plusieurs années encore, élevant seule sa fille. Emma ne devait pas conserver beaucoup de souvenirs de son père, qui, au demeurant, ne lui témoigna jamais beaucoup d'intérêt.

Ariane devint rapidement l'assistante de Marguerite Carré, la première d'atelier. Elle était considérée comme une pièce maîtresse de la maison du grand couturier, supervisant ses collections, lui proposant ses idées sans jamais s'opposer à ses directives.

Sans mari, entourée de ses amies de travail et de sa fille, Ariane retrouva aussi le cercle de peintres de la butte Montmartre qui l'avaient acceptée parmi eux et encouragée lorsqu'elle avait débarqué dans la capitale. Auprès d'eux, elle s'était découvert un vrai talent d'artiste, ce qui, dans ses moments de doute ou de découragement, lui permettait de refaire surface et de croire à l'avenir.

Attendait-elle encore l'homme de sa vie ? Dans son cœur meurtri, Raphaël, son fiancé de l'été 1939, disparu sans qu'elle n'ait jamais obtenu la certitude de sa mort, était toujours présent.

Néanmoins, réaliste, elle ne s'abandonnait pas à ressasser les souvenirs douloureux, mettant tous ses espoirs dans sa fille. Depuis sa naissance, Emma demeurait sa seule raison de vivre, sa plus grande fierté. Elle n'éprouvait qu'un regret, un énorme regret : ne pas avoir fait table rase du passé afin de rentrer chez ses parents et leur présenter Emma, leur petite-fille.

Ariane avait beaucoup changé depuis son départ des Abarines. Jeune fille éperdue et brisée, au début des événements qu'elle traversa pendant la guerre, elle était à présent une jeune femme accomplie, épanouie, libre et sûre d'elle-même. Ses amis de Florac l'auraient difficilement reconnue. Elle arborait une beauté naturelle qui en imposait sans outrance. Les gens qui la rencontraient pour la première fois tombaient vite sous son charme et affirmaient qu'elle était « une belle personne », tant son physique reflétait sa beauté intérieure.

À trente-trois ans, Ariane finit par tirer un trait sur ses propres malheurs et convainquit ses proches que sa vie était définitivement le monde de la mode. Elle n'avait jamais émis l'idée de quitter la maison Dior à laquelle elle devait sa renaissance. Christian Dior lui-même la tenait en très haute considération.

Aussi, à la disparition soudaine de ce dernier, en octobre 1957, fut-elle très abattue et désorientée.

Elle perdit d'un seul coup ce qui l'avait maintenue hors de l'eau. Le maître parti, elle n'éprouva plus aucune envie de demeurer dans la maison qui l'avait formée et qui fut confiée au dauphin, Yves Saint Laurent. Si talentueux que fût ce nouvel illustre couturier, elle préféra démissionner, au grand étonnement de ses collaboratrices. Elle ne donna aucune explication mais, fidèle à ses engagements comme en amour, elle assura qu'elle n'avait pas l'intention d'offrir ses services à une maison concurrente, comme son ex-mari, Hervé Latour, l'avait fait. Elle prit le temps de la réflexion. Ne songea qu'à l'avenir de sa fille qu'elle ne voulait pas bouleverser par une décision brutale et insensée.

Elle se souvint d'une question qu'Emma lui avait posée quelques années plus tôt, peu après son divorce. L'enfant lui avait demandé si, un jour, elle l'emmènerait chez ses grands-parents. Ariane n'avait pas refusé. Mais pour elle, c'était encore prématuré. Elle n'était pas prête à affronter une tranche de sa vie qu'elle avait presque effacée.

Dès l'instant où elle s'était retrouvée libre après son départ de chez Dior, cette idée traça néanmoins son chemin dans son esprit. Certes, elle n'avait pas oublié le différend qui l'avait violemment opposée à son père, quand ce dernier avait appris qu'elle avait accepté les avances de Kurt Hensler, l'officier allemand en résidence aux Abarines. Sa condamnation sans appel avait été pour elle pire que celle prononcée par le tribunal populaire de Nîmes et que la honte subie en place publique d'avoir été tondue. C'était en grande partie pour cette raison qu'elle avait décidé de ne plus jamais rentrer à Florac où elle pensait qu'on la jugerait, qu'on médirait sur son compte, qu'on remuerait le passé. Et qu'en aurait-il été du regard de son père ?

Elle pouvait toutefois compter sur sa mère. Thérèse l'avait soutenue dans les moments les plus difficiles et n'avait jamais douté d'elle.

Malgré l'absence de père, Emma était devenue une petite fille équilibrée, sérieuse et appliquée dans son travail scolaire. Elle ne donnait aucun souci à sa mère et ne lui posait jamais de questions sur sa naissance ou sur ses années de prime jeunesse. Lorsque, à l'école, on lui demandait qui était son père, elle répondait sans aucune hésitation et sans le moindre signe de tristesse :

— Je suis la fille de ma maman. C'est tout. Je n'ai pas de papa.

Ariane évitait de lui parler de son ex-mari. Pour elle, Hervé Latour avait totalement disparu de sa vie, et elle ne souhaitait pas qu'il y revienne sous le seul prétexte qu'il était le père d'Emma. En outre, il ne s'était pas manifesté depuis leur divorce. Ils s'étaient croisés fortuitement deux ou trois fois à l'occasion de défilés de mode, lui représentant la maison Coco Chanel, elle la maison Dior. Ils s'étaient à peine salués. Selon son habitude, Hervé se trouvait en galante compagnie et ne se privait pas de pavoiser auprès de jolies femmes admiratives car intéressées. Ariane ne s'en était pas offusquée. Au contraire. Il n'avait fait que renforcer sa conviction de s'être trompée en l'épousant.

Mais, de plus en plus, Emma posait des questions : qui étaient ses grands-parents ? Où sa maman avait-elle vécu dans sa jeunesse ? Qui avait-elle aimé ?

Par un matin de printemps de 1958, Ariane lui annonça :

— C'est décidé. Dès la fin des classes, nous partirons chez ton grand-père et ta grand-mère à Florac.

— En vacances ?

— Non. Nous allons vivre là où j'ai grandi. Nous n'avons plus rien à faire à Paris.

Loin de réagir comme le petit Sami, Emma se réjouit aussitôt de se rendre dans les Cévennes. Une région qu'elle avait hâte de découvrir.

8

En ce début d'été 1958, à l'approche des Cévennes, le cœur d'Ariane cogna à se rompre dans sa poitrine. Le train d'Alès progressait lentement sur la voie unique en direction de Villefort et en provenance de Clermont-Ferrand. Tunnels et viaducs se succédaient sans discontinuer. Elle se souvint avoir lu jadis qu'on appelait cette voie ferrée « la voie des cent tunnels[1] », en raison des nombreux passages sous la montagne que sa construction avait nécessités. Elle contemplait avec ravissement le paysage qui défilait sous ses yeux, indiquant chaque village, chaque lieu-dit à Emma. Sa fille semblait aussi émerveillée qu'elle. Il y avait si longtemps qu'elle avait quitté Florac qu'il lui semblait avoir été complètement coupée de ses attaches, tel un arbre déraciné. Pourtant, au fur et à mesure que les détails

1. Voir, du même auteur, chez le même éditeur, *Le Chemin des larmes*.

se précisaient, sa mémoire réchauffait ses souvenirs. Elle se sentit soudain revenue au pays.

Elles descendirent en gare de Sainte-Cécile-d'Andorge pour changer de train. Ce dernier empruntait l'une des plus petites lignes cévenoles sur une cinquantaine de kilomètres pour atteindre Florac.

À ses côtés, Emma ne ratait rien du spectacle. Ayant toujours vécu à Paris, la fillette demeurait bouche bée, le nez collé à la vitre, les yeux écarquillés.

— Comme c'est sauvage ! s'étonnait-elle quand le train traversait une gorge ou passait sur un viaduc.

La montagne toute proche était couverte de forêts de chênes, puis de hêtraies où le feuillage vert tendre perçait comme à travers un écrin d'émeraude. La châtaigneraie s'imposait sur les terrasses entretenues par l'homme. Les ravins, où la roche apparaissait à nu, dévoilaient des cours d'eau asséchés depuis le début de l'été.

— Il ne faut pas s'y fier, expliqua Ariane. En automne, ces ruisseaux deviennent souvent des torrents impétueux. Plus en aval, lorsque toutes leurs eaux se réunissent, ils provoquent parfois des inondations catastrophiques, que les Cévenols appellent des *gardonnades*.

— *Gardonnades* ? Quel mot bizarre !

— Dans les Cévennes, tous les cours d'eau importants portent le nom de Gardon. Il y en a trois principaux. Lorsqu'ils se rejoignent peu après Alès, ils constituent le Gard qui se jette dans le Rhône.

— Oui, ça, je le sais. Je l'ai appris à l'école.

Lorsqu'elles parvinrent enfin à Florac, Ariane marqua un temps d'arrêt sur le parvis de la gare. Posa sa valise. Elle se souvint tout à coup de ses rendez-vous avec Raphaël, son fiancé, près de la fontaine du Pêcher. Elle se troubla, hésita.

Emma s'en inquiéta.

— Ça ne va pas, maman ?

— Si, si, ma chérie. Juste l'émotion d'être revenue chez moi après toutes ces années. Ça me fait bizarre.

— Et moi donc ! Jamais je ne me serais imaginé une si petite ville. Et perdue dans la montagne, en plus ! J'ai vraiment l'impression de débarquer au bout du monde. Mais ça me plaît bien, ici. Je ne regrette pas d'avoir quitté Paris.

Emma se montrait très curieuse. Elle rassurait Ariane qui avait craint une réaction de rejet à la découverte de son nouveau cadre de vie.

— C'est quoi cette énorme falaise devant nous ?

— Ce n'est pas une falaise, mais le rebord du causse Méjean. Par là-haut règne un autre monde. Plus rude encore que dans nos vallées. Les hivers y sont terribles. Et les étés peuvent être torrides. C'est une grande zone d'élevage transhumant de brebis.

— Transhumant ?

— Oui, les troupeaux transhument lorsqu'ils

montent à l'alpage au printemps et en redescendent au début de l'automne.

— On ira s'y promener ?

— Bien sûr, ma chérie, ainsi que dans toute la région. Il faudra que tu deviennes une vraie Cévenole.

— Où dormirons-nous ce soir ?

Ariane n'avait pas averti ses parents de son arrivée. Elle ne leur avait donné aucune nouvelle depuis son départ en 1945. Rien qu'une lettre qui les avait prévenus qu'elle se rendait à Paris sans billet retour. Ils ignoraient l'existence de leur petite-fille. Ariane ne s'était jamais décidée à leur apprendre sa naissance. Non pas qu'elle fût en froid avec eux – même si elle avait tenu rigueur à son père de l'avoir mal jugée à l'époque de ses malheurs –, mais pour ne pas réveiller des souvenirs trop douloureux.

— Pour cette nuit, nous irons à l'hôtel.

— Pas chez tes parents ?

— Non. D'ailleurs, je n'ai pas l'intention de leur imposer notre présence. Nous chercherons une petite maison à louer. Mais tu leur rendras visite autant que tu le souhaiteras.

— Tu crois qu'ils m'aimeront ?

— J'en suis certaine. Ta mamie sera ravie de te serrer enfin dans ses bras.

— Et mon grand-père ?

— Ton papi aussi.

— Alors, s'ils sont gentils, pourquoi es-tu partie ?

Emma posait des questions embarrassantes. Ariane y coupa court.

— Dépêchons-nous. Le soir tombe. Ne traînons pas. Il y a un hôtel pas loin de la gare, si j'ai bon souvenir.

Quelques minutes plus tard, elles pénétrèrent dans leur chambre, fatiguées par le voyage, mais satisfaites. Après un rapide repas pris dans la salle de restaurant de l'établissement, Emma se mit au lit. Dès qu'elle fut endormie, Ariane alla aux renseignements. Elle redescendit à la réception.

— Vous ne connaîtriez pas une maison à louer proche de Cazeneuve, par hasard ? demanda-t-elle à l'hôtelier.

L'homme s'étonna.

— Vous n'avez pas l'intention de garder la chambre plusieurs nuits ?

— Une ou deux seulement, le temps de me retourner, comme on dit. Mais, je souhaite m'installer à Florac ou dans ses environs. D'où ma question.

— Cazeneuve… Cazeneuve… Oui, vous tombez bien. Il y aurait le mas d'un de mes petits-cousins. Mais ce n'est pas grand et il est fermé depuis des lustres. Il doit être sale et humide.

— Pourvu qu'il soit meublé, c'est tout ce que je désire.

— Rien n'a changé depuis le décès de son propriétaire. Sa veuve, Augustine, a refusé d'y rester après la disparition de son mari. Je vais vous donner son adresse. Elle habite à trois rues d'ici. Vous irez la voir de ma part. Elle vous expliquera mieux que moi. Elle sera ravie de vous louer sa maison. Elle se plaint sans cesse que, sans occupants, elle finira par tomber en ruine.

— J'ai beaucoup de chance d'être descendue dans votre hôtel.

— Quand vous découvrirez l'état des lieux, vous déchanterez peut-être.

Le lendemain matin, Ariane et Emma se rendirent à l'adresse fournie par l'hôtelier et y rencontrèrent une vieille dame très digne, habillée de sombre, un tablier par-dessus la jupe. Coiffée en chignon, droite malgré son âge, elle s'aidait d'une canne. Elle ressemblait à ces paysannes qui ont toujours travaillé durement dans leur vie et n'ont jamais eu d'autre récompense que leur vieillesse douloureuse.

Comme son petit-cousin l'avait annoncé, Augustine Rouvière reçut ses deux visiteuses avec toute l'hospitalité des gens modestes dans les Cévennes.

— Entrez donc, leur proposa-t-elle, tandis qu'Ariane lui dévoilait la raison de sa venue.

Quand celle-ci eut fini, Augustine rayonnait de bonheur. Son sourire illuminait son visage dont la peau n'était creusée par aucune ride.

— Prenez une chaise et asseyez-vous. Voulez-vous une tasse de café ? Il n'est que dix heures, ce n'est pas encore trop tard. Et la petite fille, qu'aimerait-elle ? Un peu de lait chaud ? Je n'ai pas de chocolat malheureusement.

Emma refusa poliment la collation et resta sagement assise.

La vieille femme s'exprimait dans un mélange de patois et de bon français. La fillette ne saisissait pas le sens de certains mots lorsqu'elle leur parla de *faïsse*, de *luchet*, de *pélardon*, ou de *pélousse*, de *clède* ou de *badiana*. Ariane, elle, la comprenait parfaitement. Ces mots occitans lui étaient familiers, même si, chez elle, jadis, personne n'utilisait le parler local. Ces termes étaient passés dans le langage courant des Cévenols qui n'éprouvaient pas la nécessité de les remplacer par leurs correspondants français quand ils discutaient entre eux : terrasse cultivée, bêche à dents, fromage de chèvre, bogue de châtaigne, séchoir à châtaignes, soupe de châtaignes.

À Paris, Emma n'avait jamais rencontré de vieille dame aussi gentille. Dans le monde que fréquentait sa mère, les femmes étaient plus attachées à leur apparence qu'à la sincérité de leurs propos et de leurs sentiments.

Pourvu que ma grand-mère lui ressemble ! songeait-elle tandis qu'Augustine Rouvière poussait vers elle une assiette de biscuits au beurre.

— Sers-toi, petite. Mange donc sans te gêner. Quand on est jeune, on a besoin de prendre des forces.

Puis à l'adresse d'Ariane :

— Je vous louerais volontiers ma maison. Mais il faudrait la nettoyer avant que vous vous y installiez.

Il y a du travail. Or je n'ai pas les moyens de payer quelqu'un. Et à mon âge…

— Ne vous inquiétez pas, madame Rouvière. Emma et moi, nous le ferons sans rechigner. Ce sera même avec plaisir.

La vieille dame se laissa convaincre facilement.

— Cinquante francs[1] par mois, ça vous conviendrait ? proposa-t-elle en hésitant, tant elle éprouvait des scrupules à demander de l'argent.

Ariane parut étonnée.

— C'est beaucoup ? se reprit Augustine. Je peux baisser si vous êtes gênée.

— Non, ce n'est pas le cas. Au contraire, je trouve cette somme trop basse. Je vous en propose le double. Ça me semble plus raisonnable.

Augustine accepta l'offre avec réticence et remit les clés sans tarder à sa nouvelle locataire.

— Mon petit-cousin, l'hôtelier, vous conduira volontiers à Cazeneuve. Il vous ouvrira la maison. Elle se situe juste à côté de chez les Bastide. Vous les connaissez peut-être puisque vous habitiez aux Abarines ?

Ariane se troubla.

— Les Bastide ?

— Simone et Félicien Bastide, ça ne vous dit rien ? Simone était une amie d'enfance. Je dis

---

1. Cinquante francs de 1958, soit environ 90 euros aujourd'hui compte tenu de l'érosion monétaire due à l'inflation.

« était », car elle est décédée peu après la guerre. Mais son mari Félicien vit encore. Il n'a pas quitté Cazeneuve. Vous aurez l'occasion de le rencontrer. Vous lui donnerez le bonjour de ma part. Il y a très longtemps que nous ne nous sommes pas vus.

Ariane gardait peu de souvenirs des voisins de ses parents. À l'époque, elle ne fréquentait guère les gens du bourg. Mais elle se rappelait parfaitement cette Simone Bastide qui aidait la gouvernante des Abarines au ménage et à la cuisine. Elle se garda cependant d'entrer dans les détails, ne tenant pas à prolonger davantage son entrevue.

Dans l'après-midi, le petit-cousin d'Augustine Rouvière l'emmena à Cazeneuve avec Emma, dans sa rutilante 4 CV.

— Vous voilà arrivées, leur annonça-t-il en portant leurs valises jusqu'au seuil de la maison. Ici, c'est le Joncas. À cause des joncs qui poussaient en dessous. Aujourd'hui ils ont disparu, mais l'eau coule encore à la source à côté du mas... Bon, vous m'excuserez, mais le travail m'attend.

Ariane remercia son bienfaiteur, puis, après un regard dubitatif sur la façade de la bâtisse, ouvrit la porte et entra dans sa nouvelle demeure.

*

L'habitation n'était pas déplaisante. Certes modeste, elle se composait d'une grande pièce à vivre au rez-de-chaussée et de deux chambres à l'étage. La vieille bâtisse était coiffée d'une sorte de grenier aux fenêtres étroites mais multiples, une *magnanerie* où, parfois encore, l'on élevait les vers à soie. On y accédait de dehors par un escalier de pierre. Toujours à l'extérieur, accolé à la maison, un petit local que les Cévenols appelaient *patouille* et dans lequel ils préparaient leurs légumes dans une grande marmite, rangeaient leurs conserves ou mettaient la lessive à bouillir avec de la cendre de bois. Sur le derrière, un jardin avait, jadis, subvenu aux besoins de la famille. Tout au fond de ce dernier, adossés à un muret en pierre sèche, un poulailler et un clapier attendaient d'être remis en service.

Ariane ouvrit portes et fenêtres pour aérer et chasser l'odeur de renfermé. Le soleil y pénétra généreusement, illuminant les murs couverts d'une tapisserie surannée.

Le mobilier, d'époque, ne semblait pas avoir bougé. De vieux meubles pour la plupart, tous taillés dans du chêne ou du noyer massif sans effet de style. Les paysans d'autrefois ne se souciaient guère d'esthétique et privilégiaient l'aspect pratique. Dans un angle, une cheminée présentait de magnifiques chenets en fonte, ainsi qu'une crémaillère à laquelle était suspendu un chaudron de cuivre noirci par les flammes.

— Nous serons bien ici, déclara Ariane après avoir effectué le tour du propriétaire. Ça te convient, ma chérie ?

— Ça change de Paris. Mais c'est rigolo d'habiter à la campagne. Ça sent le bois de cheminée.

— Il y a des bûches à l'extérieur, dans l'appentis. Ce soir, nous ferons du feu.

— Mais nous sommes en été ! objecta Emma.

— Oui, mais si nous voulons chasser l'humidité rapidement, il nous faudra allumer la cheminée. À la tombée du jour, ça rafraîchit vite dans ces régions de montagnes, et lorsque les maisons sont restées fermées longtemps elles demeurent froides à l'intérieur à cause de leurs épais murs de pierre.

Elles passèrent leur première journée à épousseter, à nettoyer, à gratter, à remettre de l'ordre dans les placards et le buffet. Elles déplacèrent les meubles à leur convenance afin de se sentir vraiment chez elles. Quand vint le tour des chambres, le choix fut difficile. La première s'ouvrait au nord, la seconde au sud.

— Laquelle préfères-tu, ma chérie ? L'une est plus ensoleillée mais donne sur la route – encore qu'il ne doit pas y avoir beaucoup de circulation. L'autre l'est moins, mais la vue y est magnifique ; de la fenêtre, on embrasse toute la barrière du causse Méjean.

Dans une des deux pièces, un lit double jouxtait une armoire au bois sombre.

— Ce sont des lits de grand-mère ! s'étonna Emma. Ils sont drôlement hauts. Et je vais me perdre dans les draps !

La fillette choisit la chambre ensoleillée, craignant d'avoir froid dans son grand lit.

— L'hiver, nous dormirons sous un édredon en plume, la rassura Ariane. Il n'y a pas de chauffage dans les chambres comme à Paris, mais la chaleur de la cheminée monte rapidement à l'étage.

Tout à coup, Emma se rendit compte d'une anomalie.

— Il n'y a pas de salle de bains… ni de W-C ! Ni à l'étage ni au rez-de-chaussée !

— Nous sommes à la campagne, ma chérie. Et pas dans une maison de riches.

— Chez tes parents non plus, il n'y en avait pas ?

— Si. Notre maison ne manquait pas de confort. Mes parents sont des gens aisés.

— Alors, comment ferons-nous ?

— Pour nous laver, nous utiliserons l'évier de la cuisine à tour de rôle en chauffant de l'eau sur la gazinière.

— Il n'y a pas l'eau chaude !

Emma commençait à déchanter. La rusticité de l'habitation ne lui avait pas vraiment sauté aux yeux à son arrivée.

— Et pour le reste ? poursuivit-elle, un peu gênée. Où irons-nous ?

Ariane avait conscience du décalage entre les beaux appartements parisiens où sa fille avait grandi et cette maison paysanne qu'elles venaient d'investir. Elle usa de pédagogie.

— Vois-tu, ma chérie, dans le temps, l'essentiel

n'était pas de penser à son confort. Les gens de la terre s'accommodaient de peu pourvu qu'ils eussent un toit et de quoi se nourrir. Tout le reste était pour eux superflu. Et, quand ils gagnaient un peu d'argent en vendant le surplus de leurs productions sur les marchés, ils ne le gaspillaient pas. Ils économisaient pour marier leurs enfants et pour se mettre à l'abri des mauvais jours.

— Je comprends… Et le petit coin ? reprit Emma timidement.

Ariane entraîna sa fille à l'extérieur, repéra une cabane en planches adossée à un mur de la maison.

— Je suppose que ce sont les cabinets, ça y ressemble en tout cas !

— Il faudra donc sortir ! Même quand il pleut !

— J'en ai peur. C'est une question d'habitude. Dès que nous en aurons les moyens, nous chercherons quelque chose de plus confortable.

— C'est pas si grave, maman, au moins, ici, on vit au grand air.

⋆

Leur installation achevée, les deux Parisiennes se mirent en quête de bras pour s'occuper du jardin et faire un potager. Ariane en effet avait immédiatement songé à exploiter le terrain alentour.

— Nous pourrions y cultiver l'essentiel de nos légumes, expliqua-t-elle à sa fille. Et élever quelques poules et des lapins. Qu'en penses-tu ?

— Des lapins, oh oui ! C'est tellement mignon. Je leur apporterai à manger tous les jours.

L'enfant ne rechignait jamais. Leur vie, à présent, ne serait plus jamais comme avant. Après le luxe et la légèreté de son existence citadine, Ariane proposait à sa fille la simplicité de la campagne que la petite acceptait de bon cœur.

Ariane fit la connaissance d'Émile Lacombe par hasard, le troisième jour après leur arrivée. Sa fille et elle prenaient le frais au bord de la route, sur le banc que les anciens propriétaires avaient installé pour discuter, passer le temps après leurs dures journées de labeur. Elles aperçurent un cycliste portant un casque de moto sur la tête et, sur son porte-bagages, une pioche et une bêche à dents.

Emma ne put s'empêcher de rire, tant l'individu lui parut drôle dans son accoutrement. Apercevant le mas ouvert et deux étrangères sur le seuil, l'homme s'arrêta et entama la conversation.

— Vous êtes en vacances ? s'enquit-il.

— Pas tout à fait, répondit Ariane. Nous sommes les nouvelles locataires de cette maison.

— J'ignorais qu'elle était à louer. Je l'ai toujours connue fermée… Donc vous allez rester à Cazeneuve ?

— C'est notre intention.

— Vous venez de loin ?

— De Paris.

— Et vous vous appelez comment ?

Ariane hésita à donner son nom marital.

— Chaptal, répondit-elle enfin. Moi c'est Ariane et voici ma fille, Emma.

— Vous... vous êtes de la famille Chaptal des Abarines ?

— Oui, je suis leur fille. Et vous, qui êtes-vous ?

— Émile Lacombe. Je suis cantonnier à la commune.

— Le travail de la terre ne doit pas vous rebuter alors ! Je cherche quelqu'un pour entretenir mon jardin. La tâche vous intéresserait-elle ?

Émile ôta son casque, commença à mouliner des bras tout en parlant. Ariane remarqua son comportement un peu singulier.

— Je travaille déjà pour monsieur Jacques plusieurs fois par semaine, expliqua-t-il. Mais il me reste le vendredi après-midi de libre. Et je m'arrangerai.

— Jacques ?

— Oui, Jacques Dufresne, le docteur des Taillades. Il va bientôt exercer à Florac, d'après ce qu'il m'a dit. Il cherche à racheter un cabinet avec sa clientèle.

Ariane avait entendu parler de la tragédie des Taillades. Elle n'avait qu'une dizaine d'années à l'époque. Mais elle ne connaissait pas personnellement les membres de cette famille.

Elle ne releva pas, ne tenant pas trop à s'étendre devant un inconnu. Elle se contenta de lui demander ses conditions.

— Votre prix sera le mien. Combien prenez-vous de l'heure ?

Émile n'avait pas la valeur de l'argent et ne retenait pas les sommes qu'on lui proposait en dédommagement de son travail.

— Euh… comme monsieur Jacques.

Ariane comprit le problème et n'insista pas.

— Je me renseignerai, dit-elle. Alors, venez vendredi prochain. Je vous expliquerai ce que j'ai l'intention de faire de ce jardin en friche.

Ravi de sa rencontre, Émile remit son casque et repartit à toute vitesse en direction du bourg.

— Il est rigolo ! ne se contint plus Emma. Rouler à bicyclette avec un casque de moto sur la tête, c'est vraiment bizarre !

Tout en s'éloignant du Joncas, Émile réfléchit :

— Décidément, pour un peu on croirait aux revenants ! lâcha-t-il comme si quelqu'un l'écoutait.

9

Ariane laissa passer quelques jours avant de rendre visite à ses parents. Elle réfléchit à la meilleure façon de se présenter devant eux. Le choc risquait d'être violent pour sa mère qu'elle savait plus fragile que son père. Mais elle craignait surtout la réaction de ce dernier. Charles Chaptal n'avait jamais manifesté beaucoup de tendresse pour sa fille. Non qu'il fût dénué d'amour paternel, au contraire, mais parce qu'il était d'un tempérament à ne pas s'émouvoir, à ne pas étaler au grand jour ses sentiments.

Dans un premier temps, elle songea à les prévenir de son arrivée par téléphone ou par courrier – elle hésita longuement. Puis, se ravisant, elle décida de ne pas les avertir et de débarquer aux Abarines en compagnie de sa fille comme si rien ne s'était passé. L'accueil risquait d'être plutôt glacial, de la part de son père. Mais elle comptait sur sa mère qui, était-elle persuadée, fondrait en larmes en découvrant sa petite-fille.

Une semaine s'était écoulée depuis son emménagement au Joncas.

Elle choisit le dimanche suivant afin d'être certaine que Charles ne serait pas à l'usine. Jadis, il avait l'habitude d'y travailler jusqu'à tard le soir, y compris le samedi.

Lorsqu'elle dévoila son intention à Emma, la fillette se réjouit aussitôt.

— Enfin, je vais voir grand-père et grand-mère !

— Il fallait que j'éclaircisse mes idées avant d'y aller. Ils ne sont pas préparés à mon retour.

— Si tu préfères, vas-y seule. Sans parler de moi.

— Tu es fine psychologue pour ton âge ! Mais je préfère ne pas tergiverser plus longtemps.

Le dimanche, vers onze heures, elles se mirent en route, le cœur en émoi. La grand-messe, à laquelle assistait Thérèse Chaptal, serait terminée. Celle-ci serait donc rentrée. Charles, quant à lui, serait mieux disposé au choc de l'événement, ayant l'esprit libéré de son travail.

Une demi-heure de marche les séparait du domaine des Abarines. En chemin, elles longèrent sans s'arrêter le mas de Félicien Bastide. Comme toujours en fin de matinée, celui-ci se reposait sur le seuil de sa porte, le chien couché à ses pieds. Ariane le reconnut vaguement et demanda à Emma de rester silencieuse afin de ne pas attirer son attention.

Mais à peine eurent-elles dépassé l'angle de sa

maison, le chien aboyant, il sortit de ses songes et s'étonna de la présence des deux étrangères qu'il n'apercevait que de dos.

Ariane, surprise par les aboiements, se retourna de crainte que l'animal ne coure derrière elle et ne morde sa fille.

Félicien eut un éclair de réminiscence.

— Il me semble connaître cette femme ! marmonna-t-il à l'adresse de son chien, comme si ce dernier pouvait lui répondre.

Rassurée, Ariane poursuivit sa route, ne tenant pas à entamer la conversation avec le vieil homme.

Parvenue devant la grille du parc des Abarines, elle lâcha la main de sa fille. Se raidit. Blêmit.

Emma comprit son hésitation.

— On repart, maman, si tu préfères, lui proposa-t-elle gentiment.

Ariane se reprit. Se passa une main sur le visage comme pour chasser les mauvais souvenirs.

— Non, allons-y !

Elle sonna au portail. Elle perçut au loin le son d'une cloche qui, à l'entrée de la demeure, annonçait les visites.

— C'est moderne ! s'émerveilla Emma. On dirait une vraie.

— Ça fonctionne à l'électricité. En réalité, ce n'est qu'une sonnette.

Une femme d'un certain âge apparut peu après au bout de l'allée, vêtue d'une jupe gris anthracite, d'un chemisier blanc, les cheveux coiffés en arrière et maintenus par un serre-tête tressé en velours noir.

Ariane la reconnut sans hésiter. Émue, elle ne retint pas ses larmes.

— Tu la connais ? demanda Emma.

— Oui, c'est Marie, la gouvernante de mes parents. Elle n'a pas changé !

Celle-ci s'approcha de la grille d'un pas alerte. Elle dévisageait les deux visiteuses d'un air méfiant. Mais, quand elle parvint à moins de deux mètres d'elles, elle s'arrêta brusquement. Écarquilla les yeux. Interdite.

— Mademoiselle ! Mademoiselle Ariane ! Vous… vous êtes de retour !

Elle ouvrit la grille et tomba dans les bras de la jeune femme. Puis, se reprenant, elle fixa Emma, un sourire illuminant son visage.

— C'est… c'est…

— Emma, ma fille, précisa Ariane.

— Vous n'avez pas de bagages ? s'étonna la gouvernante.

— Je vous expliquerai plus tard. Dans l'immédiat, nous aimerions voir mes parents. Ils sont chez eux, n'est-ce pas ?

— Madame est rentrée de la messe il y a un quart d'heure. Quant à monsieur, il est parti à l'usine tôt ce matin, pour une tâche urgente qui ne pouvait attendre demain, a-t-il précisé. Mais il sera là pour le déjeuner. Il n'est pas dans ses habitudes de sauter un repas.

— De toute façon, il vaut mieux que je rencontre ma mère en premier.

— Comment dois-je vous annoncer, mademoiselle ?

— Appelez-moi Ariane, Marie. Comme jadis.

— Votre arrivée est si... impromptue ! Cela risque de bouleverser madame votre mère.

— Dites-lui simplement qu'elle a une visite. Nous patienterons.

Marie Chabalier s'exécuta, toute retournée. Elle accompagna Ariane et Emma jusqu'au manoir et leur ouvrit le petit salon d'apparat, puis s'éclipsa.

Emma regardait d'un œil curieux les détails de la pièce. Elle avait l'impression de se trouver dans un musée tant le mobilier lui paraissait ancien, sentant l'encaustique, et la décoration sortie d'une autre époque. Tableaux des ancêtres, trophées de chasse, bibelots de valeur enfermés dans des vitrines... tout semblait figé depuis des lustres.

— Il est bizarre, ce salon ! Toute la maison est pareille ?

— Mon père n'a rien changé. Mais cette pièce est particulière, je te l'accorde. Il y rassemble tout ce qui vient de sa famille. Ce n'est qu'un salon pour patienter.

— Tu me rassures ! J'espère que le reste est moins austère !

D'interminables minutes s'écoulèrent avant qu'elles n'entendent une porte se refermer.

Puis, tout à coup, celle du salon s'ouvrit tout

doucement. Thérèse Chaptal parut dans l'embrasure, les mains sur les joues, l'air médusé.

Ariane remarqua ses cheveux gris, ses rides, son allure voûtée. Son cœur s'accéléra. Sa gorge se noua. Les larmes lui montèrent aux yeux.

La première, elle amorça un pas. Puis s'arrêta, n'osant poursuivre. En une fraction de seconde, tout fut dit. Pas un mot. Pas de vaines effusions. Un simple regard avait suffi.

— Maman ! explosa Ariane, en sanglots.

Elles se ruèrent l'une vers l'autre.

— Ma petite fille ! s'effondra Thérèse. Ma petite fille ! Comme tu nous as manqué.

Elle serra Ariane dans ses bras à en perdre le souffle.

— Comme tu es belle ! Tu es... tu es magnifique ! s'extasia-t-elle en s'écartant légèrement.

Puis, se retournant vers Emma avec émotion :

— Ta fille, n'est-ce pas ?

— Oui. Emma, ta petite-fille.

— Bonjour, madame, la salua aussitôt Emma, très touchée à son tour devant cette grand-mère qu'elle souhaitait tant découvrir.

Thérèse remarqua les yeux pétillants de l'enfant. Elle l'embrassa tendrement, comme après une longue absence.

— Comme tu es belle, toi aussi ! Tu ressembles tellement à ta maman quand elle était petite ! Mais je ne veux pas que tu m'appelles « madame ». Je suis ta grand-mère !

— Nous avions pensé qu'elle pourrait t'appeler « mamie ». Cela te convient ?

Les premières effusions passées, Thérèse conduisit sa fille et sa petite-fille dans le grand salon. Les explications risquaient de durer un moment. Or Ariane ne tenait pas à s'étendre devant sa fille, à lui dévoiler si tôt tout ce qu'elle avait vécu. Sa mère usa de bon sens et ne lui demanda aucune justification. Elle se contenta de s'enquérir :

— Tu resteras sur Florac quelque temps ?

— Je n'ai pas l'intention de repartir. J'ai loué une petite maison pas loin d'ici. Le Joncas. C'est là que nous nous sommes installées, Emma et moi. Nous avons quitté Paris définitivement. Et sans regrets.

Thérèse se réjouit de cette nouvelle. Mais, sentant sa fille encore sur ses gardes, elle évita de laisser exploser sa joie.

— Alors, nous nous verrons souvent ?

— Mais j'y compte bien. Emma aussi. Elle ne me parle que de toi et de papa. Elle avait tellement hâte de vous connaître !

Thérèse parut s'assombrir.

— Ton père ne va pas tarder. Il sera surpris évidemment. Tu aurais dû nous prévenir. Pour le préparer.

Ariane comprit que la partie n'était pas gagnée.

— Il m'en veut encore ?

Emma ne saisissait pas les allusions de sa mère, mais devina qu'entre elle et son grand-père subsistait un gros sujet de discorde.

— Pas de ce que tu as fait, répondit Thérèse sans insister, eu égard à sa petite-fille. Mais de ton silence après l'affaire. Il ne l'a jamais accepté.

— Donc, il ne m'a pas pardonné !

— Il ne réagira sans doute pas comme moi, j'en ai peur. Mais, avec le temps, tout s'arrangera, j'en suis persuadée… Tiens, en parlant de lui, je l'entends qui vient de rentrer.

Ariane s'efforça de se détendre. Le moment qu'elle redoutait le plus approchait.

— Je vais au-devant de lui, proposa Thérèse, afin de l'avertir avec douceur : Il a besoin d'être ménagé.

— Qu'a-t-il ? s'inquiéta Ariane.

— Son cœur. Il est fatigué. Il faut lui éviter toute émotion forte. Mais ne crains rien, je saurai m'y prendre.

Thérèse abandonna sa fille et sa petite-fille dans le salon et partit rejoindre son mari dans la salle à manger où Marie était en train de dresser le couvert pour quatre.

Charles Chaptal s'en aperçut immédiatement.

— Nous avons des invités ? s'enquit-il. Je l'ignorais !

Marie n'osa répondre et se contenta de lui dire :

— Madame vous expliquera.

Thérèse convia son mari à s'asseoir dans un fauteuil, près de la cheminée. Même en été, c'était sa place favorite. Il s'y reposait à la sieste, un livre ouvert dans les mains, et s'y endormait tous les soirs devant la télévision.

— Tu me parais très mystérieuse ! Que se passe-t-il ? Qui vient donc déjeuner ? Monsieur le curé ? Celui-là, je trouve qu'il prend un peu trop l'habitude de s'inviter chez nous. Et qui d'autre encore ?

— Il ne s'agit pas de monsieur le curé, mais…

Thérèse se tut. Les mots se coinçaient dans sa gorge.

— De qui donc ? Je vois deux couverts supplémentaires. Ah, j'ai deviné ! Ce sont les Soubise. Alors tu as eu raison. Il y a longtemps que je n'ai pas discuté sérieusement avec mon vieil ami Henri.

Charles ne laissait pas sa femme s'exprimer. Poursuivant son idée, il ajouta :

— Quand je pense que leur fils, Raphaël, devait devenir notre gendre ! Comme je regrette qu'il soit mort en déportation ! C'était un brave garçon. Énergique, intelligent. S'il avait vécu, rien ne serait arrivé.

Thérèse trouva le moment opportun pour annoncer la nouvelle.

— Il ne s'agit pas des Soubise. Deux personnes t'attendent dans le salon avec impatience.

— Cesse donc tes cachotteries ! Ce sont tes invitées ?

Thérèse hésita. En une fraction de seconde, elle revit l'instant où sa fille avait été arrêtée par les FFI à la fin de la guerre, juste avant sa disparition.

— Elle a beaucoup changé. Elle n'est plus la même.

— De qui donc me parles-tu ?

— De ta fille.

Charles demeura sans voix.

— Ariane est de retour, précisa enfin Thérèse. Et elle n'est pas seule. Elle est accompagnée de sa fille, Emma. Notre petite-fille.

*

Charles Chaptal faillit défaillir. Il ne s'attendait pas à ça. Il n'avait jamais oublié sa fille mais, petit à petit, devant ses interminables silences, il s'était fait à l'idée de ne plus jamais la revoir. Ayant elle-même averti qu'elle souhaitait partir loin de Florac et recommencer sa vie en coupant tout lien avec le passé, il avait admis qu'Ariane ait refusé de réapparaître après ce qu'elle avait commis. Néanmoins, même s'il l'avait mal jugée au moment des faits, il aurait fini par lui pardonner. Lui-même avait été soupçonné de collaboration, puis relaxé. Pour autant, il n'avait pas disparu pour cacher son humiliation. En outre, dans la région, il avait été rapidement disculpé et son honneur lavé grâce à sa participation à la Résistance. Personne ne lui tenait plus rigueur d'avoir travaillé pour les Allemands. Ses affaires n'en avaient pas souffert. Son usine produisait à plein rendement, ayant profité de la relance économique quelques années après la fin de la guerre. Il avait même embauché du personnel et investi dans des machines modernes qui lui assuraient une place de choix dans l'industrie de la chaussure.

Sa réaction fut brutale. Stupéfait, il se trouva dans l'incapacité de se jeter dans les bras de sa fille et, sur le moment, refusa de la voir. Tout à coup, il se sentit mal, déboutonna le col de sa chemise, réclama un verre d'eau à Marie. Celle-ci accourut et lui proposa le médicament qu'il prenait en cas de malaise cardiaque.

Une fois sa stupéfaction dissipée, Thérèse insista en le suppliant de se montrer digne.

— Emma ne doit pas souffrir de votre différend. Elle n'est qu'une enfant. Elle n'est pour rien dans cette tragédie. D'ailleurs, elle doit ignorer ce qui s'est passé.

Charles finit par se laisser convaincre.

Il remit de l'ordre dans sa tenue et demanda à Marie d'introduire sa fille et sa petite-fille.

Il resta assis dans son fauteuil, le dos tourné à la porte.

Lorsqu'il entendit celle-ci s'ouvrir et des pas se rapprocher, il ne bougea pas.

Ariane s'approcha de lui, hésitante. Regarda sa mère, l'air inquiet. Emma de son côté gardait le silence, tout à l'observation d'une si étrange situation. L'enfant appréhendait parfaitement l'enjeu de ce qui se déroulait sous ses yeux. La réconciliation entre sa mère et son grand-père se jouait à l'instant même.

Sans se retourner, Charles lança, d'une voix glaciale :

— Ainsi tu es revenue ! Après tout ce temps ! Tu aurais pu nous prévenir.

— Papa… ! éclata Ariane.

— Tais-toi et écoute-moi.

Charles daigna enfin se lever et affronter sa fille. Il ne put dissimuler une réaction d'étonnement qui trahit son émotion quand il aperçut Emma, mais il s'abstint de toute remarque.

— Ton retour nous réjouit, ta mère et moi. De plus, nous sommes très heureux d'apprendre, même si tard, que nous sommes grands-parents. Cette petite…

— Je m'appelle Emma, monsieur, intervint la fillette que le grand-père impressionnait.

Charles, contrairement à sa femme, ne reprit pas l'enfant en s'entendant appeler « monsieur ».

— … Cette petite Emma, poursuivit-il, est la bienvenue chez nous.

Ariane s'approcha de son père. Charles sentit qu'il s'attendrissait, mais ne l'embrassa pas.

— Marie a mis le couvert pour quatre. Je suppose donc que vous mangerez avec nous. Vous êtes nos invitées.

Ariane se détendit. Elle avait craint que son père la chasse sans ménagement. Elle le connaissait. S'il n'avait montré aucune sensiblerie, pour autant il ne lui avait pas fermé la porte. Rassurée, elle accepta l'invitation et convia Emma à embrasser son grand-père.

La fillette s'exécuta. Elle tendit la joue, se hissa

sur la pointe des pieds et, sans attendre la réaction de Charles, dit :

— Bonjour, papi. Je suis vraiment heureuse d'être venue aux Abarines. Maman m'a tant parlé de toi et de mamie que j'avais hâte de vous rencontrer.

Émue, Thérèse fondit en larmes.

Pendant le déjeuner, ils évitèrent d'évoquer le passé. Ce n'était ni le moment ni le lieu de s'expliquer. Ariane pourtant ne dissimula pas comment elle avait vécu à Paris depuis qu'elle y avait débarqué. Elle raconta sans détour ses débuts difficiles, l'accueil chaleureux des peintres de Montmartre. Puis son mariage avec Hervé Latour qui l'avait introduite dans le milieu de la haute couture. Elle ne s'éternisa pas sur ses mésaventures avec le père d'Emma, préférant voir en lui l'homme à qui elle devait sa carrière, plutôt que le père de son enfant.

Thérèse devina très vite que sa vie conjugale n'avait pas été une réussite, mais que, grâce à sa fille, elle avait surmonté tous les obstacles qu'elle avait rencontrés.

À la fin du repas, l'atmosphère s'était détendue. Ariane crut la partie gagnée, que Charles avait fléchi et que tout était à nouveau possible entre eux. Avec le temps, bien sûr !

Avant leur départ, Thérèse emmena sa petite-fille à l'écart, la tenant par la main.

— Pour te souhaiter la bienvenue aux Abarines,

lui proposa-t-elle, je voudrais t'offrir un cadeau. Qu'est-ce qui te ferait plaisir, ma chérie ?

Prise de court, Emma ne sut que répondre. Elle consulta sa mère du regard.

Celle-ci, ayant prêté l'oreille, vint à son secours.

— Emma n'a besoin de rien, maman.

— Si, j'insiste… Que penserais-tu d'une bicyclette ? Tu sais faire du vélo, je suppose ?

— Euh… oui, depuis plusieurs années.

— Ainsi, tu me rendrais visite plus facilement.

Les yeux d'Emma brillèrent tout à coup d'un éclat lumineux qui trahissait son bonheur. Mais l'enfant n'osa pas acquiescer.

Ariane répondit à sa place.

— Ça lui ferait énormément plaisir. Mais ne te crois pas obligée, maman. Elle peut patienter jusqu'à Noël.

— Reviens après-demain, ma chérie. Une bicyclette flambant neuve t'attendra dans le hangar.

Emma se confondit en remerciements et serra très fort sa grand-mère dans ses bras.

Une fois de retour au Joncas, elle exulta :

— J'ai vraiment beaucoup de chance d'avoir des grands-parents comme papi et mamie !

Ariane sourit. Mais, en son for intérieur, la crainte de ne pas avoir totalement convaincu son père ternissait sa joie d'avoir retrouvé les siens.

10

Lorsque les deux enfants se rencontrèrent pour la première fois lors de la fugue de Sami, ils étaient loin de se douter que leurs mères avaient subi un sort identique pendant la guerre. Ce jour-là, ils ne s'ouvrirent pas beaucoup l'un à l'autre. Emma, à qui Ariane avait recommandé de ne pas se confier à un inconnu, demeura sur la réserve, même si, au premier abord, Sami lui avait beaucoup plu.

Ce dernier était tombé en admiration devant la bicyclette flambant neuve de la fillette. Il en oublia son escapade. Celle-ci durait depuis bientôt vingt-quatre heures, mais il semblait ne pas s'en soucier.

— Ton vélo a un dérailleur ! s'extasia-t-il. Tu sais t'en servir ?

— Non, j'avoue ignorer à quoi ça sert.

— Et tu as un frein à tambour à l'arrière ! Et une selle rembourrée ! Elle a dû coûter cher, ta bicyclette. Ta grand-mère est riche !

— Mon grand-père est le patron de l'usine de chaussures dont je viens de te parler.

Sami ne releva pas ce détail.

— Tu en as de la chance ! poursuivit-il. Moi, à la maison, je n'ai qu'un vieux biclou qui date de Mathusalem. Il appartenait à mon grand-père. Mon père l'a remis en état et me l'a donné. Il n'a même pas de roue libre et, pour freiner, il faut pédaler à l'envers. Je ne m'en suis jamais servi depuis qu'on est arrivés.

— Vous êtes là depuis longtemps ? Pour les vacances ?

— Non, malheureusement. Mon père a décidé de vivre dans ce trou paumé. Il a repris le cabinet médical d'un docteur de Florac.

— Ça n'a pas l'air de te plaire !

— Oh, non ! J'aurais préféré rester à Yvoire où nous habitions.

— C'est où ?

— Toi aussi, tu l'ignores ! En Haute-Savoie, sur les bords du lac Léman. Quand il m'a appris ça, je me suis enfui. Mais j'ai bien réfléchi. Je rentre à la maison. Clémence doit s'inquiéter.

— C'est qui Clémence ?

— Ma mère… enfin, ma belle-mère. En fait, c'est la compagne de mon père. Ils ne sont pas mariés, mais c'est tout comme. C'est elle qui m'a élevé. Je la considère donc comme ma mère.

— C'est qui ta vraie mère ?

— Elle s'appelait Aliza. Mais je ne l'ai pas connue. Elle est morte peu de temps après ma naissance.

Emma commençait à se sentir plus à l'aise. Sa méfiance se dissipait.

— Donc nous sommes un peu pareils tous les deux, osa-t-elle avancer. Toi tu n'as pas vraiment de mère. Et moi je n'ai pas vraiment de père.

— Ton père, il est mort aussi ?

— Non, je ne crois pas. C'est un homme que ma mère a aimé dans le temps. Je ne me souviens pas de lui. Ils se sont séparés. Je ne l'ai pas revu depuis.

Les deux enfants ne se rendaient pas compte du temps qui s'écoulait.

Emma, la première, revint à des considérations plus terre à terre.

— Ma mère risque de s'inquiéter si je ne rentre pas bientôt.

— Mes parents aussi. Mais je ne suis pas trop pressé. Je crains l'engueulade. C'est sûr, mon père va me passer un savon !

— Il fallait y penser avant !

— Tu es bien une fille pour dire des choses pareilles !

— On se reverra ?

— Si tu veux. On pourrait se promener à vélo ensemble. J'astiquerai la vieille bécane de mon grand-père.

Heureux de cette rencontre, Sami reprit le chemin des Taillades sans plus s'attarder, se préparant à ce qui l'attendait.

Jacques et Clémence étaient dans tous leurs états. Ils n'avaient pas dormi de la nuit et étaient prêts à alerter la gendarmerie si Sami n'était pas rentré avant midi.

Quand ils l'aperçurent au bout de la route, ils furent libérés de leur angoisse.

Jacques, dont la colère mal contenue se voyait sur le visage, se précipita. Clémence le retint par le bras.

— Laisse-moi lui parler la première. Inutile de le gronder, il faut d'abord essayer de le comprendre. Son acte n'était pas dirigé contre nous. C'était seulement une réaction brutale à ce que nous lui avons appris. Il n'était pas suffisamment préparé.

Jacques écouta sa compagne qu'il savait plus diplomate que lui.

Il rentra dans la maison, dans l'attente de s'expliquer avec Sami.

Quand ce dernier aperçut Clémence venir vers lui, il fut soulagé. Il pensait que son père fondrait sur lui. S'il n'avait pas peur d'une sévère correction – Jacques n'avait jamais porté la main sur son fils –, il redoutait une réprimande verbale qui l'aurait rendu honteux de son geste et de son inconséquence.

Clémence le laissa se justifier et trouva les mots justes pour calmer ses craintes. Le jeune garçon reconnut sa faute et se confondit en excuses, ne sachant comment se faire pardonner. Jacques, à son tour, usant de psychologie, évita de lui adresser tout reproche et lui expliqua les raisons précises qu'il avait de revenir aux Taillades. Son enfance heureuse, le souvenir de ses parents, au-delà du drame qu'ils avaient vécu. À ces propos Sami répliqua :

— Pourquoi ne m'as-tu jamais raconté cet accident survenu aux Taillades ? Tu m'as menti quand tu disais que mes grands-parents étaient morts de maladie. Moi, j'y ai cru.

— Je ne voulais pas te perturber avec une histoire aussi affligeante.

— J'étais au courant et je t'en ai voulu de m'avoir menti.

— Comment l'as-tu appris ?

— Pierre Lapierre et le facteur que j'ai rencontré ce matin m'en ont parlé vaguement.

Jacques n'insista pas.

Mais Sami poursuivit :

— C'est comme cette dame, cette Simone dont m'a parlé Émile. C'est vraiment elle qui m'a mis au monde ? Je croyais que j'étais né à Thonon où tu étais retourné avec ta femme… enfin, avec ma mère.

L'expression de Jacques trahissait son embarras. Se sentant acculé, il ne put davantage soutenir le contraire. Il avoua :

— C'est exact, Simone a aidé ta maman à accoucher. Puisque nous sommes partis très vite à Yvoire, je t'ai dit que tu étais né à Thonon afin que tu ne me poses pas de questions sur ta maman. C'était trop difficile pour moi. Comprends-moi.

— Tu l'aimais beaucoup, maman ?

— Oui, énormément… Mais parlons d'autre chose, si tu veux bien.

— Je me suis fait une amie en chemin, divergea Sami. Elle s'appelle Emma Chaptal. Elle aussi vient d'arriver à Cazeneuve. Avant, elle habitait à Paris avec sa mère. Son grand-père possède l'usine de chaussures des Abarines. Sa grand-mère lui a offert une magnifique bicyclette. Tu les connais, les Chaptal ?

— Pas personnellement.

Rassuré, Sami n'exigea pas plus de précisions. La réponse de son père suffit à satisfaire sa curiosité.

Dès lors, ils reprirent tous le cours normal de leur nouvelle existence aux Taillades, sans plus évoquer la fugue du garçonnet.

*

Les vacances scolaires se terminaient. Emma et Sami se retrouvaient régulièrement sur les chemins de Cazeneuve. Peu à peu, une profonde amitié était née entre eux. Une forte envie d'être ensemble les poussait chaque jour l'un vers l'autre, si bien que Sami ne maugréait plus d'habiter aux Taillades, ce qui rassurait son père.

— Je te l'avais dit qu'il finirait par s'habituer, se réjouissait Clémence. Un enfant oublie vite ce qui l'a chagriné.

— Sa nouvelle amie y est pour quelque chose. Cette petite Emma Chaptal lui change les idées.

Les deux enfants entreprenaient fréquemment des promenades à vélo qui les écartaient de leurs maisons, mais, prudents, ils ne s'aventuraient jamais dans des endroits inconnus. Sami tempêtait contre sa bicyclette surannée qui l'obligeait à pédaler sans arrêt, y compris dans les descentes qui, de ce fait, se révélaient parfois dangereuses. De plus, ne maîtrisant pas le système de freinage, il lui arrivait de chuter quand l'engin s'emballait.

Un matin, tandis qu'ils reprenaient le chemin du retour en direction des Abarines, le contrôle de son vélo lui échappa. Il tomba et heurta une grosse pierre qui traînait sur le bas-côté. Les genoux en sang, les mains écorchées, la joue droite tuméfiée, il se releva courageusement sans verser une larme, sa bicyclette hors d'usage. Emma s'inquiéta de son état.

— Il faut vite te soigner. Tes plaies vont s'infecter.

Sami peinait à marcher.

— Je ne pourrai jamais pousser mon vélo jusque chez moi. Ça me fait trop mal.

L'enfant boitait.

— Nous ne sommes pas loin des Abarines. Allons chez mes grands-parents. Ma grand-mère te mettra un pansement.

Sami ne refusa pas la proposition de son amie. Il abandonna sa bicyclette et la suivit.

Ariane se trouvait auprès de sa mère. Elle lui rendait visite tous les deux jours et déjeunait aux Abarines une fois par semaine.

Lorsque les deux femmes aperçurent Sami, les vêtements à moitié déchirés et les genoux en sang, elles l'invitèrent aussitôt à s'asseoir dans la cuisine et s'occupèrent de lui.

— Il est tombé de vélo, expliqua Emma.

Ariane examina les blessures, le rassura.

— Ce n'est que superficiel. Demain, tu ne sentiras plus rien.

— Je n'ai déjà plus mal ! affirma fièrement Sami pour montrer son courage.

Thérèse était curieuse de rencontrer l'ami de sa petite-fille. Elle ne connaissait pas les Dufresne, mais, comme tout le monde dans la commune, et même à Florac, distante de Cazeneuve de quelques kilomètres, elle avait entendu parler de l'asphyxie dramatique. Elle n'en fit aucune allusion devant l'enfant et se contenta de lui demander des nouvelles de son père.

— J'ai appris que ton papa a repris le cabinet du docteur Ravanel à Florac !

— Oui, depuis un peu plus d'un mois maintenant.

— Le docteur Ravanel était notre médecin de famille. Je consulterai donc ton papa dorénavant.

Le jeune garçon ne se sentait pas très à l'aise dans la grande maison des Chaptal. Certes, Thérèse et Ariane lui parurent immédiatement très gentilles et très simples, mais le luxe qu'il découvrait lui était peu habituel, surtout depuis qu'il habitait aux Taillades.

Il accepta une collation et s'apprêtait à repartir chez lui à pied quand Charles entra dans la salle à manger pour le repas de midi.

Le père d'Ariane ne s'était toujours pas rapproché de sa fille. C'était plus fort que lui, il ne parvenait pas à lui pardonner d'avoir ignoré les siens pendant si longtemps. Quand il se trouvait en sa présence, son visage se fermait, sa voix devenait plus cassante. Il ne lui adressait jamais ouvertement des reproches, mais Ariane comprenait bien qu'il lui tenait encore rigueur de ce qu'elle avait dû endurer sous son toit. Charles n'éprouvait pas pour sa fille la compassion de sa femme et, du coup, reportait son amertume sur sa petite-fille.

Emma ressentait la distance qu'il entretenait avec sa mère et souffrait qu'il n'ait pas avec elle les élans attendus d'un grand-père.

— Qui est ce garçon ? demanda-t-il froidement en pénétrant dans la cuisine.

— L'ami d'Emma, répondit Thérèse. Le fils du docteur Dufresne, notre futur médecin. Il remplace le docteur Ravanel à Florac.

Charles ne releva pas. Il s'éloigna en direction de la salle à manger sans porter plus d'attention à Sami qui, intimidé, ne l'avait pas salué à son entrée.

— Ce n'est pas la politesse qui l'étouffe, ton ami ! ajouta-t-il sèchement en regardant Emma.

Gêné, Sami se rattrapa aussitôt.

— Bonjour, monsieur. Je m'excuse pour le dérangement, mais Emma m'a proposé de venir me faire soigner par sa grand-mère. Je suis tombé de vélo. Mais je vais partir sans tarder. Mes parents doivent s'inquiéter.

Emma était tout aussi mal à l'aise que lui. Sur le coup, elle en voulut à son grand-père. Elle avait déjà compris que Charles n'était pas quelqu'un de très commode et qu'elle ne devait pas s'attendre à beaucoup d'affection de sa part.

Heureusement que ma grand-mère n'est pas comme lui ! songea-t-elle en écoutant les excuses formulées par Sami.

⋆

Depuis son retour à Cazeneuve, Ariane n'avait pas retrouvé la sérénité. L'attitude de son père en était la cause. Certes, elle ne s'attendait pas à ce qu'il lui ouvre les bras ; elle connaissait son caractère autoritaire et entier.

Pourtant, à Florac comme ailleurs, l'affaire s'était peu ébruitée à l'époque. Et, à présent, plus personne ne l'évoquait. Ariane pouvait le constater elle-même en allant chez les commerçants de la ville et de son village. Certains d'entre eux étaient étrangers à la région et ignoraient ce qui s'était passé aux Abarines. On ne parlait plus de revanche, de vieux comptes à régler, comme ç'avait été le cas à la Libération. Depuis la fin de la guerre, les esprits s'étaient apaisés. Le retour à la paix et la liberté retrouvée avaient rendu les gens plus ouverts à défaut de les avoir rendus plus altruistes. Et même si certains se complaisaient encore dans les ragots, peu nombreuses étaient les oreilles disposées à les écouter.

Aussi Ariane commençait-elle à en vouloir à son père de la tenir à distance.

Sa mère Thérèse souffrait intérieurement. Chaque fois que sa fille et sa petite-fille lui rendaient visite, elle tâchait de détendre l'atmosphère, de rassurer Ariane.

— Laisse-lui le temps de s'apercevoir qu'il fait fausse route. Emma finira par adoucir son caractère. Devant sa petite-fille, il ne restera pas éternellement de marbre.

— Il me reproche peut-être de ne pas avoir de mari, supposa Ariane, un jour qu'Emma était sortie jouer avec Sami. Il me juge sans doute mal. Ses principes, encore eux, l'empêchent d'accepter une situation… assez peu conventionnelle. Je me souviens combien il était attaché aux valeurs de la famille. Le mariage, pour lui, est un sacrement que rien ne doit dissoudre.

— Pour autant, ce ne sont pas ses convictions religieuses qui l'étouffent ! Combien de fois a-t-il réprouvé ce qu'il appelle mes bondieuseries, parce que je vais à l'église tous les dimanches et que je reçois monsieur le curé à notre table !

Depuis le divorce d'Ariane, dix ans s'étaient écoulés. Elle ne s'était confiée qu'à des amies, toutes des collègues de travail, voire ses supérieures qui la tenaient en haute estime et qui avaient travaillé avec Hervé Latour. Certes, elles l'avaient entourée dans ses périodes difficiles et l'avaient encouragée à poursuivre sa brillante carrière de styliste chez Christian Dior. Mais il lui manquait la compréhension d'une mère et le soutien d'un père.

Était-ce la raison qui l'avait poussée à revenir chez elle, dans ce lieu où sa vie avait basculé treize ans auparavant ?

Elle ne s'était guère étendue sur la naissance d'Emma ni sur son ex-mari. Elle attendait le moment opportun.

— Ne t'imagine pas que je souffre d'avoir été trompée par Hervé. Ou plutôt illusionnée.

— Te trompait-il vraiment ?

— Oui. Mais je ne m'en suis aperçue que tardivement. Au début je n'avais que des soupçons, je refusais d'ouvrir les yeux.

— Pourquoi parles-tu d'illusions ?

— Il m'a laissée espérer une vie meilleure, facile, épanouie, auprès d'un mari célèbre et amoureux. Si tu savais comme il me faisait la cour au début, alors que je n'étais qu'une petite femme de chambre dans un hôtel modeste de la butte Montmartre et une artiste inconnue menant une vie de bohème ! J'y ai cru, je l'avoue.

— Tu es devenue quelqu'un grâce à lui. Mais ton talent, tu ne le dois à personne d'autre qu'à toi. Tu peux en être fière. Déjà avec ton père tu avais prouvé tes qualités de styliste dans le domaine de la chaussure. Ton succès ne me surprend pas.

— Hervé s'est moqué de moi, il m'a humiliée devant mes propres amies. C'est ce qui m'a fait le plus souffrir. C'était la seconde fois que je ressentais un tel affront.

— Je te comprends, ma chérie. Mais il ne sert à rien de ressasser ce qui est derrière soi.

— Quand j'ai pris la décision de divorcer, en réalité j'ai décidé aussi d'élever ma fille seule. Après ce que papa m'a infligé, je ne voulais pas qu'un jour Emma connaisse le même sort que le mien. J'ai préféré qu'elle n'ait plus de père plutôt que d'avoir un père qui ne la soutiendrait pas lorsqu'elle aurait besoin de lui. J'avais envie d'avoir mon enfant rien que pour moi, de la choyer, pour la rendre pleinement heureuse. J'en conviens, c'est un peu égoïste.

Loin de la juger, Thérèse comprenait sa fille.

— Dans le pays, lui apprit-elle, personne ne sait plus exactement ce qui s'est passé aux Abarines. Pour tout le monde, c'est de l'histoire ancienne. D'ailleurs, le bruit s'est vite répandu que tu étais en relation avec la Résistance par ton fiancé interposé et que tu lui remettais les renseignements que tu dérobais à la barbe de l'officier allemand résidant chez nous.

— Raphaël effectivement m'avait demandé d'espionner Kurt Hensler. Un jour, Marie m'a surprise, mais elle n'a rien dit, appartenant elle-même au réseau de Raphaël.

— Ton père aussi en faisait partie. C'est pourquoi il a été rapidement disculpé d'avoir collaboré avec les Allemands.

Ariane fut très étonnée.

— Papa ? Avec les idées qu'il avait à l'époque. Je l'entends encore admirer le maréchal Pétain.

— Au début, comme de nombreux Français. Mais petit à petit il s'est aperçu qu'il trahissait la France. Alors, tout en continuant à produire pour l'armée allemande, il est entré en résistance. Oh, il n'a jamais pris beaucoup de risques ! Mais il s'arrangeait pour saboter la fabrication des chaussures qu'il livrait aux Allemands.

— Je n'aurais jamais cru ça de lui !

Thérèse espérait qu'Ariane verrait son père sous un autre angle, maintenant qu'elle connaissait la vérité. Encore faudrait-il qu'il s'adoucisse, qu'il réalise qu'Ariane avait mis sa vie en danger pour sauver celle de Raphaël.

— À présent que tu as quitté ton emploi de styliste, de quoi vas-tu vivre ? s'inquiéta Thérèse. Tu pourrais demander à ton père de te reprendre à l'usine, comme avant !

— Quand j'ai décidé de rentrer à Florac, je n'avais pas d'autre intention que de mettre un terme à ma vie parisienne. En même temps, j'éprouvais le désir de me ressourcer ici, où tout a commencé. Et de réfléchir sereinement au sens à donner à ma vie. Avec Emma à mes côtés.

Thérèse se réjouit de constater qu'aucune rancœur n'habitait le cœur de sa fille. Mais en son for intérieur, elle demeurait soucieuse.

Ariane était-elle réellement revenue pour la raison qu'elle invoquait ?

DEUXIÈME PARTIE

Révélations

1958-1960

11

L'automne était déjà bien installé, couvrant de rouille, d'or et de cuivre le feuillage des arbres. Après les touffeurs de l'été et à la suite des premiers orages, les rivières s'étaient remises à couler avec plus de fougue, les prairies à reverdir, les oiseaux dans les ramures à s'ébattre dans l'attente, pour certains, de la grande migration qui les conduirait vers les horizons africains plus cléments. Les pluies violentes avaient de nouveau provoqué des catastrophes dans le bas pays où les inondations étaient souvent ravageuses. Dans le haut pays cévenol, l'on craignait davantage le froid intense de l'hiver que les débordements des cours d'eau. Aussi partout, dans les villages, dans les hameaux reculés, s'apprêtait-on à l'accueillir comme un vieux compagnon. Les paysans rentraient leur bois, terminaient les ultimes travaux dans les terres avant que celles-ci ne se couvrent de neige et de glace. On avait déjà allumé les cheminées qui répandaient à la ronde une bonne odeur de bois brûlé annonçant les veillées au coin de l'âtre.

Ariane avait demandé à Émile de retourner le jardin, dans l'espoir qu'au printemps ce dernier lui offre ses premières récoltes.

— Nous y sèmerons des pois, des haricots verts, des salades et d'autres légumes de saison, avait-elle averti le jeune homme qui se réjouissait de lui venir en aide. Puis nous planterons des pieds de tomates.

Le terrain, qu'elle avait à sa disposition, était parsemé d'arbres fruitiers. Pommiers, pruniers, cerisiers y donnaient chaque année leur content de beaux fruits que personne, depuis que la maison était fermée, n'avait plus ramassés.

— Grâce à ces fruits et légumes, avait-elle ajouté, je souhaite être indépendante. Et peut-être parviendrai-je à obtenir un petit surplus que j'irai écouler sur le marché de Florac.

— Beaucoup de gens vous les achèteront.

— De plus, Émile, nous pourrions élever quelques chèvres et produire des fromages.

— Des pélardons ?

— Oui. Mais il faudra que j'apprenne à les fabriquer.

— Oh, moi, je sais ! C'était le travail de ma mère. Mon père possédait cinq chèvres. Avec le lait, on faisait du fromage qu'on vendait aux voisins. Mes parents sont morts, mais j'ai gardé tout le nécessaire pour mouler et égoutter les pélardons. Je vous le cède si vous le voulez. Et je vous montrerai comment s'y prendre.

Ariane fut enthousiasmée par cette proposition. Elle accepta volontiers et, quelques jours plus tard, elle se rendit à la foire de Florac pour acquérir trois chevrettes qui, au printemps, fourniraient suffisamment de lait pour commencer la fabrication des petits fromages.

Ariane n'avait rien d'une femme de la terre. Son éducation bourgeoise, ses études, son parcours professionnel l'avaient très vite orientée vers un autre destin. Au reste, elle avait toujours manifesté une certaine aversion pour tout ce qui touchait de près ou de loin aux travaux des champs, aux animaux d'élevage, à l'agriculture en général. Aussi, lorsque sa mère Thérèse apprit son intention, ne dissimula-t-elle pas son étonnement.

— Tu désires devenir paysanne ! Toi qui n'as jamais mis les pieds dans une étable et que les relents de fumier répugnent !

— Mon expérience parisienne m'a ouvert les yeux. Je ne souhaite plus vivre dans le luxe, loin des vraies valeurs. L'argent, les apparences, les discours convenus, les faux-semblants finissaient par me peser. J'en avais assez.

— Est-ce pour cette raison que tu es revenue ? Tu aurais pu envisager de reprendre ta place auprès de ton père !

— Il ne me l'a pas proposé. Mais, pour te dire la vérité, non, ce n'est pas ce qui m'a incitée à revenir.

— Quoi donc, alors ?

Ariane se tut. Hésita à poursuivre.

— Je tenais à ce que ma fille rencontre ses grands-parents et grandisse dans un cadre différent. Elle-même souhaitait changer d'air.

Les explications d'Ariane ne satisfaisaient pas Thérèse. Mais elle n'insista pas de peur de la voir se refermer ou de la blesser.

Est-ce le souvenir de Raphaël qui l'a poussée à rentrer à Florac ? se demandait-elle. Qu'espère-t-elle ? Raphaël est mort en déportation voilà déjà quinze ans !

Face à son mari, Thérèse gardait aussi pour elle ses questions, craignant ses réactions. Entre Charles et Ariane, les relations demeuraient tendues. Ni l'un ni l'autre n'avaient effectué le premier pas. Ariane regrettait le peu de considération que son père lui témoignait. Surtout par rapport à Emma.

Celle-ci ne semblait pas souffrir du différend qui opposait encore sa mère à son grand-père. Elle mettait cette distance sur le compte de la froideur naturelle de Charles. En sa présence, d'ailleurs, elle-même ne se montrait pas très à l'aise. Son grand-père lui paraissait autoritaire, peu affable, peu souriant, bougonnant souvent. Jamais il ne l'avait gratifiée d'une parole de gentillesse depuis son arrivée à Cazeneuve. Au contraire, il lui adressait parfois des reproches de manière détournée, en attirant l'attention de sa femme.

— Ta petite-fille devrait mieux contrôler ses

fréquentations... Elle a trop de liberté, à mon goût... Tu ne devrais pas la laisser sortir seule quand elle vient te rendre visite...

Thérèse ne relevait jamais les remarques de son mari. Elle aimait Emma et lui accordait toute son affection. Celle-ci n'était pas du genre dévergondée. Elle ne s'aventurait jamais bien loin des Abarines et l'avertissait toujours lorsqu'elle partait se promener à vélo avec le jeune Dufresne. Entre la grand-mère et la petite-fille s'était nouée une profonde relation de connivence. Emma adorait sa mamie, Thérèse exultait quand elle voyait arriver sa petite-fille qui lui rappelait sa propre fille enfant.

Mais le sort d'Ariane cependant ternissait sa joie.

Lorsque Charles se retrouvait seul avec sa femme, il ne manquait pas de s'interroger à son tour, et sans détour.

— Ta fille nous cache quelque chose, ne cessait-il de marteler après chacune de ses visites. Accepter de vivre comme une misérable paysanne ne lui ressemble pas. D'ailleurs, je désapprouve son choix. Elle n'honore pas notre famille en travaillant la terre de ses propres mains.

— Il n'y a pas de sot métier ! répliquait Thérèse pour défendre sa fille. Et si tu ne veux pas que cela entache ton honorabilité, propose-lui donc de reprendre sa place à tes côtés.

— Tu n'y songes pas ! Après ce qui s'est passé !

De quoi aurais-je l'air ? Je serais la risée de tous mes clients.

— Plus personne ne parle du passé. Il n'y a que toi pour ressasser toujours les mêmes idées. Si tu as toi-même été lavé de tout soupçon, pourquoi n'en serait-il pas de même pour notre fille ? Il faut oublier ces vieilles rancunes. Ariane est devenue une autre personne, une femme respectable. C'est tout à son honneur. Sa brillante réussite à Paris démontre ses grandes qualités. C'est cela que tu dois mettre en avant lorsque tu parles d'elle avec tes amis, au lieu de l'ignorer comme si elle était pestiférée.

Charles laissait discourir sa femme, mais ne se résolvait pas à tirer un trait sur ce qui demeurait pour lui le paroxysme de la honte.

*

Emma était entrée en classe de sixième au cours complémentaire de Florac. Elle y côtoyait Sami avec joie, ce dernier étant dans la classe supérieure. Ariane les emmenait tous les jours dans la voiture qu'elle avait acquise avec ses économies, une modeste 2 CV Citroën, allégeant ainsi la charge de Clémence qui, travaillant dans le cabinet de Jacques, n'était pas aussi disponible.

Les deux femmes s'étaient donc rencontrées par l'intermédiaire de leurs enfants. Certes, elles ne se fréquentaient pas mais, petit à petit, elles avaient appris à se découvrir. Clémence se réjouissait d'avoir une amie dans une région qui lui était étrangère. Ce n'était pas à Cazeneuve qu'elle s'épanouissait, alors qu'elle avait toujours vécu en ville, dans le milieu hospitalier. Elle regrettait parfois les rives du lac Léman, Thonon-les-Bains, Évian, Genève où elle allait souvent déambuler dans les grands magasins huppés de la cité de Calvin. Mais, par amour pour Jacques, elle ne se plaignait pas et se donnait à corps perdu dans son travail à ses côtés.

Le cabinet de Jacques ne désemplissait pas. Les patients du vieux docteur Ravanel, au début désorientés et méfiants envers le nouveau médecin, s'étaient finalement habitués à ses diagnostics plus précis et plus rapides. Jacques n'hésitait pas à prescrire des analyses et des examens radiologiques afin d'affiner ses constats. Il conseillait à ses malades les plus gravement atteints de se rendre à Montpellier où, tentait-il de les convaincre, ils bénéficieraient de meilleurs soins. Clémence assurait son secrétariat médical en même temps qu'elle s'acquittait des tâches d'une infirmière. Ensemble, ils formaient une équipe soudée et avaient vite conquis la confiance de leurs patients.

Ariane, de son côté, comptait sur sa nouvelle activité pour prouver à son père sa détermination. Ce travail, diamétralement opposé à ce qu'elle avait réalisé dans sa vie jusqu'à présent, représentait pour elle un défi, celui de montrer qu'elle ne dépendait de personne.

Quand le vieux Félicien la vit pour la première

fois manier la bêche et retourner la terre en compagnie d'Émile, il n'en crut pas ses yeux. Il l'apercevait de temps en temps dans le jardin du Joncas, à observer, à mesurer à grandes enjambées les carrés de légumes à délimiter. Il s'était toujours demandé dans quel but une femme de son rang était venue se perdre dans un coin si retiré après avoir vécu dans la capitale. Car Félicien avait vite appris qu'Ariane Chaptal était revenue définitivement au pays.

Prenant son chien à témoin, d'un air narquois, il marmonnait :

— La fille d'un industriel ! Faire la paysanne, ça n'a pas de sens ! Pour moi, elle cache quelque chose.

Le vieil homme avait eu vent du passé d'Ariane. Peu bavard, il n'avait jamais divulgué ce que sa femme lui avait révélé à son propos. Il préférait le silence aux ragots, même si ceux-ci reflétaient parfois la vérité. Mais, devant la scène qu'il voyait se répéter chaque jour dans le jardin du Joncas, il avait de plus en plus la conviction qu'Ariane Chaptal était réapparue pour autre chose que remuer la terre !

Il s'étonnait qu'Émile Lacombe l'aide dans sa tâche. Il l'apercevait lui donner des conseils et abattre le plus gros du travail. Il connaissait le bougre. Trop brave, Émile aimait rendre service, même quand on profitait de sa naïveté pour l'exploiter.

— Je finirai bien par découvrir ce qu'elle mijote, releva-t-il devant son chien qui paraissait comprendre ce qui intriguait son maître.

Ariane n'oubliait pas ce qui s'était passé aux Abarines à la fin de la guerre. Revenue à Cazeneuve, elle chercherait un jour à faire toute la lumière sur les événements qui s'y étaient déroulés. Dans quelle intention l'avait-on arrêtée ? Qui l'avait dénoncée ? Qui avait dénoncé son père ? Pourquoi ce dernier avait-il été lavé de tout soupçon alors qu'elle avait été condamnée par le tribunal de Nîmes ?

Et Raphaël, pourquoi n'avait-on jamais obtenu la preuve de sa mort ? Disparu en camp de déportation, c'était le seul renseignement précis que ses parents, les Soubise, avaient obtenu pour tout acte de décès.

Ariane se souvenait que son père avait été contraint de mettre son usine au service de l'occupant. À l'époque, elle travaillait avec lui et s'était à peine insurgée contre cette infâme obligation. Mais elle avait ignoré jusqu'à tardivement qu'il était entré en résistance dans le réseau de Raphaël. Cela n'expliquait pas pourquoi on l'avait quand même arrêté avant de le disculper et de le relâcher.

En songeant à tous ces tragiques événements, elle revit son père emmené par un commando de FFI conduits par leur voisin, Robert Lapierre. Lorsqu'elle s'était ruée chez les Soubise pour les avertir, Henri lui avait révélé qu'un différend avait opposé Charles à Robert Lapierre à propos d'une limite de propriété. À l'époque, elle n'y avait pas prêté attention. D'autant plus que, peu de temps après, elle avait été elle-même appréhendée et emprisonnée. Ce détail lui avait échappé. Pour autant, cela ne faisait pas de son ancien voisin le délateur de son père et d'elle-même. Elle se méfiait des jugements trop hâtifs.

Néanmoins, toutes ces questions la taraudaient, le soir venu, une fois Emma endormie. Mais elle ne trouvait pas de réponses.

Elle avait été tentée de les aborder frontalement avec son père. Que risquait-elle ? Un refus d'explication ? Une colère subite ? Un reproche de vouloir remuer le passé ? Ne lui réitérerait-il pas le blâme qu'il lui avait adressé à l'époque quand il l'avait obligée à demeurer cloîtrée aux Abarines afin que personne ne découvre sa liaison contrainte avec l'officier allemand ?

Elle était une femme libre et déterminée, mais devant son père Ariane n'osait toujours pas s'affirmer, ni parler librement de ses tourments.

*

Aux Taillades, la vie suivait son cours. Les Dufresne avaient pris leurs marques. Jacques sans difficulté, car il appréciait de retrouver les lieux qui avaient bercé son adolescence. Ses visites régulières au café de la Placette lui avaient permis d'entrer en relation avec des habitants qui devinrent très vite de nouveaux patients. Déjà il passait pour quelqu'un d'important et il était considéré comme un notable. On ne lui parlait jamais de ses parents. Le drame qu'ils avaient vécu datait de plus de vingt ans. Pour beaucoup, ce n'était plus qu'une vieille histoire, une histoire que seuls les anciens pouvaient encore se rappeler. En outre, Jacques ne l'évoquait jamais. Il n'était pas revenu à Cazeneuve pour cela. Quand il croisait Robert Lapierre, au hasard d'une promenade dans les prés en compagnie de Clémence et de Sami, il détournait la tête pour ne pas avoir à le saluer. Clémence, qui ne connaissait pas Robert Lapierre, ne se doutait pas que les deux hommes s'évitaient. Pour elle, la paix régnait dans la petite commune. Elle était à cent lieues d'imaginer ce qui s'était déroulé sous l'Occupation.

De son côté, mis à part Ariane, elle ne s'était guère liée d'amitié avec des jeunes femmes de son âge ou de son milieu. Fortement agraire, la commune abritait essentiellement des paysannes, très prises par leurs travaux à la ferme, y compris les dimanches et jours fériés. Aussi Clémence trouvait-elle le temps long quand elle ne travaillait pas au cabinet médical de Jacques. Celui-ci ne lui demandait pas une présence assidue. Levé à l'aube six jours sur sept, il consultait tard dans la soirée à cause de ses visites à domicile. Elle le rejoignait à Florac vers neuf heures et en repartait vers dix-sept heures. Elle s'accordait le jeudi et le samedi, journées qu'elle consacrait à Sami. Chaque soir, elle attendait Jacques qui rentrait souvent juste à temps pour embrasser son fils avant que ce dernier n'aille se coucher.

Le jeune garçon rencontrait parfois le fils Lapierre, au hasard de ses promenades. Celui-ci fréquentait la même école primaire à Florac où il suivait la classe du certificat d'études. Sami n'avait pas oublié les recommandations de Jacques : éviter les Lapierre. Ne sachant pas pour quelle raison, il ne pensait pas désobéir en discutant avec le fils qui, au demeurant, ne lui inspirait guère de sympathie. D'un naturel querelleur et sûr de lui, Pierre donnait l'impression de vouloir dominer ceux à qui il s'adressait. Sami, qui n'avait pas d'autres camarades à Cazeneuve, ne recherchait pas spécialement son amitié mais le supportait, faisant contre mauvaise fortune bon cœur.

Pierre l'ennuyait à lui ressasser sans arrêt la même histoire, celle de ses grands-parents morts asphyxiés dans leur lit. Il semblait être informé de tous les événements de la commune et ne se privait pas de colporter ce qu'il saisissait entre deux portes. Les péripéties de la guerre n'avaient pas de secret pour lui.

— Qui t'apprend tout cela ? s'étonnait Sami qui finissait par se prêter au jeu.

— Oh, parfois mes vieux, parfois les gens du village. Mimile aussi en connaît un bout sur ce qui s'est passé chez nous quand les Boches occupaient la propriété des Chaptal. Toi qui vois souvent leur petite-fille – comment s'appelle-t-elle déjà ?

— Emma.

— C'est ça. Toi qui la fréquentes, tu dois être au courant de tout ce qui s'est dit à leur sujet !

— J'ignore de quoi tu parles. En plus, ça ne m'intéresse pas.

— Tu as tort. À ce qu'il paraît, l'Allemand qui logeait chez eux couchait avec la fille Chaptal.

Sami ne connaissait pas cette triste histoire. À ses yeux d'enfant, ce n'étaient que des faits anciens qui appartenaient à l'Histoire, et aux adultes.

— La fille Chaptal ? s'étonna-t-il.

— Ben oui... la mère de ta copine ! La mère d'Emma.

Cette révélation n'eut pas sur Sami l'effet escompté. Déçu, Pierre insista.

— Je vais tout te raconter.

— Pas la peine, le rabroua Sami.

Ce jour-là, Sami quitta son camarade l'esprit retourné. S'il avait refusé de poursuivre la conversation, ce qu'il avait appris l'avait perturbé.

Le soir, à table, alors que son père était rentré plus tôt que d'habitude, il s'enquit :

— Dis-moi, papa, est-ce vrai que la maman d'Emma aimait un Allemand pendant la guerre ?

Jacques, qui avait été informé du drame de la famille Chaptal, ne put cacher son étonnement.

— Celui qui t'a raconté cela t'a menti. Ce ne sont que des commérages destinés à salir une honnête famille.

Jacques ne se doutait pas, à ce moment-là, qu'au Joncas Ariane avait reçu une lettre anonyme qui l'avait bouleversée.

12

L'enveloppe avait été glissée par le facteur dans la boîte aux lettres du Joncas.

Sur le moment, Ariane n'y prêta pas attention. L'adresse étant dactylographiée, elle pensa qu'il s'agissait d'une facture.

Dans l'après-midi, au moment où elle s'apprêtait à classer ses papiers, elle s'aperçut que ce n'était pas un pli officiel mais une enveloppe ordinaire, qu'elle ouvrit aussitôt.

À l'intérieur se trouvait une simple feuille demi-format, pliée en deux. Le texte était constitué de mots découpés dans un journal. Il était très explicite :

Il EST dangereux DE remuer le PASSÉ !

Ariane en fut toute retournée. Elle s'affala dans son fauteuil.

Qui donc la menaçait ? Car il n'y avait aucun doute à ses yeux : ce conseil déguisé équivalait à une menace. Quelqu'un lui reprochait une intention qu'elle n'avait pas encore eue à ce jour. Remuer le passé... Ainsi sa présence gênait bien certaines personnes.

Immédiatement, elle mit cet avertissement en relation avec ce qu'elle avait vécu à la fin de la guerre.

La voyant perturbée, Emma s'approcha d'elle. S'enquit, soucieuse :

— Ça ne va pas, maman ? Tu es toute pâle. Tu as reçu une mauvaise nouvelle... de Paris ?

— Euh... non, tout va bien, ma chérie.

Emma redoutait qu'un jour ou l'autre son père réapparaisse pour revendiquer ses droits.

Ariane, de son côté, ne parlait jamais de lui. Mais, en grandissant, la fillette commençait à se poser des questions légitimes. Ariane ne pourrait lui cacher indéfiniment la vérité. Emma finirait par demander comment ses parents s'étaient rencontrés, pourquoi ils s'étaient séparés. Son père, cet homme mystérieux toujours absent des conversations, existait. À Paris, elle avait une camarade d'école dont les parents avaient divorcé. D'un commun accord, ils se partageaient la garde de leur enfant. Emma craignait de subir le même sort.

— C'est cette lettre qui te chagrine ? poursuivit-elle. Elle est de qui ?

— De personne, ma chérie. Ce n'est rien.

Ariane déposa l'enveloppe sur la table du salon pour prouver à sa fille qu'elle n'avait aucune raison de s'inquiéter.

— C'est jeudi aujourd'hui, tu ne désires pas jouer avec Sami ? Je suis sûre qu'il t'attend chez lui. Rejoins-le donc aux Taillades.

Emma comprit que sa mère voulait rester seule. Elle n'insista pas et obéit. Elle prit sa bicyclette dans l'appentis et partit à la rencontre de son ami.

En cours de route, elle croisa le fils Lapierre. Elle redoutait ce garçon peu sympathique. Elle ne s'arrêta pas.

— Eh, princesse, tu crânes sur ton beau vélo ! l'apostropha-t-il. Où cours-tu si vite ? Chez ton amoureux !

Emma l'ignora.

Quand elle parvint aux abords des Taillades, elle aperçut Sami dans le potager en train de discuter avec Émile. Clémence l'appela alors qu'elle était sur le point de descendre de bicyclette.

— Bonjour, Emma. Tu viens voir Sami ?

— Oui… Vous nous permettez d'aller nous promener ?

Clémence remarqua l'air soucieux de la petite fille.

— Ça va comme tu veux ?

— Oui… enfin, c'est ma mère. Elle m'a paru étrange quand je suis partie de la maison.

— Elle est malade ?

— Oh, non ! Pas que je sache. Mais une lettre, au courrier, l'a chagrinée.

— Une mauvaise nouvelle ?

— Je ne sais pas. Mais j'ai toujours peur que…

L'enfant se tut.

— Tu peux te confier à moi, si ça peut te rassurer. Je suis une maman, tu sais, même si je ne suis pas tout à fait celle de Sami… Je peux te comprendre.

— C'est…

Emma hésitait.

— J'ai peur que mon père me retrouve et me réclame.

— Ton père ?

— Oui. Je ne le connais pas. Maman ne me parle jamais de lui. Mais il doit bien exister quelque part. Un jour, il pourrait avoir envie de me prendre avec lui ! Je ne veux pas quitter maman !

— Tu n'as rien à craindre, ma chérie. On n'a pas le droit d'enlever un enfant à sa maman. Celle-ci est protégée par la procédure judiciaire qui lui en a confié la garde.

Emma, rassurée, rejoignit son ami dans le jardin et l'invita à une promenade dans la campagne.

— Évitons la ferme des Lapierre, lui suggéra-t-elle. Je n'aime pas leur fils Pierre. Il me regarde toujours bizarrement.

— Je suis là. Je te défendrai s'il t'embête. Il est peut-être un peu balaise, mais, moi, il ne m'effraie pas, lui dit Sami, bravache.

Demeurée seule au Joncas, Ariane était de plus en plus persuadée que le corbeau désirait l'intimider. Sa présence embarrassait. Qui gênait-elle ? Hormis ses parents, elle n'avait plus aucune connaissance dans la commune... Tout cela lui paraissait absurde !

Son père lui marquait peu de bons sentiments depuis son retour. Il lui reprochait toujours d'avoir cédé au capitaine Hensler. Mais c'était un sacrifice que peu de femmes dans sa situation auraient consenti. On l'avait mal jugée. Elle avait payé pour sa faute.

Plus elle tournait cette menace dans sa tête, plus elle songeait à... Charles !

Serait-ce sa façon de me signifier de repartir ? pensait-elle non sans éprouver un certain dégoût d'elle-même d'oser nourrir de telles pensées. Craindrait-il aussi pour lui, pour ses affaires ? Remuer le passé salirait à nouveau sa propre image, qu'il s'était efforcé de redorer !

L'attitude de son père à son égard ne l'encourageait pas à chasser de son esprit cette terrible suspicion.

— Impossible ! s'écria-t-elle à voix haute pour soulager sa conscience.

Elle examina la lettre de près. Les mots découpés dans un journal n'étaient pas tous de la même taille. Certains étaient en minuscules, d'autres en majuscules. Tous en caractères gras. Il n'y avait aucune faute d'orthographe. Chaque vignette était collée succinctement de sorte qu'il lui fut facile de les détacher de la feuille de papier. Elle sortit d'un tiroir le dernier numéro du *Midi libre* qu'elle avait acheté la veille à la boulangerie du village. Elle en observa attentivement la typographie.

Pas de doute, conclut-elle, les coupures proviennent d'un exemplaire de ce journal.

Elle rechercha les mêmes mots que ceux qui avaient servi au délateur. Il s'agissait de termes courants. Il ne lui fut pas difficile d'en découvrir de semblables dans plusieurs articles, notamment dans leurs titres. Mais cela ne l'avança pas plus.

Elle rangea la lettre dans son enveloppe et enfouit celle-ci au fond du tiroir de sa table de chevet, afin qu'elle ne tombe pas entre les mains d'Emma.

⋆

Le temps s'écoulait. L'hiver sévissait. Dès le mois de novembre, la neige avait recouvert les hauteurs du mont Lozère qui, tout chapeauté de blanc, veillait sur la région comme une vieille sentinelle.

Noël approchait. Dans les rues commerçantes de Florac, les vitrines étaient décorées et resplendissaient de mille lumières annonçant l'heureux jour de la Nativité. Ariane emmenait Emma en ville chaque jeudi pour quelques achats. Elle ne voulait pas attendre le dernier moment pour acquérir ce qu'elle désirait offrir à ses parents et à sa fille. Elle avait proposé de l'aide à sa mère pour préparer le réveillon aux Abarines. Thérèse se réjouissait d'être entourée de sa fille et de sa petite-fille pour cette fête merveilleuse qui, à ses yeux, avait perdu de son enchantement depuis qu'Ariane était partie vivre à Paris.

— Ce sera la première fois que nous serons réunis depuis longtemps ! exulta-t-elle. Nous devrions inviter les Dufresne s'ils sont libres.

Ariane trouva l'idée de sa mère excellente.

— Ainsi Emma sera avec son ami Sami. Les enfants seront heureux de fêter Noël ensemble. Je n'y vois aucune objection.

Charles fut plus difficile à convaincre. Les Dufresne n'étaient pour lui que des voisins. En outre, il n'avait encore jamais consulté Jacques. Ils ne se connaissaient donc pas, même s'ils se croisaient de temps en temps sur la route de Florac. Les deux hommes étaient très occupés et, si ce n'était la maladie, aucune autre raison n'était susceptible de les mettre en relation.

— Passer la veillée de Noël avec des étrangers, quelle idée absurde ! maugréa-t-il.

— Les enfants sont amis. Leurs mères aussi. Cela te facilitera la conversation avec Jacques.

— Parce que tu l'appelles Jacques !

— C'est son prénom ! Et sa compagne s'appelle Clémence.

— Sa compagne ! Ils ne sont pas mariés ? s'étonna Charles.

— Quelle différence ?

— Une différence énorme ! Ce petit Sami, l'ami de ta petite-fille…

— Elle est également la tienne, je te signale.

— Bref… l'ami d'Emma… sa mère vit en concubinage avec son père ?

— Sa mère est décédée quelques mois après sa naissance. Si tu m'écoutais quand je te parle, tu t'en serais souvenu.

Charles n'entendait et ne retenait que ce qui l'intéressait. Les histoires des autres n'avaient de l'importance pour lui que si elles touchaient à ses affaires.

— Bon, bougonna-t-il. S'il faut faire un effort pour entretenir la conversation avec un étranger, je le ferai. Je ne suis pas un ours quand même !

— Si c'est toi qui l'affirmes !

Quand Emma apprit la nouvelle, elle sauta de joie.

— Sami et moi fêterons Noël ensemble ! Oh, c'est formidable ! Je pourrai lui offrir un cadeau ?

À Florac, Ariane emmena sa fille dans un magasin de jouets.

— Qu'est-ce qui lui plairait ?

Emma hésita. Elle avait discuté avec son ami de leurs goûts respectifs. Le jeune garçon affectionnait les sciences, particulièrement tout ce qui avait un rapport avec les expériences.

— Je sais, déclara Emma. Un équipement de petit chimiste. Il adore les découvertes.

— As-tu réfléchi à quelque chose pour ta grand-mère ?

— Tu trouveras plus facilement que moi.

— Et pour ton grand-père ?

— Pour papi ? s'étonna Emma.

— Oui, pourquoi ? C'est ton grand-père !

La mère et la fille passèrent de longues heures à chiner en ville. Quand elles eurent terminé leurs achats le jeudi avant Noël, elles commencèrent à emballer les présents et à songer au repas.

— Tu m'aideras, n'est-ce pas, Emma ? Cette année, ta grand-mère se fera servir.

— Avec plaisir, maman. Je demanderai aussi à Sami ce qu'il aimerait manger ce soir-là.

Emma se réjouissait d'avance de recevoir son ami et ses parents.

Comme par enchantement, le matin du jour tant attendu, la neige se mit à tomber et recouvrit les prairies et les collines autour des Abarines d'une blancheur immaculée.

⋆

Le réveillon se déroula dans la joie retrouvée.

Selon sa promesse, Charles se montra avenant et ne trahit aucun signe de son humeur chagrine. À cette occasion, il accueillit même en personne sa fille et sa petite-fille dès le début de l'après-midi. Ariane avait proposé à sa mère de la seconder aux divers préparatifs afin de ne pas lui abandonner toute la charge de la soirée. Certes, Marie, la gouvernante, s'occuperait de la cuisine et de dresser la table, mais pour la décoration de la salle à manger et du salon, Thérèse avait tenu à s'y atteler elle-même.

Emma insista pour poser elle-même des guirlandes dans le vestibule de la maison, prétextant qu'il paraissait trop triste pour un jour de Noël.

— Nos invités doivent ressentir la fête dès leur entrée ! jubilait-elle.

Tandis que sa femme et sa fille vaquaient à leurs occupations, Charles s'approcha d'Emma sans bruit. Celle-ci ne l'avait pas entendu arriver. Elle avait déjà paré tous les encadrements de portes de guirlandes lumineuses. Sur une commode, juste à côté de la penderie, elle avait disposé une crèche avec ses santons bien en vue afin d'attirer le regard. Perchée en haut d'un escabeau, elle s'ingéniait à dérouler une tresse de cheveux d'ange sur le lustre du plafond. S'étirant de toutes ses forces, elle perdit l'équilibre. L'escabeau oscilla et s'inclina dangereusement. Charles n'eut que le temps de le retenir et d'accueillir sa petite-fille dans ses bras avant qu'elle ne chute de toute sa hauteur sur le parquet ciré.

— Tu m'as fait bien peur ! dit-il aussitôt. Un peu plus et tu te cassais une jambe ou je ne sais quoi. Tu aurais passé ton réveillon à l'hôpital.

La petite fille, rouge de confusion, remercia timidement son grand-père. C'était la première fois qu'elle avait avec lui un contact aussi étroit. Calée contre sa poitrine, elle sentit son parfum, la chaleur de son étreinte. Son cœur s'accéléra, comme lorsqu'on revoit un être cher après une longue absence.

Charles s'en aperçut, s'en émut à son tour. Mais ne le montra pas.

— Bon, reprit-il en la reposant à terre. Plus de peur que de mal, n'est-ce pas ? Je te laisse à ta tâche.

— Merci, papi, répondit Emma. Sans toi, je me serais fait très mal, et je n'aurais pas pu voir Sami et ses parents. La fête aurait été gâchée.

— Sois plus prudente dorénavant...

Le grand-père et la petite-fille n'en dirent pas plus. Mais entre eux s'était produit pour la première fois quelque chose qui ressemblait à de l'affection.

Vers dix-neuf heures, les Dufresne arrivèrent, les bras chargés de paquets. Thérèse les accueillit chaleureusement et les convia à déposer leurs cadeaux au pied du sapin dressé près de la cheminée. Les deux enfants trépignaient d'impatience mais, par retenue, évitaient de montrer leur joie de passer ensemble cette merveilleuse soirée.

Ariane entreprit les présentations. Charles se montra très hospitalier et engagea le premier la conversation avec Jacques, l'invitant à prendre place au salon.

— Ainsi donc, m'a averti mon épouse, vous êtes notre nouveau médecin de famille ! Je vous préviens tout de suite, hormis une petite insuffisance cardiaque sans gravité, j'ai une santé de fer ! Vous ne me verrez pas souvent dans votre cabinet.

— Qu'à cela ne tienne ! répondit Jacques, le sourire aux lèvres. Il sera toujours assez tôt pour venir me consulter. Je ne vous souhaite pas de tomber malade. De plus, avec tous les patients que m'a confiés le docteur Ravanel, je suis surchargé de travail. Heureusement Clémence m'aide à remplir la paperasserie. Sinon, je serais vite débordé... Vous vous rendez compte, on m'appelle même parfois, dans les fermes, pour soigner les animaux !

Tandis que les adultes discutaient et faisaient connaissance, Emma et Sami s'étaient éclipsés dans l'entrée et regardaient avec émerveillement la crèche illuminée.

— Qu'as-tu demandé comme cadeau de Noël ? s'enquit Sami le premier.

— Rien ! reconnut Emma. Mais je suis certaine que maman aura pensé à moi.

— Mes parents vont t'offrir quelque chose. Je n'ai pas le droit de t'en parler. C'est une surprise.

— Maman en a une également pour toi. Tu vas drôlement apprécier.

Les deux enfants en oubliaient le temps qui s'écoulait trop vite à leurs yeux. Marie les trouva sur le perron, main dans la main, comme deux amoureux admirant les illuminations du jardin.

Ariane en effet avait placé des guirlandes électriques à l'extérieur pour délimiter les allées.

— C'est magnifique ! s'extasia Sami. On se croirait dans un conte de fées.

Emma se rapprocha de lui comme pour chercher

sa protection. Son cœur battait à l'unisson avec celui de son ami.

— Est-ce que ton grand-père t'offrira aussi quelque chose ? s'enquit soudain Sami, rompant le silence.

— Mon grand-père ? s'étonna Emma. Oh, je ne pense pas… non. Ma grand-mère sans doute. Elle m'aime beaucoup. Et moi je l'adore !

— Tu ne t'entends pas avec ton grand-père ?

— Si, mais… comment te dire ? Il est un peu froid et distant avec moi… et avec ma mère.

Vers vingt et une heures, alors que les adultes avaient terminé leurs coupes de champagne servi en apéritif, Marie invita Emma et Sami à les rejoindre.

— C'est le moment des cadeaux, les enfants, leur annonça-t-elle. Il faudrait rentrer maintenant.

Tous se regroupèrent autour du sapin. Dans la cheminée, les flammes crépitaient et dispensaient une douce chaleur.

De nombreux paquets étaient soigneusement emballés dans du papier multicolore.

— Les enfants, déclara Thérèse, vous êtes trop grands pour croire au père Noël, mais vous n'en attendez pas moins vos cadeaux en cette veille de la Nativité, n'est-ce pas ? On vous laisse donc le plaisir de découvrir ce que les uns et les autres vous ont apporté.

Sami et Emma rayonnaient de joie.

Ils commencèrent au hasard et, lisant leur prénom sur les boîtes, se les transmettaient à tour de rôle. Il y en avait même pour les adultes.

— Un vélo ! s'extasia soudain Sami en soulevant un drap qui dissimulait une magnifique bicyclette. Et il est pour moi ?

— Moi, j'en ai déjà un ! lui répondit aussitôt Emma. Je t'avais bien averti que tu aurais une belle surprise.

Le jeune garçon regarda son amie, les yeux brillants de larmes, puis se précipita dans les bras d'Ariane.

— Oh, madame ! Je… je ne sais pas comment vous remercier.

— D'abord, appelle-moi Ariane. Et remercie plutôt Emma. Cette bicyclette, c'est son idée. Ainsi que cette panoplie de chimiste en herbe.

— Il est l'heure de passer à table, intervint Thérèse. Le repas refroidit.

— Une minute ! l'interrompit Charles. Il manque quelque chose sous ce sapin.

Il s'absenta quelques secondes dans son bureau. En revint chargé d'une boîte non emballée.

— C'est pour toi, Emma. Je n'ai pas eu le temps de la déposer avec les autres paquets.

La petite fille fixa timidement son grand-père.

— Je te remercie, papi, lui chuchota-t-elle. Mais j'ai déjà eu un cadeau de grand-mère. C'était de votre part à tous les deux, non ?

— Je tenais à t'en offrir un moi-même. Ouvre-le. J'espère que ça te plaira.

Émue, Emma s'exécuta sous le regard attendri de sa mère et de sa grand-mère.

— Un électrophone ! s'extasia-t-elle. Comment savais-tu…

— Je te vois souvent écouter la radio quand tu viens aux Abarines. C'est de ton âge !

13

Une semaine plus tard, alors que tous venaient de fêter la nouvelle année dans la joie et le réconfort d'une apparente réconciliation familiale, une nouvelle parvint aux Abarines.

Marie, la gouvernante, arborait une mine attristée. Thérèse fut la première à s'en inquiéter.

— Quelque chose vous chagrine, Marie ? s'enquit-elle sans se douter de ce que celle-ci venait d'apprendre.

— Effectivement, une chose effrayante, madame.

La gouvernante se cachait le visage dans les mains comme pour dissimuler son désarroi.

— Parlez, voyons ! Vous pouvez tout me dire, vous le savez très bien !

Marie essuya les larmes qui roulaient sur ses joues. Annonça :

— C'est à propos de monsieur et de madame Soubise.

— Que leur est-il arrivé ? Rien de grave, j'espère !

— Un grand malheur, madame. Un terrible accident de la route. Hier soir. Alors qu'ils rentraient chez eux après avoir réveillonné chez des amis.

— Ils sont blessés ?

— Non, madame. Ils sont morts tous les deux. Leur voiture a dérapé sur une plaque de verglas. Henri aurait perdu le contrôle de son véhicule. Il a heurté un gros arbre. La voiture a pris feu. Ils ont été coincés sur leurs sièges. Les gendarmes ont retrouvé leurs corps carbonisés ce matin.

— Mon Dieu ! s'exclama Thérèse. C'est horrible !

Marie était effondrée. Thérèse s'étonna.

— Vous les connaissiez donc bien, pour appeler monsieur Soubise par son prénom ?

— Oui. Henri surtout. Nous étions Compagnons de la Libération. Nous appartenions au même réseau tous les deux. Comme votre mari et votre fille.

Thérèse ne s'épanchait jamais sur les événements de la guerre avec Charles. Trop de zones d'ombre empêchaient encore d'éclaircir certains faits. Avec les Soubise, ils évitaient de revenir sur un passé douloureux pour les deux familles.

Thérèse, à son tour, fut accablée.

— Je préviendrai mon mari dès son retour. Quand vous en saurez un peu plus, je vous serai reconnaissante de nous en faire part.

Marie promit de tenir sa maîtresse au courant, puis s'en alla éponger son chagrin dans la cuisine.

Thérèse s'empressa d'informer Charles dès qu'il rentra de son bureau. Ce dernier demeura un long moment sans réaction. Puis, surmontant sa stupeur, il déclara :

— Henri et moi étions de très bons amis. Je ne m'habituerai jamais à l'idée qu'il ait subi une fin aussi atroce en compagnie de son épouse.

— Tous les deux ont rejoint leur fils, déplora Thérèse. J'espère que là-haut, où ils sont à présent auprès de Dieu, ils ont trouvé ensemble le bonheur éternel.

— Personne ne peut affirmer que Raphaël est mort ! releva Charles.

Thérèse regarda son mari d'un air étonné :

— Charles, tu divagues ! Raphaël est mort en déportation, tu le sais mieux que moi.

— Rien ne l'a jamais prouvé.

— En tout cas, abstiens-toi d'émettre de telles hypothèses devant Ariane. Tu ne ferais que remuer le couteau dans la plaie.

Charles n'insista pas.

— Il faut cependant l'avertir. Elle ne doit pas apprendre ce nouveau drame par hasard. Elle était très attachée aux Soubise.

Thérèse acquiesça.

— Je m'en charge, proposa-t-elle.

Depuis son retour, Ariane n'avait rencontré les Soubise qu'une ou deux fois à Florac. Ils avaient évité d'évoquer Raphaël afin de ne pas raviver leur peine.

À l'annonce de la terrible nouvelle, Ariane s'effondra à son tour. Trop de souvenirs remontèrent brutalement dans son esprit. Toute sa jeunesse refit surface : Raphaël, leurs fiançailles le jour de l'été 1939, l'insouciance des premiers mois, puis la douloureuse séparation et l'interminable attente des jours meilleurs, enfin l'annonce de l'arrestation de Raphaël. Elle se croyait forte. Elle avait vécu tant d'événements depuis, heureux et malheureux. Cette période lui paraissait si lointaine qu'elle avait tendance à l'occulter. Elle était maintenant une femme libérée de tous ses carcans, débarrassée de tous les liens qui l'unissaient au passé.

Devant sa mère, elle ne dissimula pas sa peine.

— Avec leur disparition, c'est toute une partie de ma vie qui s'échappe, qui s'achève, reconnut-elle. Je crois que je n'avais pas encore fait complètement mon deuil de Raphaël. Je me mentais à moi-même. À présent, c'est terminé.

— Songe à ta fille, la réconforta Thérèse. Seule Emma doit compter désormais.

Quatre jours plus tard, Ariane assista aux obsèques en compagnie de sa fille et de ses parents. Devant le caveau grand ouvert des Soubise, elle aperçut de loin les sœurs de Raphaël, mais n'osa s'en approcher, les connaissant à peine. Elle essuya discrètement ses larmes. Au fond d'elle-même, elle ne put s'empêcher de penser à l'absent, à Raphaël qu'elle portait toujours dans son cœur.

Emma, voyant sa mère très affectée, s'inquiéta :

— Tu les connaissais bien, ces gens, maman ? Tu ne m'en as jamais parlé !

— J'aurais tant aimé que leur fils soit ton papa ! lâcha-t-elle sans réfléchir. Mais Raphaël aussi est mort. Il y a longtemps.

— Tu l'aimais ?

Ariane hésita. Elle n'avait jamais confié à sa fille son histoire d'amour avec Raphaël. Celle de ces fiancés de l'été qu'ils avaient été dans leurs jours heureux.

— Énormément, avoua-t-elle.

— Plus que mon père ?

Ariane se ressaisit.

— Viens, lui dit-elle sans répondre, en la prenant par la main. Rentrons à la maison.

*

Le temps estompa les souvenirs resurgis. Ariane retrouva la sérénité qu'elle était venue chercher en se rapprochant des siens. Mais son père ne semblait pas disposé à se remettre en question. Toutefois, jamais aucune parole, aucune allusion ne fragilisait le consensus qu'ils avaient tacitement établi. Entre eux, c'était le statu quo.

Cependant, Ariane sentait Charles sur ses gardes, adoptant volontairement une attitude ferme et rigide à son égard. Si elle commençait à percevoir des fissures dans sa carapace, elle ne se berçait pas d'illusions. Son père était un homme imprévisible, capable d'une extrême affabilité un jour et d'une humeur exécrable le lendemain.

Lorsqu'elle allait aux Abarines avec Emma, il se montrait toujours distant et peu chaleureux. Il arborait une froideur qui étonnait même Emma. Alors qu'il l'avait ravie à Noël par son cadeau, il n'avait plus manifesté à son endroit de gestes d'affection depuis ce soir-là.

Un jeudi après-midi, il surprit sa petite-fille près de son usine. Emma se promenait à vélo en compagnie de Sami et s'apprêtait à rendre visite à sa grand-mère.

— Que fais-tu là ? lui demanda-t-il sur un ton autoritaire. Tu n'as rien de mieux à faire ? Tu n'as pas de devoirs pour l'école ?

— Mais, papi…

— D'abord je n'aime pas que tu m'appelles « papi ». Appelle-moi « grand-père ». C'est plus correct.

À côté d'Emma, Sami ne disait mot, baissant les yeux pour ne pas avoir à affronter le vieil homme.

— Et j'ai déjà signifié à ta mère qu'une petite fille de ton âge ne doit pas traîner dehors avec les garçons !

— Grand-père, s'insurgea Emma, Sami est mon ami ! Et le jeudi nous nous promenons toujours à vélo ensemble. Nous ne faisons rien de mal.

— Ne discute pas. Retourne immédiatement chez toi.

— J'allais dire bonjour à mamie !

— Ce sera pour une autre fois. Allez, file au Joncas !

Emma n'osa désobéir à son grand-père et obtempéra. Désolé, Sami lui dit au revoir puis partit de son côté en direction des Taillades.

Quand Ariane vit revenir sa fille, la mine attristée et plus tôt qu'elle ne l'attendait, elle l'interrogea :

— Tu n'étais pas avec Sami, cet après-midi ?

— Si.

Emma n'avait pas envie de s'expliquer.

— Vous vous êtes disputés ? insista Ariane.

— Non, pas du tout.

— Alors, qu'est-ce qui ne va pas ?

— C'est papi, avoua enfin Emma. Je l'ai croisé en route et il m'a grondée devant Sami.

— Tu as fait quelque chose de mal ?

— Non. C'est lui qui a été méchant avec moi. Il m'a reproché de traîner dehors avec Sami et m'a ordonné de rentrer. Il ne m'aime pas, papi. Et moi non plus, d'ailleurs !

La fillette éclata en sanglots et courut se réfugier dans sa chambre.

De tels incidents se produisaient régulièrement. Charles ne parvenait pas à contenir son intransigeance. Il reportait de nouveau sur sa petite-fille tous les griefs qu'il nourrissait à l'égard de sa fille. Ariane n'avait pas exprimé le moindre signe de repentir. Aussi restait-il campé sur ses positions.

Néanmoins, chaque fois que sa fille et sa petite-fille venaient aux Abarines, en son for intérieur il souffrait de cette situation. Le remords l'étouffait. Mais son orgueil, son amour-propre et son entêtement l'empêchaient de faire le premier pas. Il se montrait hautain et froid, refusant de s'attendrir devant Emma.

— Quand Ariane se sera excusée pour tout le mal qu'elle nous a causé, se justifiait-il devant Thérèse, j'envisagerai de modifier mon attitude à son égard.

— Ta petite-fille n'a pas à supporter tes ressentiments envers sa mère ! Tu es injuste, autoritaire et intransigeant. J'ajouterais même inhumain. C'est toi qui me fais honte à présent !

Charles n'entendait pas les reproches de sa femme. Il se refusait à toute discussion.

— C'est ainsi que tu me vois ? Eh bien, sache que je le regrette. Mais ça ne changera rien.

Les explications se terminaient toujours de la même manière. Charles s'entêtait plus que jamais chaque fois que Thérèse tentait de le radoucir.

Emma finit par s'éloigner de son grand-père, déçue par le peu de sentiments qu'il lui témoignait.

Un jour, alors qu'il lui avait une fois de plus adressé une remontrance, elle éclata en sanglots sitôt rentrée chez elle.

— Je le hais ! s'écria-t-elle. Je le hais ! Il n'est pas mon grand-père. Je veux retourner à Paris ! On n'a plus rien à faire ici !

Ariane ne put calmer le chagrin de sa fille. Elle comprit ce jour-là qu'elle devait avoir une sérieuse discussion avec son père.

*

Elle n'eut pas besoin de faire le premier pas. Charles lui demanda un matin de passer le voir à son usine.

Qu'a-t-il encore à me reprocher ? s'inquiéta-t-elle. Je n'aime pas ça du tout !

Charles lui avait envoyé par voie postale une lettre très brève, sans rentrer dans les détails, justifiant seulement cette manière de la prévenir par le fait qu'elle n'avait pas le téléphone. Ariane trouva cela étrange. Elle avait rendu visite à sa mère la veille en compagnie d'Emma et l'avait à peine entrevu entre deux portes en fin d'après-midi. Charles, toujours très occupé, ne quittait jamais son bureau avant vingt heures. Elle jugea non sans raison qu'il aurait pu lui signifier de vive voix ce qu'il avait à lui dire. Sur le moment, elle crut qu'il s'agissait encore d'Emma. Depuis que celle-ci s'était plainte de son grand-père, Ariane n'avait pas encore eu avec lui une franche explication.

Elle estima que le moment était arrivé de lever le voile sur le différend qui subsistait entre eux.

Après avoir conduit Emma et Sami à l'école, elle fila directement à l'usine de son père.

Elle n'y était pas retournée depuis qu'elle avait été emmenée par les FFI en 1944. Elle n'en avait pas ressenti le besoin. Aller à la maison de ses parents lui suffisait pour renouer le lien qu'elle avait rompu quatorze ans auparavant.

Lorsqu'elle se trouva devant le couloir des bureaux, elle éprouva un sentiment étrange, mélange de nostalgie et d'amertume. Rien n'avait changé depuis l'époque lointaine où elle y avait exercé ses talents de styliste. Elle hésita à pousser la porte qui donnait accès au bureau de son père et à l'atelier où elle dessinait ses modèles de chaussures. Elle se revit tout à coup, âgée de dix-huit ans à peine, pénétrer pour la première fois dans les salles de fabrication, Charles à ses côtés, fier de présenter sa fille à ses ouvriers et de les avertir qu'elle serait dorénavant responsable de collection. Elle y avait passé des heures de pur bonheur à imaginer, à créer, à ébaucher des maquettes qui devenaient ensuite les éléments d'une gamme nouvelle. Mais elle y avait aussi vécu de terrifiantes angoisses quand les Allemands avaient pris possession des Abarines et qu'elle s'était retrouvée sous l'emprise du capitaine Hensler. Elle sentit les larmes lui monter aux yeux, lorsqu'elle songea à la sanction infligée par son père après lui avoir avoué son sacrifice pour sauver la vie de son fiancé. Cloîtrée chez elle comme dans un couvent, afin de ne pas risquer de jeter l'opprobre sur sa famille – alors que Charles de son côté avait accepté de travailler pour l'ennemi –, elle n'en était ressortie qu'au moment de son arrestation.

Ces lieux étaient trop empreints de souvenirs douloureux pour qu'elle n'éprouve pas un profond ressentiment. Elle pensa une fraction de seconde qu'elle avait eu tort de revenir à Florac, là où s'était joué son drame.

Elle était prête à tourner les talons, quand la porte s'ouvrit.

Une jeune femme apparut dans l'embrasure, élégamment vêtue, un énorme dossier dans les mains.

— Madame ! releva-t-elle. Vous cherchez quelqu'un ?

Surprise, Ariane reprit ses esprits.

— Euh… je viens voir mon père, monsieur Chaptal.

— Ah, vous êtes Ariane, sa fille ! Il est dans son bureau… Je suis Catherine, sa nouvelle secrétaire. Je n'ai pas besoin de vous introduire, vous connaissez le chemin !

Ariane s'avança, le cœur battant d'émotion. Frappa à la deuxième porte sur sa droite.

— Entre ! lui ordonna la voix grave de son père. Je t'attendais.

Elle poussa la porte comme une ouvrière venant à l'embauche. Elle pensait découvrir Charles plongé dans ses dossiers ou examinant les croquis de sa future collection.

Elle fut surprise par l'agencement du bureau. Charles l'avait transformé en un endroit agréable, ressemblant davantage à un salon qu'à un lieu de travail. Elle le trouva installé dans un canapé, devant la cheminée où crépitait un bon feu. Détendu,

Charles la convia à s'asseoir près de lui et lui proposa une tasse de thé.

— Je t'ai aperçue par la fenêtre, lui dit-il sans lui laisser le temps de réagir. Tu me parais très étonnée !

— Ça a beaucoup changé ici ! releva Ariane, mal à l'aise.

— Oh, il n'y a pas que mon bureau que j'ai modifié ! Tu ne reconnaîtras plus ton atelier d'étude. Quant aux ateliers d'assemblage, tout y a été modernisé. Pour lutter contre la concurrence, il faut se mettre au goût du jour et être sans cesse plus performant. Ça passe par les machines, les méthodes de fabrication, les relations humaines, et j'en oublie.

Ariane écoutait son père sans oser l'interrompre. Jamais depuis son retour il ne s'était confié à elle à propos de son travail. Elle avait toujours senti Charles sur ses gardes, comme si évoquer leur ancienne collaboration représentait un sujet tabou.

— Je suppose que ce n'est pas pour me montrer tes nouvelles installations que tu m'as demandé de venir te voir ! finit-elle par remarquer. Tu désires me parler d'Emma ? Qu'as-tu encore à lui reprocher ?

— Emma ! Absolument pas. Il ne s'agit pas d'elle. Encore que… il est vrai, je n'approuve pas beaucoup ses fréquentations.

— Tu veux parler de Sami ?

— Oui, de Sami. Ce n'est pas parce que son père est maintenant notre médecin de famille que tu ne dois pas surveiller ta fille.

— Ils ne font rien de mal ensemble ! Ils sont les

meilleurs amis du monde. Emma l'apprécie beaucoup. Et moi aussi, d'ailleurs. Ce ne sont que des enfants. Que vas-tu imaginer ?… Alors, si ce n'est pas pour Emma, pourquoi as-tu souhaité me voir ici ?

Charles se reprit.

— Effectivement, il ne s'agit pas de ta fille… mais de toi.

Ariane sentit monter sa colère. Sa gorge se noua. Son regard se durcit. Son père lui adresserait-il encore des reproches alors qu'elle était revenue pour tâcher d'apaiser la discorde entre eux ?

Elle se leva précipitamment. Fixa son père dans les yeux. Lui parla d'un ton sec.

— Je ne suis pas venue jusqu'ici pour écouter tes critiques. Pas en cet endroit. Si tu as quelque chose à me dire, il n'était pas utile de m'envoyer une lettre par la poste. Je constate d'ailleurs que ça devient une habitude chez toi !

Ariane venait de songer à la lettre anonyme.

Charles parut surpris mais ne releva pas.

— Calme-toi, Ariane ! Je n'ai nullement l'intention de te désavouer pour quoi que ce soit. Après tout, tu es assez grande pour éduquer ta fille comme tu l'entends. Je voulais seulement te mettre en garde… Et aussi te demander un service.

Ariane se radoucit, étonnée du changement de ton soudain de son père.

— Un service ! Moi ?

— Oui. J'ai bien réfléchi depuis ton retour. Oh, je sais, tout n'est pas parfait entre nous. Je le reconnais volontiers. Donne-moi encore un peu de temps pour accepter… enfin, tu me comprends.

Ariane s'interrogeait sur le dessein de son père. Il n'était pas dans ses habitudes de tergiverser. Homme de caractère, entier et sûr de lui, il ne laissait pas de place aux palabres ou aux hésitations.

— Vois-tu, poursuivit-il, la mort tragique des Soubise m'a ouvert les yeux. Les malheureux n'avaient qu'un fils…

— Faux, Raphaël avait deux sœurs, tu l'oublies !

— Oui, tu as raison. Mais pour lui succéder, Henri n'aurait pu compter que sur son fils. Et puis, ses filles vivent loin de Florac.

— Raphaël se destinait à l'architecture ! Il ne serait jamais devenu notaire.

— Peut-être aurait-il changé d'avis si son père l'avait sollicité pour le remplacer à la tête de son étude.

— Je ne le crois pas. Mais où veux-tu en venir ?

Charles effectivement atermoyait.

— J'irai droit au but, se reprit-il. J'ai souhaité que tu me rejoignes ici, dans l'enceinte de l'usine, pour te proposer de reprendre ta place auprès de moi, comme avant.

14

La demande de Charles étonna vivement Ariane. Celle-ci s'attendait à tout, sauf à cette proposition. Reprendre sa place de styliste auprès de son père, après ce qui s'était passé entre eux, tenait de l'impensable.

Sur le moment, elle ne réagit pas.

Un silence pesant s'abattit sur la pièce pendant quelques secondes. Ariane avait besoin de réfléchir. Non à sa propre décision, mais à la raison pour laquelle son père désirait lui confier à nouveau la responsabilité de son bureau de création.

— Je ne sais que te répondre ! avança-t-elle, afin de rompre le malaise qui s'était installé. Tu me prends de court.

— Je me doute que mon offre a de quoi te surprendre. Tu penses certainement que je cherche à m'absoudre de mes fautes. Il n'en est rien... Ce serait plutôt à toi de t'excuser auprès de ta mère et moi après toutes ces années. Mais je suis prêt à passer outre. Tu vois… je ne suis plein ni de rancœur ni d'amertume !

— Que cache ce subit revirement ? Que demandes-tu en échange ? J'ai peine à imaginer que tu me refasses aussi facilement confiance, comme si de rien n'était. Je te sais trop attaché à tes principes et à ton image !

Charles se leva de son canapé. S'approcha des flammes de la cheminée. Glissa ses doigts dans sa chevelure grisonnante.

— Ma fille, personne n'est éternel. J'aurai bientôt soixante-quatre ans. Même si je me sens toujours d'attaque pour diriger mon usine, j'ai conscience que je ne suis pas à l'abri d'un pépin. Or, je n'ai personne d'autre que toi pour assurer la relève. C'est d'ailleurs pour cette raison que je m'étais félicité jadis de ta collaboration. Aujourd'hui, je souhaite mettre un terme à ce qui nous oppose. Je te demande donc de reprendre ta place auprès de moi. Tu redeviendras ainsi la responsable de mes nouvelles collections et je t'associerai à la gestion de l'entreprise pour que tu sois capable de me remplacer au pied levé.

Ariane ne broncha pas. Elle ne voulait ni se réjouir ni montrer le moindre signe de gratitude ou de repentance.

— J'avoue que tu me surprends, finit-elle par reconnaître. Je ne m'attendais pas à ça de ta part. En tout cas, pas avant que j'admette les erreurs que tu me reproches. Or de cela, il ne saurait être question…

Entre le père et la fille, un mur d'incompréhension s'était établi qui les empêchait tous deux de faire table rase du passé. Avec le temps, Ariane s'était forgé une armure solide afin de pouvoir résister aux aléas de la vie. Ses expériences malheureuses lui avaient permis de rebondir à chaque nouvelle difficulté. Elle se sentait suffisamment forte maintenant pour affronter tout ce qui entraverait sa route et nuirait à l'épanouissement de sa fille. Emma demeurait toujours sa meilleure raison pour redresser la tête.

— Je ne suis pas revenue à Florac dans l'espoir que tu me fasses une telle proposition, poursuivit-elle.

— Tu envisages vraiment de vivre comme une paysanne, à cultiver tes légumes et à élever des chèvres ? Ça n'a pas de sens ! Je ne te donne pas six mois avant d'abandonner. Nous, les Chaptal, nous ne sommes pas des gens de la terre. Nous sommes destinés aux affaires.

— Mon principal objectif, dorénavant, est le bonheur d'Emma. Je veux qu'elle grandisse sereinement, loin des tourbillons de l'existence que nous menions à Paris. Alors, si pour y parvenir, je dois oublier mes rêves de jeunesse, je suis prête à y consentir. Je ne serai pas la première à effectuer un retour à la terre !

— À toi de voir. Mais réfléchis bien ! Avec moi,

tu peux encore prétendre à un bel avenir et assurer à ta fille des jours heureux, sans difficulté. Et puis... tu ne resteras pas éternellement seule ! C'est ce que je te souhaite en tout cas. Dans notre milieu, tu rencontreras des gens intéressants, alors qu'en tant que paysanne... Enfin, tu me comprends !

Ariane faillit exploser. Elle se retint. Avant de quitter son père, elle lui posa la question qui la taraudait.

— Est-ce toi qui m'as envoyé une lettre sans signature pour me mettre en garde de ne pas remuer le passé ?

Charles tomba des nues.

— Comment ça ? Une lettre anonyme ?

— Une lettre très brève composée de mots découpés dans le journal.

— Mais pour qui me prends-tu, ma fille ? Pourquoi t'aurais-je envoyé une telle lettre ? Et pour te mettre en garde en plus ! Comme une menace ! Tu me crois capable d'une telle ignominie... Ça n'a pas de sens !

Ariane sentit son père profondément froissé. Le ton de sa voix était sincère. Elle devinait quand il mentait ou quand il biaisait.

Elle regretta sa question, tout en étant rassurée.

— Excuse-moi mais j'avais besoin de savoir.

Charles ne l'interrogea pas davantage sur cette fameuse lettre anonyme. Mais, au fond de lui, il craignait effectivement que toutes les affaires du passé ne remontent à la surface un jour ou l'autre.

*

Ariane ne voulait pas décider seule. Elle se souvint avec émotion du profond désir qui l'animait quand elle terminait sa classe du baccalauréat. Elle avait demandé à ses parents d'abandonner ses études et de travailler avec son père afin de vivre son rêve : dessiner. À l'époque, elle les avait surpris et il lui fut difficile de les convaincre. Si la guerre avait interrompu sa jeune carrière de styliste dans la chaussure, elle s'était parfaitement réalisée à Paris en intégrant la maison de haute couture de Christian Dior.

Aussi la suggestion de Charles bouleversait-elle à présent ses projets. Avait-elle encore sa place dans l'entreprise paternelle, alors que c'était là qu'avaient commencé tous ses malheurs ?

N'était-elle pas revenue dans un autre dessein ?

Elle en parla à Emma.

— Papi me propose de travailler à ses côtés, lui apprit-elle quelques jours plus tard. Comme avant. Qu'en penses-tu ?

La fillette connaissait le passé de styliste de sa mère chez son grand-père mais ignorait les raisons qui les avaient éloignés l'un de l'autre. Elle se réjouit aussitôt :

— Tu as l'intention de redessiner des chaussures ? Comme quand à Paris tu dessinais des robes pour les belles dames !

— Je n'ai pas encore accepté.

Emma arbora un large sourire. Se blottit dans les bras de sa mère.

— Je peux t'avouer quelque chose ? lui murmura-t-elle à l'oreille.

— Quoi donc ?

— Tu ne te mettras pas en colère ?

— Je te le promets.

— Je n'aime pas ton idée de devenir paysanne. Quand tu rentres à la maison les ongles noirs de terre et de la paille dans les cheveux, je ne trouve pas ça joli.

— Tu as honte de moi ?

— Non ! Je n'ai pas dit ça. Mais tu étais plus élégante à Paris quand tu étais bien habillée et parfumée. Ici, tu es…

Emma s'interrompit.

— Je suis… ?

— … un peu débraillée ! marmonna la fillette. Et parfois, tu sens la chèvre.

— Mais c'est qu'elle se moque de moi, cette vilaine petite fille ! réagit Ariane en inondant Emma de baisers dans le cou.

Emma éclata de rire. Sa franchise amusait beaucoup Ariane qui lui savait gré de ne jamais rien lui dissimuler. Entre elles s'était créée une grande complicité qui les unissait de façon indéfectible.

— Alors, j'attends ta réponse !

— Tu ne devines pas ?… Je serais ravie si tu acceptais.

— Je croyais que tu ne portais pas beaucoup ton grand-père dans ton cœur !

— Ça n'a rien à voir. C'est de toi qu'il s'agit. Et puis, papi est un peu bougon et souvent râleur, mais au fond je l'aime bien quand même. Je ne pensais pas ce que je disais l'autre jour quand je suis rentrée en colère.

Ariane enserra à nouveau sa fille dans ses bras et l'étouffa de tendresse.

— Eh bien, puisque tu le souhaites, j'y consens. Mais c'est bien pour te faire plaisir !

Le lendemain, Ariane se rendit à l'usine sans s'annoncer.

Charles dessinait des modèles d'escarpins.

— Entre, l'invita-t-il alors qu'elle restait dans l'embrasure de la porte. Je suis à toi dans une minute. Le temps de finir ce croquis qui me donne du mal. Je n'arrive pas à trouver le bon compromis pour la juste hauteur du talon.

Ariane s'approcha de la table à dessin, regarda par-dessus l'épaule de son père. Saisit un crayon.

— Montre-moi.

Charles s'écarta. Laissa faire sa fille.

— Voilà, c'est parfait comme ça. Il suffisait de deux coups de crayon supplémentaires pour mieux équilibrer la chaussure.

Charles fronça les sourcils.

— Tu n'as pas perdu la main, à ce que je vois !

Ariane se garda de s'en enorgueillir.

— Je suis venue te donner ma réponse, coupa-t-elle sans tergiversations.

— Alors ? Qu'as-tu décidé ?

— J'accepte. À une condition !

— Laquelle ?

— D'avoir carte blanche pour le choix de mes modèles. Ne pas devoir réaliser uniquement ce que toi tu projetteras de produire.

Charles regarda sa fille comme s'il la redécouvrait.

— Tu n'as pas changé ! Tu as toujours ton fichu caractère !

— J'ai de qui tenir ! Je suis une Chaptal !

Charles s'écarta et alla chercher une bouteille de champagne.

— Fêtons notre nouvelle entente comme il se doit. Je préviens ta mère pour qu'elle nous rejoigne sans tarder.

À peine dans le bureau de son mari, Thérèse se jeta dans les bras de sa fille.

— Comme je suis heureuse que vous vous soyez réconciliés !

Ariane ne releva pas les propos de sa mère. Mais elle songea qu'il y avait encore pas mal de chemin à parcourir.

*

Ariane ne se précipita pas à son nouveau travail. Non qu'elle regrettât d'avoir trop rapidement agréé la demande paternelle, mais parce qu'elle avait besoin de réfléchir au sens à donner à sa vie maintenant qu'elle s'apprêtait à rentrer dans le rang. Telle était, en vérité, l'impression qu'elle ressentait en ayant consenti à collaborer à nouveau avec Charles.

Ariane s'était rapidement adaptée à sa nouvelle existence. En compagnie d'Émile, elle ne rechignait pas à prendre la bêche, à ramasser à mains nues salades, oignons, carottes, ou à passer beaucoup de temps auprès de ses quatre chèvres qu'elle avait appris à traire. Lorsqu'elle rentrait de leur enclos, elle ne quittait pas toujours ses vêtements de travail et répandait dans la maison une odeur d'animal que redoutait Emma.

Aussi Emma fut-elle la première après sa grand-mère à se réjouir. Elle redoutait en effet de se glisser dans la peau d'une petite paysanne. Elle s'était imaginé, non sans crainte, qu'elle deviendrait comme Pierre Lapierre, ce garçon au visage rougeaud et à l'embonpoint déjà prononcé à force, croyait-elle, de manger trop de charcuterie et de fromage. Sa sœur Pauline, qu'elle apercevait de temps en temps, avait, à dix-huit ans, la même corpulence que sa mère Germaine et que son père Robert. Ces gens sont gros comme doivent l'être beaucoup de paysans ! pensait-elle en redoutant que sa mère ne devienne comme eux.

— Alors, tu vas redevenir comme avant ! exulta-t-elle à l'annonce de la décision d'Ariane.

— Mais je n'ai pas changé ! Pourquoi me dis-tu cela ?

— Je te préfère élégante et bien coiffée plutôt qu'en paysanne !

Ariane s'étonna de cette remarque.

— Tu juges mal les gens de la campagne ! objecta-t-elle. Le vêtement se doit d'être adapté à la tâche de celui qui l'exerce. Tu me vois cultiver le jardin en talons aiguilles ? Ou traire les chèvres en robe du soir ? Je serais ridicule !

Emma éclata de rire.

— Tu serais trop rigolote ! répliqua-t-elle, moqueuse.

— Rassure-toi, lorsque je travaillerai à l'usine de papi, je porterai mes jolis habits. Rien que pour toi, ma chérie.

— Quand est-ce que tu commences ?

Ariane examina le calendrier de la poste accroché au mur.

— Eh bien… pourquoi pas lundi prochain ? C'est le début du printemps. Le renouveau. Tout un symbole !

Emma se jeta dans les bras de sa mère.

— Comme je suis heureuse !… Je pourrai venir à l'usine, le jeudi, pour te regarder dessiner ?

— Il faudra demander l'autorisation à ton grand-père. Tu le connais…

— Oh oui ! Papi n'est pas commode.

Ariane était décidée à ne pas se laisser dicter sa conduite en matière de création. À Paris, elle avait eu de nombreuses occasions d'approcher les plus grands chausseurs, voire d'utiliser leurs modèles pour les marier avec les tenues élégantes que Christian Dior sortait de son imagination. Elle chercha dans ses cartons d'anciens catalogues de Charles Jourdan et de Roger Vivier. Elle s'en inspirerait sans les copier. Elle remit également la main sur de vieux croquis qu'elle avait abandonnés dans leurs chemises, lorsque son père avait été contraint de travailler pour les Allemands. Charles, en effet, les lui avait rendus au Joncas dans l'intention de lui redonner le goût de dessiner. Ariane les redécouvrit avec beaucoup d'émotion. Ils lui rappelèrent brutalement un pan entier de sa vie où tout était encore possible, dans l'attente des jours heureux. C'était l'époque des folles promesses, de toutes les espérances, de l'insouciance… de Raphaël. La guerre avait tout anéanti.

À cette pensée, elle froissa violemment les croquis qu'elle était en train de regarder. Les larmes lui montèrent aux yeux, amères, aveuglantes. Elle ramassa toutes les feuilles de papier Canson qu'elle avait jetées à ses pieds et les brûla dans la cheminée.

— Je ne peux pas ! sanglota-t-elle. Je n'y arriverai pas.

Sous son regard noyé par le chagrin, les flammes emportaient dans le néant ses années de jeunesse.

Emma l'observait discrètement d'une marche de l'escalier, n'osant intervenir. Ariane fixait l'âtre sans bouger, le dos voûté, comme sous le poids d'un trop lourd fardeau. L'enfant s'attrista, eut envie de pleurer en voyant sa mère aussi malheureuse.

— Maman ! s'inquiéta-t-elle. Ça va ?

Ariane ne réagit pas, tout à ses pensées qui partaient en fumée.

Emma s'approcha d'elle. Se blottit dans ses bras. Ariane l'embrassa. S'essuya les yeux. Sourit.

— Tu songeais à Raphaël ? devina Emma.

— Ça va passer, ma chérie. Ce ne sont que des images qui vont vite disparaître. Je te promets à présent de ne plus m'apitoyer sur moi-même.

— Viens. Je veux te montrer quelque chose.

Emma entraîna sa maman dans sa chambre, lui tendit une feuille de papier à dessin.

— Regarde. C'est moi qui l'ai réalisé.

Ariane s'assit sur le bord du lit. S'étonna.

— C'est toi qui as peint ce paysage ?

— Oui. J'ai commencé à l'école, pendant le cours de dessin. Et je l'ai terminé à la maison.

— Il est magnifique ! Tu es vraiment douée. Plus que moi à ton âge.

— Tu reconnais ?

— Bien sûr ! C'est la fontaine du Pêcher à Florac. Je l'ai souvent peinte moi-même, en différentes saisons.

— Et derrière ?

— Tu as représenté le rocher de Rochefort.

— Oui. Je l'aperçois par la fenêtre de ma salle de classe. Je voulais te faire une surprise. C'était ton endroit préféré quand tu étais petite ; tu grimpais sur la falaise pour examiner les toits de la ville !

— C'est exact. Qui t'a appris tout cela ?

— Mamie me l'a raconté. À présent, je sais qui était Raphaël. Et je comprends mieux pourquoi, parfois, je te trouve triste comme ce soir.

— Ma chérie, murmura Ariane en se blottissant contre sa fille. Comme je t'aime !

— Moi aussi, maman, je t'aime… J'aurais tant aimé que mon papa soit Raphaël. J'ai l'impression de le connaître, maintenant que mamie m'a parlé de lui.

— Décidément, ta grand-mère ne peut jamais tenir sa langue !

— Tu crois qu'un jour papi sera gentil avec moi ?

Ariane hésita.

— Avec ton grand-père, il faut s'attendre à tout, laissa-t-elle échapper.

15

Ariane prit ses fonctions le lundi 23 mars, deux jours après le début du printemps. Afin de se familiariser avec son nouvel univers de travail, elle demanda à Charles de lui faire visiter l'usine.

Comme il le lui avait expliqué, elle trouva beaucoup de changements dans les ateliers : des machines plus modernes, une meilleure ventilation, des établis plus sécurisés, une luminosité accrue grâce à de larges baies vitrées. Charles ne cacha pas sa fierté d'avoir su innover.

— Tu reconnaîtras qu'à mon âge j'ai encore du ressort et que je ne suis pas prêt pour la retraite ! Un homme d'affaires reste à son poste jusqu'à la fin de sa vie, jusqu'au moment où seule sa santé l'oblige à abdiquer. Néanmoins, rien ne l'empêche de préparer sa succession. Je suis sûr qu'ensemble nous réaliserons des prouesses… Je me suis renseigné : à Paris tu as excellé chez Christian Dior. Tu étais très appréciée et tu t'es vite adaptée. Tu leur as prouvé que tu avais du talent et que tu savais te faire respecter. Ici, tu auras la seconde place en attendant de prendre la mienne quand le moment sera venu. Tu n'auras aucune difficulté à imposer ton autorité.

Ariane était très étonnée de la spontanéité de son père. Avec leur différend, comment pouvait-il agir avec elle comme si de rien n'était, comme si, au fond, elle était une autre personne ?

Elle s'en ouvrit à sa mère, à qui elle ne cachait rien de ses sentiments.

— Papa m'accorde toute sa confiance alors qu'il ne me témoigne en dehors du travail que peu de considération ! À l'usine, il m'a concédé tout ce que je désirais et se repose entièrement sur moi. Or, autant avec moi qu'avec Emma, il se montre dépourvu de tendresse. J'en suis très surprise et un peu dépitée !

— Ton père est un homme fermé et peu tourné vers autrui. Moi qui le connais mieux que personne, j'ai appris à le comprendre et à toucher sa sensibilité. Sois patiente, le jour arrivera où sa carapace se fissurera. Il n'est pas invulnérable. Je suis persuadée qu'Emma l'amadouera plus vite qu'on ne le croit.

Le printemps s'écoula dans la sérénité. Ariane reprit goût peu à peu à son ancien travail, retrouvant l'ambiance des ateliers de création de chez Christian Dior, à ceci près qu'aux Abarines elle n'avait ni subalterne ni collaborateur. Elle dessinait seule dans son atelier.

Elle commença rapidement ses premières esquisses en vue d'une collection automne-hiver, des chaussures de femmes essentiellement, fermées ou ouvertes sur le cou-de-pied, des mocassins à talons plats, des escarpins à talons hauts. Pour ces derniers, elle s'inspira des stilettos, popularisés dans les années 1950 et baptisés ainsi d'après le nom d'un couteau de combat sicilien. Elle revisita le style Roger Vivier, de rigueur à l'époque, qui avait si bien complété la silhouette New Look lancée par Christian Dior et à laquelle elle avait coopéré plusieurs années de suite. En élaborant ses croquis, elle se replongeait dans l'ambiance de l'avenue Montaigne où elle avait travaillé sous les ordres du maître et de Marguerite Carré, sa première d'atelier. Loin de lui donner la nostalgie d'un passé qu'elle avait volontairement laissé derrière elle, ce retour aux sources la rassurait et confortait son espoir que rien n'est jamais définitif, que tout peut s'arranger. Elle se réalisait à nouveau dans la chaussure, ses premières amours. Ce n'était que le prolongement naturel de sa vie antérieure. Comme si celle-ci ne s'était pas arrêtée tragiquement, par ce matin d'avril 1945, le jour où tout avait basculé.

Mais très vite, Ariane se rendit compte que, au-delà de la modernisation des installations, elle devrait convaincre son père de s'entourer de collaborateurs aux fonctions bien définies. À Paris, elle avait rencontré chez les grands chausseurs des équipes de chargés de bureau d'études et de projet, de patronniers-gradueurs, voire de prototypistes et d'agents des méthodes. Tous ces corps de métiers encadraient le travail des ouvriers et des ouvrières s'affairant dans les ateliers de fabrication : coupeurs, piqueurs, monteurs, agents de finition, responsables de production.

— À l'avenir, il serait judicieux de diversifier et de spécialiser ton personnel, lui suggéra-t-elle après avoir hésité à émettre un avis sur la marche de l'entreprise.

Charles ne s'attendait pas à ce que sa fille lui donne des conseils dans un domaine qu'il estimait être sa chasse gardée. Néanmoins, il ne répondit pas.

Ariane insista :

— Tu ne devrais pas être seul à l'encadrement. Il faut déléguer à des hommes de confiance, aux qualités reconnues.

— Je me suis toujours chargé de tout ! trancha alors Charles, reprochant déjà à sa fille d'outrepasser ses prérogatives. Et à deux, nous sommes largement compétents !

Entêtée autant que son père, Ariane poursuivit :

— Tu ne peux pas prétendre mener en même temps les nouveaux projets, concevoir et réaliser les patrons, et coordonner les études techniques. Moi-même, je ne devrais pas avoir la responsabilité et de la création des futurs modèles et de l'élaboration des maquettes. Cette dernière tâche est du ressort du prototypiste.

— Alors quelle fonction me resterait-il à assurer ? Si je te suis bien, je ne servirais plus à rien !

— Bien sûr que si ! Ton travail demeure le plus important : c'est à toi que revient la fabrication des modèles selon ton cahier des charges. Donc de définir les besoins en matières premières et en accessoires, les processus de fabrication, d'en calculer les coûts, de rechercher les solutions pour améliorer les rendements et la rentabilité, de planifier la production… Bref, d'agir en véritable chef d'entreprise. C'est cela aujourd'hui être un patron moderne.

Charles resta sans voix. Sa fille lui donnait un vrai cours de management ! Jamais quelqu'un ne lui avait parlé avec autant d'assurance, de détermination, mais aussi d'arrogance.

Sur le moment, il faillit mettre sèchement un terme à la discussion. Il n'acceptait pas la critique, surtout dans la bouche de sa fille.

— Tu ne manques pas d'idées, se contenta-t-il de commenter, narquois. C'est à Paris que tu as appris comment se gère une entreprise ? Chez Christian Dior ?

— Qu'il s'agisse d'une maison de haute couture ou d'une fabrique de chaussures, les contingences sont les mêmes. On ne dirige pas aujourd'hui comme avant guerre. Les temps ont changé. Toi-même, tu l'as bien compris en te modernisant. Mais l'aspect matériel ne suffit pas. Il faut aussi transformer les mentalités et mettre chaque individu à la place qui lui revient. Nous ne sommes plus à l'époque où le patron décidait de tout. Aujourd'hui, il doit s'appuyer sur des collaborateurs de confiance.

— Tu oublies que cette entreprise est la mienne, celle créée par mon père et que je désire te léguer à ma mort. Moi seul ai mon mot à dire dans son développement et son mode de fonctionnement.

— Le paternalisme vit ses derniers jours, papa. Il te faudra t'adapter ou te préparer à disparaître.

La discussion s'envenimait. Ariane comprit qu'elle ne parviendrait pas, ce soir-là, à convaincre son père.

— Ce n'est pas grave, coupa-t-elle. Nous continuerons comme par le passé, jusqu'au jour où la nécessité s'imposera et que tu seras obligé de reconnaître que j'avais raison… Mais ce jour-là, il sera sans doute trop tard.

Comme à son habitude, Charles campa sur ses positions et refusa de céder.

*

Avec l'arrivée des vacances scolaires, Emma retrouvait tous les jours son ami Sami. Les deux enfants vagabondaient dans les terres alentour sans trop s'écarter de Cazeneuve. Sami avait déniché dans la forêt voisine une capitelle, un antique abri de berger datant de l'époque lointaine où les arbres n'avaient pas encore envahi la lande et remplacé les étendues herbeuses. Il y entraînait Emma et, ensemble, ils aimaient y passer de longues heures à imaginer qu'ils étaient réfugiés sur une île déserte ou à refaire le monde. Parfois, Sami allumait un feu à l'aide de branches mortes qu'il ramassait aux abords. Il sortait de son sac un morceau de pain et même une saucisse dérobée chez lui à l'insu de Clémence. Il les grillait sur les flammes, heureux de partager son maigre festin avec celle qu'il considérait comme sa meilleure amie.

— As-tu déjà dormi dans les bois ? lui demanda-t-il un jour.

— Oh non ! Je n'oserais pas. C'est dangereux.

— Moi, oui. La fois où je me suis enfui de chez moi. J'ai passé la nuit dans une cabane de bûcheron. J'avoue que je n'en menais pas large. Les bruits de la forêt paraissent encore plus étranges la nuit. On devrait essayer un jour. Qu'en penses-tu ?

— Ma mère n'acceptera jamais.

— On n'est pas obligés de le dire à nos parents. On s'en sortirait seulement avec une bonne engueulade. Mais quelle expérience ce serait !

— Si mon grand-père l'apprenait, je l'entendrais hurler de loin.

— Tu le crains tant que ça ?

— Il est sévère. Mais au fond, je l'aime bien quand même.

Sami remisa son idée aux oubliettes.

— Tu ne me rejoindrais pas plutôt demain après-midi ? lui proposa Emma. Ce sont les vacances. Profitons-en.

— Au Joncas ?

— Non, aux Abarines, chez ma grand-mère. C'est elle qui me garde quand ma mère est à l'usine avec mon grand-père. Et toi, qui te garde aux Taillades pendant les vacances ?

— Personne. Mes parents me font confiance. Mais Clémence ne travaille pas le jeudi. Je ne suis donc seul que quatre jours par semaine. Et elle rentre à midi pour manger avec moi. En son absence, c'est moi qui prépare le repas et mets la table.

— Pour un garçon, tu te débrouilles bien !

Le lendemain, Sami se précipita chez les Chaptal. Il avait apporté un gâteau pour le goûter.

Parvenu à l'entrée du domaine, il sonna à la grille. Marie accourut lui ouvrir.

— Emma t'attend, lui annonça-t-elle aussitôt. Tu connais le chemin. Je ne t'accompagne pas. J'ai du travail dans la remise.

Sami était souvent venu aux Abarines. Il était toujours impressionné par la majesté de la demeure et par son parc. Emma lui avait raconté un jour que, pendant la guerre, les Allemands avaient réquisitionné en partie la maison et investi les pelouses. À leur départ, tout était saccagé. Thérèse le lui avait révélé sans entrer dans les détails afin que sa petite-fille apprenne l'histoire des Abarines jusqu'aux derniers événements marquants qui s'y étaient déroulés. Emma en effet ne cessait de la questionner sur le passé de sa famille, curieuse de découvrir qui étaient ses ancêtres maternels à défaut de savoir de qui elle descendait par son père. Emma s'était contentée de ces seules explications.

Aussi, chaque fois que Sami pénétrait dans le parc des Abarines, il imaginait les soldats allemands installés comme chez eux, menaçants, semant la terreur. Il se demandait quelle avait été la réaction de Charles Chaptal, de Thérèse et d'Ariane, à cent lieues de se douter du drame qu'ils avaient vécu… et de celui de ses propres parents dans leur maison voisine des Taillades.

Il s'attarda sur la terrasse et jeta un regard curieux sur les arbres plantés juste sous les fenêtres de la maison. Quand, tout à coup, il sentit la présence de quelqu'un derrière lui.

Il se retourna et, reconnaissant le grand-père d'Emma, recula d'un pas, comme s'il était en présence du diable en personne.

— Euh… bonjour, monsieur, bredouilla-t-il, craignant que Charles le rabroue encore. Emma m'a invité pour l'après-midi… J'ai apporté un gâteau pour le goûter.

L'enfant n'osa s'avancer davantage. Il ne pensait pas croiser Charles. Emma l'avait assuré que son grand-père serait à son usine. À cette seule condition, se sentant en confiance en compagnie de Thérèse, Sami avait accepté l'invitation de son amie.

Charles dévisagea le jeune garçon comme s'il ne l'avait jamais vu.

— Entre donc, le convia-t-il sur un ton affable.

Intimidé, Sami poussa la porte.

L'ayant entendu discuter avec son grand-père, Emma accourut l'accueillir, surprise à son tour de la présence de Charles.

— Grand-père ! Tu n'es pas à l'usine avec maman ?

— J'ai pris ma demi-journée. Maintenant que ta mère me seconde, j'ai bien droit à un peu de repos !

Emma se rembrunit. Avoir son grand-père dans les jambes lui gâcherait son plaisir d'être avec Sami.

— Allons jouer dans ma chambre, proposa-t-elle à son ami, sans attendre qu'il se débarrasse de son gâteau.

— Je voudrais d'abord dire bonjour à ta grand-mère.

— Suis-moi, je te conduis au-devant de madame Chaptal. Elle se trouve dans la verrière, à s'occuper de ses roses. C'est son passe-temps favori, les fleurs. Elle y consacre des journées entières !

Sami hésita à emboîter le pas à Charles, regardant Emma d'un œil circonspect. La fillette lui signifia discrètement d'écouter son grand-père.

— Tu nous accompagnes, ma chérie ? lui suggéra-t-il avec gentillesse.

Emma n'en croyait pas ses oreilles. Son grand-père l'avait appelée « ma chérie » ! Ça ne lui était jamais arrivé.

Elle obtempéra, déboussolée.

Dans la véranda, Thérèse taillait ses rosiers. Quand elle aperçut son mari encadré des deux enfants, elle eut peur qu'il les ait une fois de plus réprimandés. Mais devant son air affable elle s'étonna.

— Que se passe-t-il ?

— Sami désire te saluer avant d'aller jouer avec Emma, lui répondit Charles. Je te les abandonne. J'ai du travail.

Laissant les enfants aux bons soins de sa femme, il s'éclipsa en adressant un sourire de connivence à sa petite-fille.

— Papi est très gentil aujourd'hui ! remarqua Emma.

— Il y a des jours comme ça ! répliqua sa grand-mère, ravie qu'Emma se soit aperçue du changement d'attitude de son mari. Tu sais, ton grand-père t'aime beaucoup plus qu'il ne le montre.

Les enfants disparurent à leur tour et passèrent le reste de l'après-midi à leurs jeux.

Vers dix-huit heures, Sami rentra chez lui, laissant Emma chez ses grands-parents, dans l'attente de la venue d'Ariane qui ne quittait jamais le travail avant dix-neuf heures.

Emma s'assit dans le salon, face à la cheminée éteinte en cette saison, et prit un livre dans la bibliothèque de son grand-père. Plongée dans sa lecture, elle sursauta quand ce dernier, entrant dans la pièce, lui demanda :

— Que lis-tu de si intéressant ?

Charles s'adressait à sa petite-fille avec plein de gentillesse. Il semblait s'entourer de précautions avant de parler, comme s'il craignait de mal s'exprimer. Cette attitude ne lui ressemblait pas et surprit Emma. Elle lui répondit :

— Je t'ai emprunté *Les Trois Mousquetaires*. Ça a l'air passionnant !

— Ça l'est. C'est un très bon choix. Tu peux l'emporter chez toi.

— Merci, grand-père.

— Oh… finalement, appelle-moi « papi », si tu préfères ! Je ne te gronderai pas.

— Tu n'es plus fâché contre moi ?

— Je n'ai jamais été fâché contre toi, voyons !

— Je croyais.

— Je peux m'asseoir à côté de toi ?

Emma se poussa dans un coin du canapé.

— Bien sûr ! Tu es chez toi.

— Cette maison est aussi un peu la tienne. Puisque c'est là qu'a vécu ta maman.

Emma n'en revenait pas de la gentillesse soudaine de son grand-père.

— Dis-moi, papi, pourquoi tu as toujours l'air d'en vouloir à maman ? Et à moi également !

— Mais… je ne vous en veux pas. Tu te trompes. J'ai parfois des motifs d'être chagriné. Mais c'est à cause de mon âge. Je ne suis qu'un vieux grincheux, rouspéteur et bougon. Je le reconnais. Mais je vous aime bien, ta maman et toi, plus que tout au monde.

Emma se rapprocha de son grand-père. Feuilleta avec lui le livre ouvert sur ses genoux.

Une porte claqua dans le vestibule. Ils ne bronchèrent pas, tout à leur lecture.

Ariane entra précipitamment dans le salon, suivie de sa mère.

— Emma… amorça-t-elle.

Puis s'arrêta, surprise.

— Nous étions plongés dans Alexandre Dumas, lui répondit aussitôt Charles, sans lui permettre de finir sa phrase. J'ai proposé à Emma de venir plus souvent me voir pour des conseils sur ses lectures. Elle est assez grande à présent, elle peut abandonner ses livres d'enfant. Ma bibliothèque lui est grande ouverte.

Ariane se félicita à son tour de l'intérêt soudain que son père témoignait à sa petite-fille.

Ce soir-là, une fois seule dans sa maison, Emma étant montée se coucher, elle songea que son père avait peut-être décidé de faire amende honorable à son égard en reportant sur Emma toute sa tendresse.

16

Charles se montrait moins sévère, moins autoritaire envers sa petite-fille. Il passait plus de temps en sa compagnie, s'intéressait à ses goûts, discutait longuement avec elle. Comme il le lui avait proposé, il lui prodigua des conseils pour le choix de ses lectures. Il l'emmena même au cinéma à Mende, un samedi après-midi, pour voir *Heidi*, une rediffusion du film de Luigi Comencini.

Emma bondit de joie. Elle n'était jamais allée au cinéma.

— C'est un vrai cadeau, papi ! s'exclama-t-elle.

— As-tu déjà lu le roman qui a inspiré le film ? s'enquit Charles auparavant. Un roman d'un auteur suisse, Johanna Spyri, publié aux environs de 1880. L'héroïne est une fillette.

— Comme moi ?

— Non, un peu plus jeune.

— Quelle est l'histoire ?

— Celle d'une petite fille dans un village des

Alpes. Elle vit avec son grand-père, un vieil homme aigri et assez misanthrope.

— Ça veut dire quoi ?

— Misanthrope ? Euh… qui n'aime pas trop se mêler aux autres.

— Et alors ?

— La fillette se lie d'amitié avec Peter, un jeune berger, tiens, comme toi avec Sami. Au début, son grand-père ne désire pas héberger Heidi sous son toit, il craint d'être dérangé. Mais petit à petit, il se laisse apprivoiser. Finalement, le vieil homme décide de garder Heidi auprès de lui.

— Heidi n'avait plus de parents ?

— Non, seulement une tante qui ne pouvait pas l'élever… C'est un joli roman. Je te le prêterai. Je l'ai dans ma bibliothèque.

Cette histoire, en certains points, les aidait à mieux se comprendre tous les deux. Lui, le grand-père peu aimable au début ; elle, la petite-fille qui n'avait pas de père ; Sami, devenu son ami, à l'image de Peter le petit berger avec Heidi… ces trois personnages ne leur ressemblaient-ils pas ?

Emma était parvenue à attendrir son grand-père. On les apercevait de plus en plus souvent ensemble dans le parc du manoir, en train de bavarder, d'observer un parterre de fleurs ou en extase devant un insecte. Charles riait parfois aux éclats, ce qui ne lui était pas arrivé depuis longtemps. Il prenait volontiers Emma par la main et, tout en déambulant dans les allées, lui confiait quelque secret de famille ou un détail de sa vie qui lui paraissait cocasse.

Il lui parlait de sa jeunesse, de ses parents, de ses débuts auprès de son père, un homme qu'il dépeignait comme juste, droit, mais tenace et entêté. Il lui raconta sa guerre, la Grande, celle des Poilus et des tranchées. La fillette ne demandait qu'à apprendre. Curieuse de tout, elle ne cessait de lui poser des questions. Charles savourait ces moments, comme s'ils étaient pour lui une manière de pardonner à sa fille.

— Je reconnais, avoua-t-il un jour, que parfois je n'ai pas été tendre avec ta maman. Mais, comme on dit, qui aime bien châtie bien. J'ai toujours tenu à ce qu'elle réalise ses rêves. C'est pourquoi je ne me suis pas opposé à son désir d'abandonner ses études pour créer mes collections de chaussures. Quand je pense qu'elle est ensuite devenue une grande styliste dans la haute couture… et pas chez n'importe qui, chez Christian Dior… Je me réjouis de son parcours, car j'y suis un peu pour quelque chose.

Toutefois, une zone d'ombre subsistait dans l'esprit d'Emma.

— Pourquoi est-elle partie à Paris ? s'enquit-elle un jour. Elle ne se plaisait pas aux Abarines, dans ton usine ?

Charles hésita.

— C'est à cause de Raphaël ? insista Emma. Ils s'étaient disputés ?

— Qui t'a parlé de Raphaël ?

— Maman. Elle m'a avoué qu'elle l'avait beaucoup aimé. Moi, je lui ai répondu que j'aurais aimé avoir un papa comme lui. En vrai, je n'ai pas de papa… enfin, c'est tout comme ! Je ne suis que la fille de ma maman. Ça me manque de ne pas avoir de père. Tous mes camarades à l'école ont leurs deux parents. Même Sami.

— Pas tout à fait, rectifia Charles. Sa maman est morte quand il était tout petit.

— Clémence est sa seconde maman. À ses yeux, c'est pareil. Il n'a jamais connu qu'elle.

— Aimerais-tu que ta maman refasse sa vie et que tu aies un nouveau papa ?

— Je ne sais pas. S'il est comme mon vrai père, ce n'est pas la peine.

Charles n'osa pas, ce jour-là, s'aventurer plus loin dans la discussion. Il n'avait pas envie qu'Emma lui demande plus précisément pourquoi Ariane avait fui les Abarines.

— Alors, poursuivit Emma, tu n'es plus fâché avec maman ?

— Je n'ai jamais été vraiment fâché. Nous nous sommes quittés parce que ta maman nourrissait d'autres projets de carrière. Monter à Paris est le rêve de tous les jeunes gens qui souhaitent sortir du lot et réussir.

— Mais pourquoi ne m'a-t-elle jamais parlé de toi et de mamie ? Pendant longtemps j'ai même ignoré que vous existiez.

Charles commençait à s'agacer.

— Écoute… c'est comme ça ! Il ne faut pas chercher. Il y a des choses que les enfants n'ont pas à savoir !

Au ton subitement redevenu cassant, Emma s'attrista.

— De toute façon, ces histoires d'adultes ne m'intéressent pas.

Elle planta là son grand-père et fila rejoindre sa grand-mère dans sa roseraie.

La voyant perturbée, Thérèse s'enquit aussitôt :

— Quelque chose te tracasse, ma chérie ?

— C'est grand-père.

— Ah, ça lui reprend ! N'y prête pas attention.

Charles regretta d'avoir répondu sèchement à sa petite-fille. Il faisait beaucoup d'efforts depuis quelque temps pour être agréable et pour prouver à Ariane qu'il avait oublié tous ses griefs. Mais trop fier pour s'excuser, il regagna l'usine et s'enferma dans son bureau.

Quand Ariane l'aperçut, la mine sévère et le regard glacial, elle comprit que son père gardait toujours au fond de lui cette part d'intransigeance, source de leur différend et de leur incommunicabilité.

⋆

Emma et Sami étaient devenus si inséparables que leurs parents ne s'inquiétaient plus quand ils étaient absents. Ils se doutaient qu'ils étaient chez l'un ou chez l'autre. Dans le village, les habitants de Cazeneuve se réjouissaient de les voir ensemble. Certains les imaginaient frère et sœur, tant, par leurs manières, leur façon de sourire, leur comportement, ils se ressemblaient. Sami portait les cheveux longs dans le cou, ce qui affinait les traits de son visage, leurs yeux bleus étincelaient du même éclat, leur égale gentillesse leur ouvrait toutes les portes.

Seul le fils Lapierre ne parvenait pas à obtenir leur sympathie. Il ne cessait de se moquer d'eux, de se montrer arrogant, car il connaissait parfaitement le travail agricole, le nom des parcelles, les secrets des animaux de la ferme.

— Vous vivez à la campagne, ironisait-il, mais vous n'êtes pas paysans. Tout comme vos parents, vous n'êtes que des citadins ignorants. Vous ne serez jamais comme nous.

— Tu oublies que, si les médecins de la ville ne venaient pas s'installer près de chez toi, tu n'aurais que le vétérinaire pour te soigner ! Comme tes bêtes ! lui répliqua un jour Sami, agacé par les remarques sans fondement de son jeune voisin. Et que le grand-père d'Emma embauche ceux qui n'ont pas la possibilité de cultiver la terre.

Pierre Lapierre semblait en vouloir davantage à Sami qu'à Emma. Il tournait en dérision ses cheveux longs, le traitait de fille, de poule mouillée, affirmait qu'il n'avait pas de mère et que son père vivait « à la colle » avec sa maîtresse. Sami ne prêtait pas l'oreille à ses railleries, mais en souffrait en silence. Emma le ressentait. Elle s'en était entretenue avec sa mère. Ariane lui avait conseillé d'éviter ce garçon qui n'était pas de bonne compagnie.

Mais cela leur était difficile, car ils fréquentaient tous les trois la même école à Florac. Pierre était entré en classe de fin d'études à la rentrée scolaire du 15 septembre, tandis que Sami et Emma poursuivaient le cours complémentaire en vue d'aller au lycée dans quelques années. Tous les élèves se retrouvant à la récréation, ils s'apercevaient sans se côtoyer.

Pierre avait sa cour, des garçons surtout, comme lui fils d'agriculteurs des villages alentour. Il n'avait guère d'amis parmi ceux du cours complémentaire. Dans l'école, la ségrégation entre la filière secondaire et le primaire s'était naturellement instaurée, malgré l'effort des enseignants à mélanger leurs élèves, notamment lors des heures de sport prises en commun.

Sami supportait de plus en plus mal les sarcasmes du fils Lapierre. Celui-ci l'invectivait à chaque récréation, jusqu'au jour où il l'accula dans un recoin de la cour. Appelant ses camarades à faire corps autour de lui, il s'approcha de Sami, menaçant.

— Alors, le fils de Boche, tu t'es jamais demandé pourquoi t'as les yeux bleus et les cheveux blonds ? Tu sais ce qu'on raconte sur ta mère ? Pas l'autre poule qui vit avec ton père, non, ta vraie mère, la Juive !

Sur le moment, Sami demeura sans voix. « Fils de Boche », « ta vraie mère, la Juive »... Jamais il n'avait entendu ces paroles dans la bouche de quelqu'un.

Le voyant en mauvaise posture, Emma vint à son secours, pénétra dans le petit groupe qui s'était formé autour des garnements et insultait son ami et, les toisant, s'écria :

— Vous n'avez pas honte de vous moquer de Sami ! Vous êtes jaloux de lui parce qu'il réussit mieux que vous à l'école et que son père est médecin !

Les cris fusèrent. Certains élèves prirent la défense de Sami, se positionnant autour d'Emma. D'autres firent bloc autour de Pierre. Les deux instituteurs, de faction dans la cour, surpris par le chahut, s'approchèrent et séparèrent les protagonistes.

— Que se passe-t-il ? grommela l'un d'eux.

Sami n'osa dénoncer ses camarades.

Alors Emma s'exclama :

— C'est Lapierre ! Il injurie Sami.

— Je ne dis que la vérité ! se justifia Pierre. Sami est un fils de Boche et sa mère est juive. Tout le monde le sait à Cazeneuve.

— Ça suffit ! ordonna l'enseignant. Dispersez-vous ! Lapierre et Dufresne, vous resterez ce soir après l'étude. Vous irez chez le directeur.

En attendant la fin de la récréation, Emma essaya de consoler Sami. Elle avait appris par son grand-père que les Allemands avaient occupé les Abarines. Elle lui expliqua que ces derniers étaient présents à Cazeneuve pendant la guerre.

— Lapierre raconte n'importe quoi ! tenta-t-elle de le tranquilliser. Ça ne doit pas te toucher.

— Pourquoi affirme-t-il que ma vraie mère était juive ? Qu'est-ce que ça change ?

— Ce ne sont que des bêtises.

Ce soir-là, Sami ne put dissimuler à son père et à Clémence son mal-être dû à l'incident survenu à l'école. Au cours du repas, comme il ne prononçait pas un mot, il éveilla leur attention.

— Ça ne va pas, Sami ? l'interrogea Clémence. Tu as eu une mauvaise note en classe ?

— Non, je n'ai pas eu de notes aujourd'hui. Je suis seulement un peu fatigué.

Ni Clémence ni Jacques ne parvinrent à lui soutirer le motif de son mutisme.

— Ça lui passera, releva Clémence, une fois Sami monté dans sa chambre. Il s'est probablement disputé avec Emma. Ça arrive à tous ceux qui s'aiment !

— Ah, parce qu'ils s'aiment ! Ils sont un peu jeunes, non ? Tu veux dire qu'ils s'aiment bien, comme des amis ?

— Mon chéri, tu manques de perspicacité. Tu n'as pas remarqué que ton fils et cette petite Emma ne se séparent jamais, et qu'entre eux, malgré leur âge et peut-être à leur insu, c'est déjà l'amour qui les anime ? Voilà sans doute la raison du chagrin de Sami ce soir : une querelle d'amoureux.

Sami perdit le sourire. À la maison, il parlait peu, inquiétait de plus en plus ses parents. Même devant Emma, il adoptait une attitude détachée qui attristait son amie. Il ruminait les affirmations injurieuses de Pierre Lapierre et se demandait quelle était leur part de vérité.

À l'école, l'affaire semblait close. Le directeur, ne souhaitant pas envenimer les choses, n'avait pas convoqué les parents ni de Sami ni de Lapierre. Il s'était contenté de punir sévèrement le fautif, qui fut obligé de présenter ses excuses à l'offensé. Mais dans la cour, les deux garçons se regardaient toujours avec autant d'animosité. Emma soutenait son ami, sans pour autant parvenir à lui changer les idées.

En classe, Sami ne participait plus. Il se montrait même turbulent et troublait les cours en gesticulant bruyamment ou en se moquant à son tour d'un camarade qui se trompait ou restait sans réponse aux questions du professeur. Il se faisait de plus en plus souvent réprimander pour son comportement. Ses résultats s'en ressentirent rapidement. Au début décembre, alors que l'année précédente il avait terminé deuxième de sa classe, il obtint l'avant-dernière moyenne.

Cette fois, le directeur convoqua ses parents afin de les alarmer. Pris par ses patients, Jacques demanda à Clémence de se rendre seule à l'école.

Devant l'enseignant qui examinait ses résultats du trimestre, Sami ne broncha pas. Clémence, très calme, attendait sa réaction.

— Exprime-toi, Sami. Tu n'es pas devant un tribunal. Monsieur le directeur s'étonne seulement que depuis un certain temps tu ne travailles plus comme avant.

Le jeune garçon gardait le silence.

Le directeur l'avertit :

— Si tu ne remontes pas ta moyenne au deuxième trimestre, tes chances de passer en classe supérieure disparaîtront. Tu finiras par redoubler. C'est ce que tu désires ?

Sami baissait les yeux. Muet.

— Madame Dufresne…

— Dupuy, s'il vous plaît, rectifia aussitôt Clémence.

— Excusez-moi… Madame Dupuy, il faudrait que votre mari… pardon… monsieur Dufresne et vous ayez une sérieuse explication avec ce jeune homme. Son comportement le mène tout droit à l'échec. Il doit se ressaisir.

Ce soir-là, ils n'obtinrent rien de plus de la part de Sami. Une fois rentré aux Taillades, ce dernier s'enferma dans sa chambre et refusa de descendre pour le dîner.

— Laissons-le tranquille, conseilla Jacques. Je lui parlerai sans le brusquer. Je crois deviner ce qui le perturbe.

Le lendemain, jeudi 3 décembre, avant que Sami se lève, Jacques lui prépara son petit déjeuner, puis s'installa dans le salon, le quotidien du jour à la main. Découvrant la première page, il demeura stupéfié par la une.

Il lut, terrassé par l'effrayante nouvelle :

Hier soir, 2 décembre, vers 21 h 45, le barrage de Malpasset situé dans l'Estérel, au nord de Fréjus, s'est rompu, provoquant une gigantesque inondation.

50 millions de mètres cubes d'eau se sont déversés dans la vallée et ont dévasté pendant une demi-heure tout un quartier de Fréjus. On dénombre plus de 400 victimes.

Jacques retint son souffle. L'une de ses sœurs habitait à Fréjus. Certes, il n'avait pas de ses nouvelles depuis plusieurs années. Il s'était éloigné de sa famille après ce qu'il avait vécu avec Aliza pendant la guerre. Néanmoins, il ne demeura pas indifférent à ce qu'il venait de lire.

Repliant son journal, il se leva, décrocha le téléphone, composa le numéro de sa sœur, en vain. Son appel tomba dans le vide.

Sur ces entrefaites, Sami descendit de sa chambre, les yeux encore tout ensommeillés. Il s'étonna.

— Papa ! Tu n'es pas parti travailler ?

— Non, aujourd'hui jeudi, exceptionnellement, c'est moi qui reste avec toi. Clémence est allée au cabinet pour annuler mes rendez-vous.

Pas encore bien réveillé, Sami accepta cette explication sans chercher à en savoir plus.

Il s'installa devant son bol, à la table de la cuisine, se servit du chocolat chaud et commença à enduire de confiture ses tartines.

Jacques s'assit à ses côtés, perturbé par ce qu'il avait appris.

Sami s'en aperçut.

— Quelque chose de grave ? s'enquit-il.

— Euh... oui. Une énorme catastrophe à Fréjus. Le barrage de Malpasset s'est rompu. C'est horrible.

— C'est pour cette raison que tu n'es pas encore parti au travail ?

— Oui et non. J'ai une sœur à Fréjus et j'ai peur qu'elle n'ait été victime de ce drame.

Sami ne releva pas. Il se doutait que ses résultats scolaires étaient la véritable raison de la présence de son père.

— C'est de moi qu'il s'agit ? avança-t-il sans laisser à Jacques le temps d'exposer ses griefs.

— Oui, de tes notes entre autres. Mais surtout, je voudrais que tu m'expliques ce qui trotte dans ta tête depuis un certain temps. Je m'aperçois bien que rien ne va plus. Tu es devenu mauvais élève. Tu invectives tes camarades à l'école. Ici, à la maison, tu ne nous parles plus. Ça ne te ressemble pas du tout. Comment te comportes-tu avec Emma ? Elle aussi est victime de ton changement d'attitude ! Elle t'aime beaucoup, je ne t'apprends rien. Elle souffre certainement de te voir dans cet état.

Sami n'avait pas réagi jusqu'au moment où Jacques évoqua Emma.

— Emma ! Je n'avais pas l'intention de lui faire de la peine !

— Alors, dis-moi ce qui te perturbe.

Sami hésita. Visiblement gêné.

— Je veux que tu m'avoues la vérité. Qu'est-ce qui s'est passé avant ma naissance ? Ce qu'on raconte à l'école n'est pas faux ?

Jacques s'étonna.

— Qu'est-ce qu'on raconte dans ton école ?

— On m'a traité de « fils de Boche » !

Jacques en resta sans voix.

Après quelques secondes d'hésitation, il se lança :

— Le bruit s'est répandu en effet, à la fin de la guerre, que ta maman avait eu un enfant avec un Allemand. Mais tout cela n'était que mensonge et médisance de la part de gens malveillants qui lui reprochaient seulement d'être juive.

— Cela est donc vrai. Ma mère était juive ?

— Oui, je regrette que tu l'aies découvert de cette manière. J'aurais préféré te le révéler moi-même. Il n'y a pas de secret là-dessous. Je ne souhaitais pas te troubler l'esprit avec toutes ces histoires sombres qui ont couru pendant l'Occupation. J'attendais que tu sois un peu plus grand. Afin que tu comprennes mieux.

Sami resta un long moment sans réaction, tout à sa réflexion.

— Alors, ce qu'a rapporté Lapierre à l'école n'est pas tout à fait faux ? Je suis juif par ma mère.

— J'étais prêt à te l'apprendre. Maintenant, tu le sais. Ça ne change rien, n'est-ce pas ?

Sami regarda son père, l'air rassuré.

— Non. J'en suis même fier. J'ai regardé dans un livre d'histoire et découvert ce que ces gens ont enduré avec les nazis. Je ne renierai jamais mes origines.

Jacques fut soulagé. L'aveu à son fils du terrifiant calvaire d'Aliza l'aurait anéanti.

Jamais il ne doit découvrir la vérité, songea-t-il en le prenant par les épaules.

17

Soulagé, Sami redevint tel qu'il était, un garçon plein de gentillesse, le cœur sur la main, d'une extrême politesse et bon élève. Son amitié pour Emma ne cessait de se consolider. Chez lui, il ne parlait que d'elle. Seul, il ne pensait qu'à elle. Il n'avait d'autre envie que de courir la rejoindre.

Emma, quant à elle, montrait le même emportement. Elle nourrissait pour son ami des sentiments exclusifs.

Si les parents de Sami ne se préoccupaient pas de leur relation fusionnelle, Ariane, elle, commençait à s'interroger. Elle en avait parlé avec sa mère. Mais Thérèse, en tendre grand-mère qui choyait sa petite-fille, ne trouvait rien à reprocher à Emma, jugeant que l'attirance l'un pour l'autre des deux enfants – tels qu'elle les considérait encore tous les deux – n'avait rien de choquant.

— Je crains qu'un jour Emma ne souffre comme j'ai souffert quand j'étais jeune, confessa Ariane.

— La situation n'est pas du tout identique. D'abord, tu n'avais pas l'âge d'Emma. Ensuite, Dieu merci, cela ne se renouvellera pas à notre époque. Nous ne sommes plus en guerre. Leur amour n'est en rien comparable à celui qui t'unissait à Raphaël. Enfin, est-ce vraiment de l'amour entre eux ? Je suis persuadée qu'il ne s'agit que d'une profonde amitié. Comme toutes celles qui unissent des enfants. Et puis, si cela se concrétisait un jour, il n'y aurait pas de quoi fouetter un chat !

— Maman, ce ne sont plus des enfants. Emma a treize ans et Sami quatorze. À leur âge, les sentiments d'amitié peuvent prendre un tour plus sérieux. Or, ils sont très jeunes pour vivre une telle relation. Généralement, cela n'arrive qu'après plusieurs expériences, après quelques flirts sans importance.

Ariane se souvenait trop bien qu'à quinze ans elle était tombée éperdument amoureuse de Raphaël. Certes, elle avait quelques années de plus que sa fille, mais sa douleur n'en avait été que plus grande quand Raphaël avait été mobilisé. Sans compter celle qu'elle avait endurée à l'annonce de sa disparition en camp de concentration.

En compagnie de son père, elle n'osait aborder le sujet. Charles était trop attaché à ses principes pour discuter d'un problème si délicat. Qu'aurait-il compris aux amours naissantes de sa petite-fille, lui qui n'avait rien compris à la décision prise par sa propre fille pour sauver la vie de son fiancé ? Entre eux, si la paix semblait s'être instaurée, il subsistait néanmoins beaucoup trop de non-dits.

À l'usine, elle avait réintégré parfaitement sa place. Son expérience acquise chez Christian Dior lui permettait de survoler les problèmes. Créer des chaussures lui paraissait beaucoup moins ardu que de collaborer avec un grand couturier. Depuis qu'elle avait réinvesti son bureau d'études, elle avait sorti plusieurs collections pour femmes et pour hommes. Chacune d'elles rencontrait beaucoup de succès. Les chaussures Chaptal étaient à nouveau vendues par toutes les enseignes reconnues et bien au-delà de la région où Charles s'était cantonné après la guerre.

Ariane avait utilisé son carnet d'adresses pour s'imposer dans la capitale et était entrée en relation avec les maisons de haute couture. Elle leur avait assuré deux catalogues par an, juste avant la date des défilés afin de coller à l'actualité. Si elle avait conservé une relation privilégiée avec la maison Dior dirigée depuis trois ans par son dauphin Yves Saint Laurent, elle avait également contacté la concurrence, Coco Chanel, Balenciaga, Pierre Balmain et la récente maison Givenchy fondée en 1952. Partout elle avait reçu un accueil très favorable. Les mannequins de ces grands couturiers commençaient à porter des modèles de sa création lors des défilés de mode parisiens.

Charles se réjouissait de son nouveau partenariat

avec sa fille. Jamais il ne s'était attendu à un tel succès. Il rivalisait à présent avec les plus célèbres chausseurs du moment, Charles Jourdan, Roger Vivier, Raymond Massaro. Ses chaussures étaient très prisées. Aussi n'avait-il pas hésité à embaucher du personnel, à étendre ses installations. Il avait finalement suivi les conseils d'Ariane et procédé à une réorganisation des fonctions au sein de son entreprise. Il déléguait certaines tâches à des collaborateurs et comptait sur sa fille pour vérifier que ses directives étaient respectées.

Leur entente semblait parfaite.

*

Jacques Dufresne, de son côté, avait considérablement accru le nombre de ses patients. Reconnu dans toute la région, on se pressait dans son cabinet pour le consulter. Il s'était remis en relation avec la faculté de médecine de Montpellier où, pendant la guerre, il avait dispensé des cours aux étudiants de première année. Il y était très apprécié en médecine générale. On lui avait même offert un poste de chef de clinique à l'hôpital Saint-Éloi. Mais, ne tenant pas à vivre éloigné des siens, il avait décliné la proposition. Néanmoins, il participait régulièrement à des colloques en compagnie de spécialistes émérites. Ses avis étaient écoutés et ses interventions attendues.

Clémence invitait souvent Ariane à passer une soirée aux Taillades. Elle pensait que la maman d'Emma ne menait pas une existence très épanouie. En dehors de son travail, de ses parents et de l'éducation de sa fille, elle n'avait pas de relations. Ariane ne se montrait jamais en galante compagnie. Personne ne frappait jamais à sa porte, hormis Émile qui continuait à lui prodiguer ses services.

Depuis que Sami avait subi les vexations du fils Lapierre, Clémence gardait ses distances avec tous ceux qui avaient la parole facile, toujours prêts à médire ou à juger. Autour des Taillades, elle ne fréquentait pas ses voisins. Et si le vieux Félicien lui inspirait plutôt de la sympathie malgré son allure bourrue et son caractère taiseux, elle évitait les Lapierre qui suscitaient sa méfiance. Aussi appréciait-elle la présence d'Ariane, car celle-ci lui semblait être une femme sans histoire, très douce, qui ne cherchait pas à dénigrer les autres.

Un soir, ayant accepté son invitation à dîner en compagnie de sa fille, Ariane osa aborder les événements qui s'étaient déroulés à Cazeneuve pendant l'Occupation. Sami avait entraîné Emma dans sa chambre pour écouter une émission de radio qui diffusait leurs chanteurs préférés. Jacques avait débouché une bonne bouteille pour rendre l'ambiance plus conviviale.

Ariane évoqua pour la première fois devant des étrangers son amour pour Raphaël. Jusqu'à présent, elle ne s'était livrée qu'à ses parents et, à

Paris, à son amie Carole avec qui elle était restée en relation.

— C'est une période douloureuse pour tout le monde, reconnut-elle. Quand je songe à nos enfants, je ne peux m'empêcher de penser à ce qui m'est arrivé il y a quinze ans. Et j'ai toujours peur qu'ils ne souffrent d'une grosse déception s'ils venaient à se quitter.

— Ils s'aiment ! objecta Clémence. Même à leur âge, il faut respecter ce qu'ils ressentent et ne pas projeter sur eux nos expériences malheureuses ou nos craintes.

— Vous parlez comme ma mère. Comprenez-moi, Clémence, je ne voudrais pas que ma fille soit aussi anéantie que je l'ai été.

Clémence rassura Ariane.

— Sami est un garçon sérieux. Il ne lui viendrait pas à l'idée de faire du mal à Emma. Même s'il n'est pas mon fils, je le considère comme tel et le cerne bien.

Jacques n'était pas encore intervenu dans la conversation. Il évitait de rappeler le passé, de crainte d'ennuyer son invitée. Mais devant les aveux d'Ariane, il surmonta ses réticences.

— Votre père a été contraint d'endurer la présence des Allemands sur son domaine, lui dit-il. Vous avez dû beaucoup en pâtir !

Jacques ne connaissait pas l'histoire des Chaptal. Il avait seulement entendu que Charles avait été obligé de travailler pour l'armée allemande.

— À l'époque, précisa-t-il, j'étais marié. Ma femme, Aliza, était juive. Je l'avais mise en sécurité aux Taillades, croyant que les Allemands ne viendraient pas jusqu'à Florac. Elle y a vécu des heures angoissantes, dans la crainte permanente d'être dénoncée.

— J'ignorais que votre épouse était juive…

— J'ai trop attendu pour le révéler à Sami. Quand il l'a découvert malencontreusement à l'école, il l'a mal vécu. Mais, lorsque je lui ai moi-même expliqué, il a très bien réagi. Je redoutais qu'il me reproche de lui avoir caché la vérité ou qu'il n'accepte pas son origine. Apprendre par la diffamation qu'on est juif peut vous bouleverser !

— Dieu merci, votre femme n'a pas été dénoncée ! Elle a eu la vie sauve. Raphaël, mon fiancé à l'époque, n'a pas eu la même chance. La Gestapo l'a arrêté avec plusieurs membres de son réseau. Il a été torturé puis déporté. On n'a jamais su qui les avait trahis.

Tout à coup, Jacques se sentit mal à l'aise. Il ne souhaitait pas évoquer la grossesse d'Aliza. Mais Ariane, en confiance avec ses amis, se laissait aller aux confidences. Elle éprouvait le besoin de s'épancher, de se délester de souvenirs qui lui encombraient l'esprit, bien qu'elle ait repris le dessus depuis longtemps.

— Aux Abarines, poursuivit-elle, la présence des Allemands nous a beaucoup perturbés. Effectivement, ils nous ont obligés à travailler pour eux. Ça n'a pas été de gaieté de cœur que mon père s'est plié à leurs exigences. Je lui en ai beaucoup voulu à l'époque. J'étais jeune, idéaliste. Je ne m'imaginais pas à quel point il devait être embarrassé. S'il n'avait pas obéi aux ordres, que se serait-il passé ? On lui aurait fermé son usine et il aurait été menacé, peut-être déporté.

Prudent, Jacques écoutait Ariane avec beaucoup d'intérêt. C'était la première fois qu'il entendait parler avec précision des événements survenus aux Abarines. Jusqu'à présent, il n'avait entendu que des allusions, des qu'en-dira-t-on auxquels il n'avait guère prêté l'oreille, ne tenant pas à ce qu'on aborde la tragédie dont sa femme avait été la victime. Il avait agi avec cette même prudence quand Sami avait été injurié à l'école.

Cette fois, il ne détourna pas la conversation.

— Votre père a été remis en liberté pour fait de résistance. Et vous, que vous est-il arrivé ?

Ariane, prise de court, hésita. Devait-elle avouer à ses nouveaux amis ce qu'à l'époque on lui avait reproché ? Tout ce passé, enfoui dans les profondeurs de sa mémoire, devait-elle l'exhumer au prix de douloureuses réminiscences ? En s'exilant à Paris, elle avait donné à sa vie un autre sens et était parvenue à devenir une femme différente.

La question de Jacques ne lui rappelait-elle pas la raison pour laquelle elle était revenue ? En outre, quelle était cette véritable raison ? Plus elle y réfléchissait, plus elle se convainquait qu'elle n'avait pas seulement accédé au désir de sa fille de connaître ses grands-parents. Sans se l'avouer, elle avait écouté sa conscience et avait enfin forcé le destin.

— Beaucoup de gens l'ignorent, se lança-t-elle. J'ai été arrêtée parce que...

Elle s'interrompit. Puis reprit :

— ... parce que j'ai accepté les avances de l'officier allemand des Abarines, un certain Kurt Hensler.

— Vous avez...

Clémence ne termina pas sa phrase, stupéfiée par une si terrible révélation.

Gêné, Jacques voulut mettre un terme à la discussion. Mais Ariane poursuivit, avant qu'il puisse s'exprimer :

— J'ai commis cet acte terrifiant pour sauver la vie de mon fiancé arrêté par la Gestapo. J'ai quémandé l'aide de cet officier, qui me l'a promise en échange de...

— Ne vous croyez pas obligée de continuer, intervint Clémence, se doutant de la profonde douleur d'Ariane à réveiller un tel souvenir.

— Je n'en ai plus honte aujourd'hui. Tout cela, c'est de l'histoire ancienne. Je vous demanderai seulement de ne pas l'ébruiter. Qu'elle ne parvienne pas aux oreilles de ma fille !... Je n'ai pas repoussé cet Allemand, car j'espérais naïvement qu'il intercéderait en faveur de Raphaël déporté à Buchenwald. En réalité, il s'est moqué de moi. Raphaël n'a jamais été libéré. Il n'est jamais revenu.

Étrangement, alors qu'il était à l'origine de cette révélation, Jacques gardait le silence. Il se leva de table et s'esquiva dans la cuisine. Les confidences d'Ariane ravivaient ses propres souvenirs, notamment les paroles d'Aliza quand elle lui révéla avoir subi les exactions de ce Kurt Hensler. Ainsi, les deux femmes avaient été les victimes de ce bourreau, et en même temps ! songea-t-il avec dégoût. Jamais il n'avait imaginé qu'aux Abarines, tout près de chez lui, un drame identique s'était déroulé.

Il apporta une bouteille de champagne et trois coupes sur un plateau.

— Et si nous changions de conversation ? proposa-t-il.

Clémence regardait Ariane avec compassion. Celle-ci s'en aperçut, lui sourit et, posant sa main sur la sienne, ajouta :

— Nous n'avons plus à nous cacher. L'opinion des autres ne doit pas nous empêcher de vivre. Nous taire serait leur donner raison. Très souvent ce sont des gens médisants qui, pour certains, n'ont pas toujours eu un comportement exemplaire. Ceux qui ont vite condamné ne sont pas les plus vertueux. J'en sais quelque chose.

Ariane ne se retenait plus. Libérée, elle n'éprouvait plus aucune honte à aborder ce qui, jusqu'à présent, avait été son jardin secret, un jardin clos, sans fleurs ni soleil.

— Vous ne voulez pas entendre la suite de mon histoire ? insista-t-elle.

— Vous vous torturez inutilement, l'interrompit Clémence, consciente qu'Ariane ressentait subitement le besoin d'exorciser le passé et de se livrer totalement, sans complaisance pour elle-même.

— Laissez-moi continuer. Ça me soulage de vous parler. Vous êtes mes amis. J'ai confiance en vous.

— Faites comme vous le sentez.

— Après mon arrestation, j'ai été jugée et condamnée à une peine de prison avec sursis. J'ai été relâchée, puis tondue en place publique à Nîmes. Ce fut la honte de ma vie. Alors, j'ai pris la décision de partir loin, très loin, de ne plus jamais rentrer chez mes parents aux Abarines. Je leur ai envoyé une lettre et j'ai disparu. À Paris, j'ai cherché à obtenir des nouvelles de Raphaël auprès du service chargé du retour des déportés. En vain. On ne m'a laissé aucun espoir. Pour finir, j'ai rencontré un homme qui m'a séduite par son charme et sa gentillesse. Très seule, j'ai accepté ses avances. C'était une façon de faire mon deuil de Raphaël, je suppose. Il m'a introduite dans sa maison de haute couture. Puis il m'a épousée, beaucoup trompée. Emma est née. Nous avons divorcé. Alors, j'ai recommencé à exister.

Un lourd malaise s'abattit sur la pièce. Clémence et Jacques n'avaient plus de mots. Ariane les regardait en souriant.

— Ne soyez pas attristés par ce qui m'est arrivé, leur dit-elle pour détendre l'atmosphère. Quand j'ai décidé de revenir à Florac, je me doutais qu'il me faudrait un jour faire face à ces événements pénibles. J'en ai le courage.

Puis s'adressant à Jacques :

— Il est mauvais pour notre bien-être et notre sérénité de nous dissimuler derrière des non-dits ou des silences pesants. Vous avez déjà réalisé une partie du chemin en parlant à Sami. Peut-être avez-vous encore des choses à lui dire ?

Jacques se retenait. Ariane en savait-elle plus qu'il n'en avait révélé ?

Alors qu'elle s'apprêtait à poursuivre, il lui coupa la parole :

— Vous nous avez demandé de ne pas ébruiter ce que vous nous avez confié, afin de tenir Emma éloignée de votre tragédie. Je vous demande à mon tour la même discrétion à propos des origines d'Aliza. Sami ne doit pas en souffrir.

Ariane promit. Mais, en son for intérieur, fut persuadée que Jacques, contrairement à elle, n'était pas allé au bout de ses révélations.

TROISIÈME PARTIE

Suspicions

1963-1967

18

Le temps s'écoula, apaisant les esprits. Chaque saison offrait son lot de réjouissances, d'émotions. Au printemps, après avoir subi les assauts du temps, la nature se réveillait toujours dans le même enchantement des premiers matins, telle une belle endormie par quelque sortilège.

Emma devenait une jeune fille épanouie. Adolescente de seize ans, elle était la fierté de sa maman qui se revoyait en elle à son âge. Elles se ressemblaient de plus en plus, physiquement, mais aussi dans leur manière de se comporter et de réagir en présence des autres. Thérèse ne cachait pas sa joie de retrouver sa fille dans sa petite-fille, et n'en chérissait que plus Emma, qui le lui rendait bien. Celle-ci était son rayon de soleil à chacune de ses visites. Elle l'entraînait très souvent dans sa roseraie et cueillait en sa présence les fleurs les plus délicates à l'intention d'Ariane.

— Ta maman adore les roses blanches, lui

rappelait-elle à chaque bouquet qu'elle lui confectionnait. Elles sont le symbole de la pureté et de la sincérité des sentiments.

Emma adulait sa grand-mère si affectueuse et si discrète. Par pudeur, elle lui parlait rarement de sa relation avec Sami, mais se doutait que Thérèse était au courant de ce qui, dans son cœur, avait remplacé peu à peu la profonde amitié qui l'unissait à ce dernier depuis maintenant plus de quatre ans. Emma était au comble du bonheur et ne pouvait dissimuler ce qui illuminait chacun de ses réveils. À ses yeux, chaque matin portait la couleur du premier printemps. Elle exultait quand on évoquait Sami dans la conversation. Et lorsqu'elle courait le rejoindre, elle n'entendait pas les paroles de sa mère lui conseillant de ne pas prendre froid, de ne pas rentrer trop tard ou encore de ne pas s'emporter trop vite.

Ariane, en effet, craignait toujours pour sa fille. Toutefois, elle s'était raisonnée et n'avait pas tenté de détourner Emma de Sami. En dépit de leur âge, elle avait écouté Thérèse qui s'ingéniait à la rassurer.

— Ce n'est qu'une amourette d'adolescents. Emma est trop sérieuse pour commettre l'irréparable. Il faut lui faire confiance.

Ariane songeait à son propre amour pour Raphaël. Certes, à quinze ans, elle s'était retenue de s'abandonner trop rapidement. Ils avaient su patienter. Mais l'époque n'était plus la même, pensait-elle. Les garçons et les filles n'éprouvaient plus les mêmes scrupules que leurs parents. Un vent de liberté soufflait sur la jeunesse qui n'avait pas souffert de la guerre et vivait dans une certaine insouciance. Il suffisait d'allumer la radio pour s'en rendre compte. Emma la première passait de longues heures à écouter sur son transistor de nouveaux groupes à la mode tels que les Rolling Stones, les Chaussettes noires ou encore les Beatles. Comme toutes les jeunes filles de son âge, elle portait des jupes de plus en plus courtes et légères, et aux pieds des ballerines, celles que sa mère dessinait dans son atelier. Elle aimait laisser ses cheveux flotter dans la brise et se maquiller sans outrance quand elle sortait rejoindre Sami.

Seul Charles ramenait parfois Ariane à des réalités plus terre à terre. Il s'indignait en effet de la manière dont le chef de l'État, le général de Gaulle, avait résolu le problème de l'Algérie.

— Donner l'indépendance au peuple algérien était une grave erreur, se plaignait-il chaque fois qu'il ouvrait son poste de télévision pour les informations et qu'il entendait parler des conséquences de l'événement. J'estime, comme bon nombre de Français, qu'il a trahi la France. L'Algérie, c'était la France. Il n'avait pas le droit de la sacrifier. Sans compter que plus d'un million et demi de pieds-noirs se retrouvent maintenant devant le fait accompli, alors qu'il avait soutenu les avoir compris ! Dire que je me suis réjoui lorsqu'il a été élu président de la République ! Aujourd'hui je le regrette !

Les apartés de Charles ramenaient Ariane à la douloureuse période de l'Occupation. Elle se souvenait très bien que son père n'avait pas toujours été un gaulliste convaincu. Sa confiance dans le maréchal Pétain ne l'avait-elle pas entraîné à considérer l'armistice comme un pis-aller destiné à sauver l'honneur et la dignité de la nation ? Son tardif ralliement à la Résistance l'avait étonnée. Charles n'avait-il pas joué sur deux tableaux afin de ne pas être inquiété le jour de la Libération ? De ces sujets scabreux, jamais il n'était question dans leurs conversations.

Mais il était difficile pour Ariane d'oublier combien l'intransigeance de son père devant son sacrifice lui avait été cruelle.

Emma et Sami vivaient une relation fusionnelle. Entre eux, les sentiments étaient plus forts que la raison. Un amour profond les unissait. Certes, à leur âge, ils n'avaient pas encore franchi le pas, mais ils avaient de plus en plus de mal à contenir leurs élans. Ils évitaient de s'afficher, faisant montre de discrétion. Lorsqu'ils croisaient un villageois, ils cessaient de se tenir par la main et laissaient penser qu'ils n'étaient que de bons amis d'enfance.

Tout le monde les connaissait : Sami, le fils du docteur Dufresne, Emma, la petite-fille de Charles

Chaptal, l'industriel ; telles étaient leurs cartes de visite. Deux enfants de notables, polis et serviables, qu'on appréciait beaucoup dans la commune. Tous deux n'hésitaient pas à aller au-devant des anciens, pour leur apporter le pain ou quelques commissions. Ils discutaient volontiers avec eux sur le pas de leur porte, s'intéressaient à leur passé, à leur famille parfois éloignée. Beaucoup les croyaient frère et sœur, tant ils se ressemblaient dans leur façon de se comporter et par leur gentillesse. Hormis avec les Lapierre, qu'ils fuyaient, ils n'avaient que d'excellents rapports avec l'ensemble de la population de Cazeneuve.

Sami entraînait souvent Emma dans la capitelle qu'il avait découverte dans la forêt à son arrivée aux Taillades. Une vraie paix se dégageait de ce lieu.

Depuis l'aveu de son père sur ses origines juives, il s'était documenté sur l'histoire des Hébreux dans l'Antiquité, puis des Juifs du Moyen Âge jusqu'à l'époque contemporaine, afin de comprendre pour quelles raisons le peuple de ses ancêtres avait toujours été victime d'ostracisme et de persécutions. Ce qu'il apprenait par ses lectures – dans les livres qu'il empruntait à la bibliothèque du lycée de Mende – le révoltait. Pourquoi les hommes, de tout temps, s'étaient-ils acharnés sur ces gens innocents ? Bien que n'appartenant pas à la communauté religieuse de sa mère, il était attiré par le judaïsme qu'il découvrait peu à peu. Il évitait d'ennuyer Emma avec ce qu'il recherchait. Il avait conscience que cela risquait de lui causer d'autres désagréments. Avoir été traité d'« enfant de Boche » à l'école lui avait servi de leçon. Il ne tenait pas à prêter davantage le flanc à la sottise de ceux qui jugeaient leurs prochains sur leur faciès ou leur religion.

— Est-ce que ça change pour toi que je sois juif ? s'enquit-il cependant auprès d'Emma, un jour qu'ils s'étaient réfugiés dans leur abri d'amoureux.

Celle-ci s'étonna.

— Pourquoi me demandes-tu cela ?

— Parce que les Juifs n'ont jamais eu bonne presse. Encore aujourd'hui, quand quelque chose ne va pas, certains les accusent de tous les malheurs du monde.

— Pour moi, ça ne change rien. Que tu sois juif, catholique ou protestant, où est le problème ? Je t'aime, Sami. Rien ne ternira mon amour pour toi. Même sous la torture, je ne te renierai jamais ! Je veux passer ma vie avec toi.

Emma se laissait emporter par ses sentiments.

Elle l'enlaça tendrement. L'embrassa la première.

Il glissa ses doigts dans sa chevelure déployée sur ses épaules. La caressa doucement. La fit frémir de plaisir.

— J'ai tellement envie de toi, lui avoua-t-elle. Pourquoi attendre ?

Elle se coucha dans la paille, face à l'entrée de la capitelle. Un rayon de soleil illuminait l'intérieur et conférait à l'endroit un air de crèche baignée par la lumière divine.

Sami hésitait. Face à Emma. Sur les genoux, assis sur les talons. Les mains sur ses hanches.

— Tu ne veux pas ? insista-t-elle.

Sami avait autant envie qu'elle de se donner corps et âme à l'être qu'il aimait le plus au monde. Mais, en son for intérieur, il craignait de commettre une faute qu'il ne se pardonnerait jamais.

— C'est la première fois pour tous les deux, confessa-t-il. Je ne voudrais pas te décevoir.

— Comment peux-tu imaginer une chose pareille ? En aucun cas tu ne me décevras. Je suis à toi, Sami, depuis le premier jour où nous nous sommes rencontrés. Et tu es à moi.

Il s'allongea délicatement sur elle. La couvrit de baisers. Sentit son corps frémir sous ses caresses. Le sien ne demeura pas longtemps insensible. Il fut gêné de sa réaction.

Emma le renversa sur le dos.

— Si tu ne le fais pas le premier, osa-t-elle, je le ferai à ta place.

Elle se déshabilla lentement, comme pour mieux l'émoustiller. Quitta d'abord son tee-shirt, déboutonna son jean, le fit glisser à ses pieds, s'en délivra.

Elle se lova contre lui. Dégrafa son soutien-gorge. Elle se redressa, nue, ses seins gonflés de plaisir, belle comme un ange.

Sami ne s'était pas encore affranchi de ses derniers scrupules. Alors, elle lui arracha sa chemise, défit sa ceinture, l'aida à se rapprocher d'elle.

Il ne put se retenir davantage. Il s'oublia dans un

océan de douceurs où leurs deux êtres se confondaient, où leurs étreintes se renforçaient à chaque caresse, à chaque baiser.

Elle poussa un petit cri de douleur, vite sublimé par une immense sensation de plénitude. Ils se fondirent l'un dans l'autre et perdirent toute notion du temps, toute notion de la réalité.

Quand ils reprirent leurs esprits, le soleil déclinait sur l'horizon. La capitelle baignait dans une lumière diaphane, orangée, digne de la palette d'un peintre. Les deux jeunes amants s'étaient assoupis, tendrement enlacés. Leurs corps nus et rassasiés s'entremêlaient.

Emma ouvrit la première les paupières. Sourit à la vie qui s'offrait à elle. Se pelotonna dans les bras de Sami.

— Mon chéri, lui murmura-t-elle à l'oreille. Il est tard.

Il sursauta. Sortit de sa douce léthargie. S'étira.

— J'ai dû rêver, dit-il.

Puis, prenant conscience de sa nudité, il refit surface.

— Quelle heure est-il ? s'alarma-t-il soudain.

— Bientôt dix-neuf heures. Chez nous, ils doivent s'inquiéter.

Il bondit, sortit de l'abri, examina le ciel.

Emma s'était déjà rhabillée.

— Rentrons sans plus traîner. Nous expliquerons

que nous nous étions éloignés de Cazeneuve. Tes parents comme ma mère le croiront.

Ils remontèrent sur leurs bicyclettes et se dirigèrent vers le village.

*

Clémence entretenait peu de relations avec Félicien Bastide. Ce dernier ne bougeait presque jamais de chez lui et ne se rendait plus dans son pré pour se dégourdir les jambes, et celles de ses bêtes. Depuis que les Dufresne s'étaient installés, il l'avait abandonné aux herbes folles et aux ronces. Jacques s'en était étonné. Le vieil homme, sous ses airs renfrognés, ne lui adressait jamais la parole. Quand Jacques se souciait de son état de santé, il lui répondait toujours de la même manière :

— Comme un vieux ! se contentait-il d'affirmer.

Félicien n'avait jamais eu recours à ses soins. Pourtant, Jacques n'ignorait pas que le facteur lui apportait ses médicaments, pour lui éviter de se déplacer jusqu'à Florac.

— Si vous avez besoin de quoi que ce soit, lui avait-il proposé, n'hésitez pas à m'appeler. Je suis médecin. Je viendrai à domicile. Inutile d'aller au cabinet.

En réalité, Félicien consultait un autre praticien de Florac quand sa santé lui jouait des tours, c'est-à-dire très rarement – Félicien était solide comme un roc. Jacques était au courant, son confrère l'avait prévenu.

Félicien parlait peu, voyait peu de monde, se comportait en véritable ermite. Plus il vieillissait, plus il se renfermait sur lui-même. Ceux du village, qui le fréquentaient, mettaient son mutisme sur le compte de son veuvage qu'il supportait de plus en plus mal.

Jacques s'était renseigné.

— Il ne s'est jamais relevé du décès de la Simone, lui apprit Jeannot, le cafetier de Cazeneuve.

— Mais elle est morte il y a longtemps !

— Oui, en 1946, un an après la guerre. D'une crise cardiaque. Ah, si lui est taiseux comme une tombe, la Simone, elle, n'avait pas la langue dans sa poche ! Elle était au courant de tout ce qui se passait dans la commune. Faut reconnaître qu'avec ce qu'elle pratiquait en toute illégalité, elle entrait dans l'intimité des familles.

Ce jour-là, Jacques n'insista pas. La discussion risquait de déraper. Jeannot savait-il qu'il avait accepté avec Aliza de mettre un terme à la grossesse de cette dernière en ayant recours aux soins particuliers de Simone ?

En réalité, en cette nouvelle décennie, peu de rumeurs datant de la guerre circulaient encore. Même les anciens semblaient avoir tourné la page.

De son côté, Ariane ne souhaitait plus évoquer ce qui avait troublé son existence aux Abarines, dans ces années de cendres.

Sa suspicion fut toutefois éveillée un après-midi, alors qu'elle s'approchait des Taillades pour rendre visite à Clémence. L'été touchait à sa fin. Les chaleurs écrasantes du mois d'août étaient terminées. Septembre prodiguait ses douceurs dans ses teintes d'automne. Elle appréciait ce changement de saison, lorsque la végétation prenait enfin un peu de repos en se colorant d'or et de pourpre. L'air devenait plus respirable. Elle adorait se réveiller dans la fraîcheur quand, le matin, en ouvrant ses volets, elle découvrait le paysage nimbé de brume. Elle savourait l'odeur des prairies sous la rosée, des champignons tapis sous les buissons, des premières fumées exhalées par les cheminées des vieux mas. Elle éprouvait la même sensation au début du printemps, lorsque les grands froids de l'hiver s'estompaient.

Tout en marchant, Ariane réfléchissait à la manière de dire à son amie qu'au fond elle était rassurée de voir leurs deux enfants vivre une telle passion. Elle s'en était d'abord inquiétée. Mais Emma l'avait convaincue de la profondeur de ses sentiments et de ceux de Sami. Elle l'avait ramenée à l'époque où Raphaël l'avait transportée au-delà de toutes ses espérances. Si la guerre n'avait pas bouleversé leur destinée, ils seraient encore à s'aimer comme au premier jour, avait-elle alors songé en accordant toute sa confiance à sa fille.

Elle longea le mas de Félicien. Le trouva assis devant sa porte, bien éveillé. Elle remarqua son air plus renfrogné que d'habitude. Son chien n'était pas couché à ses pieds. Ariane non plus n'entretenait pas beaucoup de relations avec le vieil homme qu'elle jugeait peu avenant. Cependant, quand elle le croisait, elle lui disait toujours quelques mots aimables, lui parlait de la couleur du ciel et d'autres banalités.

Cette fois, elle n'eut pas à lui adresser la première la parole. Félicien, comme s'il l'attendait, l'invita à s'approcher.

— Asseyez-vous un instant près de moi, lui proposa-t-il.

Ariane trouva cette attitude étrange. En temps ordinaire, il lui aurait à peine répondu. Elle s'assit dans le fauteuil en osier qu'il lui offrait.

— Il fait une belle journée, commença-t-elle. Vous avez raison de profiter du soleil sur le pas de votre porte. Bientôt le froid s'installera et vous chassera à l'intérieur.

— Oh, je suis un vieil endurci. J'en ai vu d'autres. Ce n'est pas le froid qui m'empêchera de prendre l'air.

— Emma me parle souvent de vous. Elle vous aperçoit chaque fois qu'elle retrouve son ami, le petit Dufresne.

Félicien se rembrunit d'un coup. Détourna le regard.

Ariane s'en rendit compte. Devina que d'avoir évoqué Emma l'avait contrarié.

— Elle ne vous a jamais manqué de respect, au moins ? s'inquiéta-t-elle.

Félicien ne répondit pas. Son caractère taiseux reprenait le dessus.

— Vous pouvez me parler franchement.

Le vieil homme triturait sa casquette dans ses mains.

— Je vois bien que quelque chose vous tracasse, insista Ariane. Mais si vous ne souhaitez pas vous confier, je ne vous force pas.

Elle se leva de son siège.

Félicien l'arrêta net.

— Rasseyez-vous… Ce que j'ai à vous dire ne me concerne pas. Mais puisque vous êtes là…

Il hésita encore.

— Qu'est-ce qui vous ennuie, Félicien ?

— Eh bien… vous devriez mieux surveiller votre fille !

— Emma ! Qu'a-t-elle donc fait ?

— Ce qu'elle fait, je l'ignore, mais ses fréquentations sont mauvaises.

— Vous insinuez que… que Sami Dufresne n'est pas un garçon convenable ?

— Pour ce que j'en pense, moi… après tout, ce ne sont pas mes affaires. Mais je vous aurai prévenue.

— Vous m'en avez trop dit, Félicien, ou pas assez. Que reprochez-vous à ma fille… ou au jeune Sami ?

— Moi, personnellement, rien. Je tenais seulement à vous avertir de contrôler les fréquentations de votre gamine. C'est tout… Bon, maintenant, j'ai du travail qui m'attend à l'intérieur.

Il était inutile d'insister. Elle prit congé.

En arrivant chez les Dufresne, elle ne put dissimuler son inquiétude.

— Vous me paraissez soucieuse, remarqua Clémence.

— Non, ce n'est rien. Je désirais vous parler de nos enfants.

Ariane était sur le point de dévoiler les propos énigmatiques de Félicien. Elle se ressaisit. Chassa de sa tête ses contrariétés.

19

Ariane garda pour elle sa conversation avec Félicien. Elle ne souhaitait pas inquiéter Emma avec les allégations du vieil homme. Au reste, ce dernier perdait parfois la mémoire et confondait souvent le passé et le présent. À son âge, cela n'avait rien d'étonnant. Les rares habitants du village qu'elle fréquentait lui avaient raconté que, depuis la mort de sa femme, il ne reconnaissait plus toujours ses proches.

Pourtant, elle ne cessait de réfléchir à ce qu'il avait insinué ce jour-là. Sa mise en garde était-elle fondée ? Pourquoi donc devrait-elle mieux surveiller les fréquentations de sa fille ? Emma n'avait d'autres amis que Sami et quelques camarades de lycée, tous de bonne famille. Et sa relation particulière avec Sami ne suscitait chez elle aucun motif de méfiance. Les Dufresne étaient des gens tout à fait honorables. Ils élevaient leur fils d'une manière irréprochable. Leur passé témoignait pour eux, du moins en était-elle convaincue.

Elle voulut néanmoins en avoir le cœur net.

Elle ne souleva pas la question devant son père et attendit que ce dernier soit retenu à son usine pour s'entretenir sans détour avec sa mère. Emma avait rejoint Sami aux Taillades pour l'aider à préparer un exposé d'histoire. Sami s'était immédiatement porté volontaire, le sujet l'intéressant particulièrement : la tragédie de la Shoah.

Ariane cherchait comment aborder avec Thérèse le conseil ambigu de Félicien. Sa mère chérissait trop sa petite-fille pour semer le doute dans son esprit.

Elle tergiversa.

— Jacques Dufresne est ton nouveau médecin de famille. Es-tu satisfait de lui ?

— Oui, c'est un très bon thérapeute, beaucoup plus dynamique que ne l'était le docteur Ravanel. Il faut reconnaître qu'il est aussi beaucoup plus jeune.

— Savais-tu qu'il avait exercé à Montpellier pendant la guerre, avant de repartir dans sa région natale ?

— Je l'ignorais. Pourquoi cette question ?

Ariane était convaincue que, si Félicien ne l'avait pas alarmée sans raison, elle devrait chercher du côté du passé des parents de Sami. Certes, dans un premier temps, elle avait cru que seules les racines juives de ce dernier avaient motivé sa remarque. Mais était-il seulement au courant ? Puis elle avait songé à l'union particulière de Jacques et de Clémence. Félicien n'appréciait peut-être pas de cohabiter avec des voisins vivant en concubinage ! Dans les campagnes, les vieux principes étaient toujours vivaces. Charles lui-même en était un bon exemple. Se souvenant de leur conversation, le fameux soir de ses confidences, elle réalisa que Jacques avait eu un comportement étrange lorsqu'elle avait soulevé le drame de sa femme pendant l'Occupation. Si Ariane n'avait dissimulé ni sa liaison avec l'officier allemand, ni son humiliation en public, ni sa fuite à Paris, lui s'était contenté de révéler l'origine juive d'Aliza. Avant de la supplier d'être discrète à ce sujet. Elle avait pensé alors que Sami pourrait souffrir de ce problème. Elle admettait volontiers qu'être juif et reconnu comme tel n'était sans doute pas facile pour un adolescent.

Or l'attitude de Sami ne laissait rien transparaître. Non qu'il s'affichât ouvertement comme l'enfant d'une Juive, mais parce qu'il assumait parfaitement cette appartenance. Emma le lui avait confirmé. Ne l'expliquerait-il pas à ses camarades de classe au cours de son exposé ?

— Et savais-tu que sa femme était juive ? poursuivit Ariane en précisant peu à peu sa démarche.

— Sa femme ! Clémence ?

— Non, Clémence n'est pas sa femme mais sa compagne. Sa femme de l'époque, la maman de Sami, s'appelait Aliza. Elle est morte peu après la naissance de son fils.

— Je ne me préoccupais guère de ce qui se passait ailleurs, reconnut Thérèse. Aux Abarines, nous avions suffisamment de problèmes pour nous soucier en plus de ceux des autres. Je reconnais, c'était une attitude un peu égoïste, mais rappelle-toi ce que nous avons supporté.

Ariane regrettait déjà d'avoir à nouveau remué les vieux souvenirs. Ceux-ci la ramenaient sans cesse à elle, à Raphaël, à sa compromission, à la honte qui l'avait anéantie.

— Tu ignores donc ce qui s'est déroulé aux Taillades chez les Dufresne ? poursuivit-elle cependant.

Son envie d'aller jusqu'au bout de ses investigations la poussait dans ses derniers retranchements. Elle voulait tordre le cou à toutes les médisances, à tous les mensonges que des gens comme ce Félicien Bastide se réjouissaient de réveiller.

— Pourquoi t'intéresses-tu subitement aux Dufresne ? s'étonna Thérèse. T'ont-ils reproché quelque chose ? C'est à propos d'Emma et de Sami ? Ils souhaitent interdire leur fréquentation ?

— Non. Il ne s'agit pas d'Emma ni de Sami, mentit Ariane.

Thérèse se leva de son fauteuil, disparut dans la cuisine, apporta deux tasses et une théière sur un plateau d'argent.

— Sans te vexer, ma chérie, si j'ose te donner un conseil, cesse de fouiller dans le passé. J'espère que tu n'es pas revenue à Florac pour cela. Je croyais que tu avais définitivement tourné la page. Les gens d'ici ne soulèvent plus toutes ces histoires malheureuses. Agis comme eux. Pour ta tranquillité. Et pour celle d'Emma.

Les dernières paroles de Thérèse lui rappelèrent soudain les mots menaçants de la lettre anonyme : « Il est dangereux de remuer le passé. »

Elle fut alors persuadée que tout le monde, même dans son entourage proche, lui dissimulait quelque chose et n'eut plus qu'une envie : exposer la vérité au grand jour.

*

Quelques jours plus tard, elle alla voir Jacques Dufresne. Elle n'avait pas l'intention de l'aborder de front avec des questions trop directes ni de s'entretenir avec lui devant Clémence. Elle se rendit à son cabinet un jeudi, jour où celle-ci prenait son congé hebdomadaire, afin d'être seule avec Jacques.

Elle s'assit dans la salle d'attente, comme une patiente ordinaire, laissa passer devant elle plusieurs personnes pour être la dernière et avoir plus de temps.

Quand arriva son tour, Jacques, qui ne l'avait pas encore aperçue, s'étonna de sa présence.

— Ariane ! Vous ici ! Que se passe-t-il ? Rien de grave, j'espère. Entrez donc que je vous examine.

— Non, ce ne sera pas nécessaire.

— Vous n'êtes pas malade ! Alors, que me vaut votre visite ?

— Ce n'est pas le médecin que je suis venue consulter, mais mon voisin.

— Nous serions mieux à la maison pour discuter.

Nous serions plus tranquilles. Mais installez-vous… Je vérifie qu'il n'y a plus de patients dans la salle d'attente et je suis à vous.

Jacques s'éclipsa quelques secondes, puis revint, l'air intrigué.

— J'ai fermé le cabinet. À cette heure, il n'y aura sans doute plus personne. Mais je n'ai que quelques minutes à vous accorder. J'ai des visites à domicile à effectuer avant de rentrer aux Taillades… Vous êtes sûre que vous ne préférez pas qu'on se retrouve chez moi, disons dans une heure et demie ? Je n'ai qu'un coup de fil à donner, et Clémence nous préparera un petit repas improvisé. Ce serait plus sympathique.

— Non, merci. Nous serons mieux ici pour parler. Rien que vous et moi.

Jacques trouvait Ariane bien mystérieuse.

Il s'assit à son bureau, face à elle.

— Je vous écoute. Que puis-je pour vous ?

Ariane ne savait comment amorcer la conversation. Dévoiler les paroles insidieuses de Félicien rendrait Jacques mal à l'aise. Il se méfierait immédiatement d'elle et détournerait le sujet. Voire il lui en voudrait de douter de lui ainsi que de son fils.

— J'ai questionné ma fille, commença Ariane. Et elle m'a rassurée sur la sincérité de ses sentiments envers Sami. Au départ, je reconnais avoir été un peu réticente. Emma est encore très jeune pour se lier aussi sérieusement à un garçon. J'ai craint qu'elle souffre un jour dans le cas où ils ne s'entendraient plus. Ce qui ne m'étonnerait pas, étant donné leur âge.

— Vous nous avez raconté votre propre histoire avec Raphaël, votre fiancé ! Si la guerre ne vous avait pas séparés, vous l'auriez probablement épousé. Vos parents respectifs avaient accepté vos fiançailles, m'avez-vous expliqué.

— Vous avez raison. C'est pourquoi j'ai changé d'avis. Je ne peux reprocher à Emma ce que j'ai moi-même vécu.

— Alors, c'est Sami ? Vous craignez qu'il s'amuse avec votre fille ?

— Je ne doute pas de la sincérité des sentiments de votre fils, pas plus que de ceux de ma fille, mais…

— Je ne vous suis pas, la coupa Jacques. Venez-en au fait. Si Sami a commis quelque chose qui vous choque ou qui soit contraire à vos principes, dites-le-moi. Sami est un garçon et, à son âge, je suppose qu'il ne reste pas insensible aux charmes d'une jeune fille, vous saisissez… C'est de cette question que vous désirez m'entretenir ?

Ariane tergiversait. Jacques insista.

— Votre fille n'est pas…

Il hésita.

Ariane saisit immédiatement ses allusions.

— Non, je vous rassure. Emma n'est pas enceinte. Enfin, je l'espère. Je connais ma fille. On discute de tout toutes les deux.

— Alors de quoi s'agit-il ?

Ariane se lança :

— Vous avez révélé à Sami son origine juive...

— Ah, je vous arrête tout de suite, Ariane ! Si vous souhaitez interdire à nos enfants de se fréquenter à cause de cette vérité, vous me décevriez beaucoup. Je vous croyais plus tolérante !

— Ne vous méprenez pas, Jacques. Loin de moi cette idée. Je n'ai rien contre les Juifs, encore moins contre Sami.

Jacques ne comprenait pas où Ariane voulait en venir.

— Ce que je ne supporte pas, c'est la médisance et l'ostracisme de certaines personnes. Mais vous n'êtes pas comme ça, n'est-ce pas ? dit-il.

— Précisément, c'est de cela qu'il est question.

Il était temps pour Ariane de parler. Elle chercha néanmoins les mots justes.

— En vérité, Jacques, on m'a interpellée pour me conseiller de surveiller les relations de ma fille.

— Qu'est-ce que cela signifie ? Et qui donc vous a interpellée ?

— Peu importe. On m'a seulement donné ce conseil. Or, mis à part Sami, de qui d'autre pourrait-il s'agir ?

Jacques restait dubitatif et désappointé. Il trouvait Ariane très étrange.

En son for intérieur, il se demandait si elle ne faisait pas allusion au drame d'Aliza. Avait-elle appris que celle-ci avait été mise enceinte par l'officier allemand des Abarines, le même qui avait abusé d'elle ? Qui le lui aurait révélé ? Il n'en avait jamais parlé, sauf à Clémence qui était donc seule dans la confidence. Quant à cette Simone, qui avait accouché Aliza, elle ne devait pas douter de sa paternité. Rien ne laissait supposer le contraire !

Ariane n'en révéla pas davantage, se refusant à dénoncer Félicien.

— Oubliez tout cela ! Cette personne avait seulement l'intention de me troubler. C'est probablement moi qu'elle visait. Pas nos enfants. Mon passé, tout le monde s'en souvient. Il vient de resurgir !

Jacques se sentait confus. Il se leva de sa chaise. Contourna son bureau. S'approcha d'Ariane.

— Ne prêtez pas l'oreille à tout ce que vous entendrez. Vous, comme Aliza et moi-même, avez beaucoup souffert au cours de cette période tragique. Nous n'avons pas été épargnés. Demeurons dignes et au-dessus de toutes les ignominies.

Ariane prit congé, promettant à Jacques de ne plus accorder d'attention aux rumeurs et aux insinuations. Mais au fond d'elle-même, elle était insatisfaite, car elle n'avait guère progressé.

*

Emma avait tranquillisé sa mère, lui affirmant que Sami était un garçon très sérieux, aussi sérieux que Raphaël.

— J'ai le même âge que toi quand tu es tombée amoureuse de lui, répliqua-t-elle.

— Je ne parviens pas à concevoir que ma petite fille est en train de s'éloigner, avoua Ariane. Toutes les mères ressentent la même chose, je suppose.

— Comment ont réagi tes parents quand tu leur as annoncé ton amour pour Raphaël ?

— Ils m'ont immédiatement fait confiance. Raphaël était le fils du meilleur ami de mon père. Mes parents se sont réjouis.

— Alors, réjouis-toi aussi pour moi. Ne t'inquiète pas. Sami et moi, nous nous aimons pour la vie. Quand nous fêterons mes dix-huit ans, nous nous fiancerons. En été, comme toi et Raphaël.

— Tu as le temps d'y songer, ma chérie. D'ici là, j'espère que tu resteras raisonnable.

Le sous-entendu d'Ariane arrêta net les confidences d'Emma. Celle-ci ne tenait pas à dévoiler son intimité avec Sami, même à sa mère. Ce qu'elle vivait avec Sami lui appartenait. C'était son jardin secret.

Néanmoins, Emma ne parvenait pas à dissimuler son bonheur à son entourage, ni au lycée ni à ses grands-parents. Ses sentiments se lisaient sur son visage radieux, au point que Thérèse la reprenait assez souvent.

— Prends garde de ne pas négliger tes études, lui conseillait-elle. Que ton cœur garde la raison. L'amour est parfois ravageur. Il ne faut pas tout lui sacrifier.

Emma entretenait de longues conversations avec

sa grand-mère. Celle-ci était devenue sa confidente, son refuge quand elle souffrait d'être séparée de Sami. Il arrivait en effet aux Dufresne de quitter les Taillades pour quelques jours, un week-end prolongé ou des petites vacances scolaires. Clémence avait de la famille en Haute-Savoie, sa mère, un frère et une sœur avec lesquels elle restait en contact. Jacques confiait ses patients à un confrère de Florac et en profitait pour retrouver son pays natal, ses amis, les lieux de son enfance. Ensemble, ils se rendaient à Yvoire où Jacques avait conservé sa maison familiale sur les bords du lac Léman. Sami rechignait à s'éloigner d'Emma pour suivre ses parents, mais il n'osait pas s'opposer à son père.

— Souviens-toi, lui rappelait gentiment ce dernier, comme tu maugréais à l'idée d'aller habiter dans les Cévennes. Tu trouvais cette région désagréable et les gens d'ici peu accueillants.

— J'étais petit. Je ne savais pas ce qui nous attendait.

— C'est ta rencontre avec Emma qui t'a fait changer d'avis !

Jacques aimait taquiner son fils. Il avait confiance en lui et ne craignait pas qu'il commette avec Emma une erreur irréparable.

— Je compte sur toi pour prendre vos précautions, lui recommanda-t-il un jour.

— Papa ! Pourquoi me dis-tu cela ?

— Mais parce que je suis médecin avant tout et que des jeunes filles enceintes sans l'avoir souhaité viennent régulièrement me consulter pour ce genre de souci.

Sami était un garçon très réservé. Il se dévoilait peu et éprouvait beaucoup de gêne à aborder certains sujets avec ses parents. Contrairement à Emma, il ne leur parlait jamais de leur relation et, au lycée, il montrait beaucoup de discrétion quand il la retrouvait dans la cour ou dans les couloirs entre deux cours.

Aussi, lorsque Emma l'invita chez ses grands-parents, il fut d'abord franchement réticent.

— Que veux-tu apprendre de plus à ton grand-père et à ta grand-mère ? Ils sont déjà au courant ! Pourquoi insister ?

— J'aimerais leur annoncer que nous nous sommes promis l'un à l'autre. Ma mère ne l'ignore pas. Elle nous donne sa bénédiction. Je souhaite maintenant obtenir celle de mes grands-parents.

Sami accepta, non sans embarras. Charles Chaptal surtout, avec ses airs autoritaires et peu avenants, l'intimidait toujours beaucoup.

Le jour de sa visite aux Abarines, Sami s'attendit à un accueil très froid de sa part. Discuter ouvertement de ses sentiments envers sa petite-fille le paralysait d'avance.

— Et s'il refuse de nous écouter ? redouta-t-il au moment de franchir la grille des Abarines.

— Ne t'inquiète pas. Mon grand-père est un

homme un peu spécial. Mais je suis parvenue à l'attendrir.

Peu rassuré, Sami suivit Emma dans le salon où patientait Thérèse, informée des intentions de sa petite-fille. Comme à son habitude, il fit preuve de politesse et de prévenance. Thérèse le mit aussitôt à l'aise.

— Mon mari ignore que tu es là. Emma lui a demandé de nous rejoindre sans tarder.

Quand Charles pénétra dans le salon, il ne dissimula pas son étonnement de voir sa petite-fille assise très près de Sami, comme deux timides amoureux. Thérèse avait préparé le thé et des petits-fours.

— C'est pour m'inviter à un *five o'clock*, comme chez les Anglais, qu'on m'a dérangé ? maugréa-t-il.

Thérèse ne put s'empêcher de sourire.

— Ta petite-fille a quelque chose d'important à te dire, n'est-ce pas, ma chérie ?

Emma se serra davantage encore contre Sami et se lança :

— Papi, Sami et moi, nous nous aimons. Et nous avons décidé de ne plus nous cacher. Voilà, tu es au courant. Maintenant, quand tu nous surprendras ensemble, ici ou ailleurs, tu ne seras plus étonné.

Charles demeura stoïque. Sur le moment, son apparente indifférence glaça Sami. Le jeune garçon craignit qu'il se mette en colère. Emma n'avait-elle pas été trop vite pour lui annoncer une telle nouvelle ?

Charles s'approcha de la table où le thé attendait d'être servi.

— Je crois que c'est en train de refroidir, commenta-t-il, pince-sans-rire.

— C'est tout ce que ça te fait ? insista Thérèse qui s'impatientait de la réaction de son mari.

Alors Charles se plaça devant les deux amoureux. Leur tendit les mains. Et, arborant enfin un air détendu :

— Mais il y a longtemps que je l'avais deviné ! bougonna-t-il.

20

Sami avait brillamment passé son baccalauréat et était entré en faculté de médecine à Montpellier. En réalité, il s'était engagé dans cette voie non par conviction personnelle mais pour satisfaire les siens. Clémence surtout l'avait poussé, afin de rassurer Jacques et parce qu'elle vouait une grande admiration à tout ce qui touchait au milieu médical.

— Médecin est le plus beau métier du monde, lui affirmait-elle depuis sa tendre enfance.

Excellent dans les matières scientifiques, Sami avait écouté sa belle-mère. Toutefois, dans la solitude de sa chambre, il passait de nombreuses heures à peindre et à dessiner. L'aquarelle et la peinture à l'huile n'avaient plus de secret pour lui. Il avait parlé de sa passion à Emma, puis s'en était ouvert à Ariane qui lui avait raconté qu'elle aussi, quand elle avait son âge, adorait s'évader par la peinture. Mais, se remémorant sa courte vie de bohème à

Montmartre après la guerre, elle lui avait conseillé d'envisager une orientation moins aléatoire.

— Peu d'artistes vivent de leur art, lui avait-elle expliqué. Il en est de même pour les écrivains. Je suis bien placée pour t'en parler. Quand je peignais sur la place du Tertre à Paris, heureusement que j'étais femme de chambre dans un petit hôtel, sinon, je n'aurais pas vécu convenablement.

Sami n'avait pas hésité. Il avait écouté tous ces conseils. Quant à Emma, qui terminait son cycle secondaire au lycée de Mende, elle ne souhaitait que son bonheur.

— Peu m'importe l'argent que nous gagnerons pourvu que nous restions ensemble.

Elle-même ne savait pas encore dans quelle discipline elle s'engagerait une fois son bac en poche.

— En tout cas, le rassurait-elle, je ferai mes études à Montpellier. Je ne m'éloignerai pas de toi.

Depuis la rentrée universitaire précédente, Sami préparait donc le concours de médecine, à la grande joie de ses parents.

Ariane, de son côté, aurait aimé qu'Emma soit enseignante, comme elle l'avait envisagé pour elle-même avant de travailler pour son père. Mais elle redoutait les intentions de sa fille.

— Je ne serais pas étonnée qu'elle suive le même chemin que Sami, uniquement pour ne pas être séparée de lui, avait-elle dit à Thérèse. Ce qui, en soi, ne serait pas une bonne chose. Elle devrait s'affirmer davantage plutôt que de se mettre toujours au diapason avec l'élu de son cœur.

— Tes craintes ne se sont pas tout à fait dissipées !

— Ma propre expérience me sert de leçon. Je sais ce qu'il en coûte de dépendre l'un de l'autre.

Sami se rendait sans crainte aux Abarines. Si Thérèse l'avait immédiatement bien accueilli, Charles montrait maintenant à son égard une empathie qui surprenait même Emma.

— J'ai l'impression que mon grand-père t'a plus vite adopté que moi-même ! le taquinait-elle. Tu l'as conquis en seulement quelques visites.

— Oh, je me souviens, ce n'était pas gagné. Notre premier face-à-face n'a pas été très chaleureux.

Sami n'était jamais entré dans l'usine de Charles Chaptal. Il n'en avait jamais éprouvé l'envie. Le monde de l'industrie ne l'attirait pas. À ses yeux, c'était celui des machines, du bruit, des mauvaises odeurs, des fumées polluantes.

Fin avril, alors qu'Emma préparait son bac studieusement, il rencontra Charles tout à fait par hasard. Il se rendait à Florac à bicyclette quand, à un carrefour, déboucha sur sa gauche une DS 19 noire. Il n'eut que le temps de freiner et atterrit sur le capot du véhicule.

Se relevant, il entendit le conducteur maugréer en sortant de sa voiture.

— Bon sang ! J'espère que vous n'êtes pas blessé,

s'inquiéta aussitôt Charles, confus d'avoir refusé la priorité au cycliste.

Il n'avait pas encore reconnu le jeune Dufresne.

Quand celui-ci redressa la tête, l'arcade sourcilière ouverte, il réagit :

— Sami ! Je… je suis désolé. J'étais distrait. Suis-moi aux Abarines. Ma femme te soignera.

À moitié sonné, Sami redressa sa bicyclette.

— Elle est bien amochée !

— Ne t'inquiète pas pour ton vélo. Je le ferai réparer. Au pire, je t'en paierai un autre.

Charles embarqua le deux-roues dans le coffre de sa voiture et emmena Sami aux Abarines.

Thérèse était en grande discussion avec Ariane à propos de l'avenir d'Emma.

— Cesse donc de te tracasser, proclamait-elle. Tu finiras par stresser cette petite. Laisse-la vivre.

À la vue du sang coulant sur le visage de Sami, les deux femmes s'affolèrent.

— Que lui est-il arrivé ? s'enquit immédiatement Ariane.

— C'est ma faute, reconnut Charles. Je ne l'ai pas vu arriver sur ma droite. Je l'ai renversé. Mais il y a plus de peur que de mal.

Sami se taisait, encore sous le choc.

— Veux-tu que j'appelle ton père ? s'inquiéta Charles. Tu as peut-être besoin d'un ou deux points de suture.

— Non, ce n'est pas la peine.

Ariane examina la plaie. Rassura Sami.

— Ce n'est que superficiel. L'arcade sourcilière saigne toujours beaucoup. Je vais t'appliquer un pansement avant que Clémence vérifie ta blessure. Installe-toi au salon. Emma ne devrait pas tarder. Elle nous rejoindra vers seize heures.

Sami obtempéra.

Charles saisit le journal qui traînait sur un fauteuil. Se rembrunit.

— Ah, je m'en doutais ! s'exclama-t-il. Le gouvernement s'apprête à nouveau à freiner la liberté économique. De Gaulle trahit de plus en plus son propre camp !

— Occupe-toi de Sami plutôt que de ronchonner contre le gouvernement, le tança Thérèse. Si tu n'étais pas aussi distrait et accaparé par tes affaires, cet accident ne serait pas arrivé !

— Ça n'a aucun rapport ! Tu dis des bêtises.

Puis s'adressant à Sami :

— Comment te sens-tu, mon garçon ? Veux-tu quelque chose pour te rafraîchir ? Une petite bière peut-être ?

— Charles ! s'insurgea Thérèse. Une bière ! Pourquoi pas un verre de whisky ? Sami est encore sous le choc et tu lui offres de l'alcool !

— Sami n'est plus un petit garçon. C'est à lui de décider.

— En attendant Emma, j'accepte volontiers une bière, monsieur Chaptal, répondit Sami.

Étonnée, Thérèse se retourna vers Ariane, sans mot dire.

— Si ça t'intéresse, continua Charles pour faire diversion, demain je te propose de visiter mon usine.

Pris de court, Sami bredouilla :

— Euh... oui, bien sûr. Demain je suis libre toute la journée. Ensuite je repars à Montpellier.

— Parfait. J'inviterai Emma à se joindre à nous. Elle sera ravie, j'en suis certain.

Emma arriva sur ces entrefaites. Lorsqu'elle aperçut Sami, un pansement sur le visage, elle s'affola.

— Que t'est-il arrivé ? Tu es blessé !

— Ce n'est rien, coupa Charles. Un petit accident de la route.

Et de narrer à sa petite-fille les circonstances de l'accident.

Rassurée, Emma ne laissa paraître aucune colère envers son grand-père, mais ajouta :

— Que lui proposes-tu pour te faire pardonner ?

— Eh bien... demain matin je vous invite tous les deux à visiter mon usine.

Ariane n'intervint pas. Elle ne devinait pas les intentions de son père.

Emma avait entretenu son grand-père du talent artistique de Sami et du sacrifice qu'il avait consenti en s'inscrivant à la faculté de médecine. Charles avait alors pensé à sa réaction quand sa fille avait émis le souhait d'abandonner l'École normale pour travailler avec lui.

⋆

Le lendemain, comme prévu, Sami retrouva Emma devant les portes de l'usine. Charles avait prévenu Catherine, sa secrétaire, de la visite de sa petite-fille et de son « petit ami », comme il lui avait désigné Sami.

— C'est un garçon charmant, lui avait-il indiqué. Faites-lui bon accueil. Il sera sans doute très intimidé. Mettez-le à l'aise. Je compte sur vous pour lui faire découvrir l'usine, moi, j'ai une urgence. Mais je serai de retour avant que vous n'ayez terminé. Ne vous pressez pas.

Catherine les attendait dans son bureau. Ariane, quant à elle, était déjà à la tâche dans son atelier, persuadée que cette visite ennuierait Sami.

— Sami veut être médecin comme son père, peut-être même chirurgien. Je ne vois pas en quoi l'usine l'intéresserait, avait-elle dit à sa fille.

Emma n'avait pas dévoilé à sa mère les penchants de son ami. Elle non plus ne pensait pas qu'il puisse s'extasier devant ce que son grand-père produisait.

— La chaussure, avait-elle convenu, est très éloignée de ce qu'il affectionne. Il n'a qu'une idée : porter secours aux autres. C'est son origine juive qui l'a convaincu. Il a conscience que trop d'injustices sévissent encore dans le monde. À ses yeux, le combat pour la tolérance est loin d'être gagné. Je suis persuadée que plus tard, il exercera dans l'humanitaire.

— Et tu es prête à le suivre ? s'était inquiétée Ariane.

— Partout où il ira. Je n'envisage pas de vivre sans lui. Lui non plus.

Catherine convia Ariane à se joindre à eux afin d'effectuer le tour des ateliers.

— Vous êtes mieux placée que moi pour expliquer les différentes phases de la fabrication. Auparavant, vous lui exposerez l'importance de votre propre travail.

Ariane accepta volontiers. Son père étant absent, elle se sentait plus libre pour révéler à Sami tous les aspects du métier de chausseur.

Le jeune garçon, contrairement à ce qu'elle avait imaginé, parut enthousiaste.

Ariane lui ouvrit d'abord son bureau d'études.

— C'est ici que tout commence, lui précisa-t-elle. Par le dessin. Le styliste conçoit les modèles. À la fin de cette première étape, un cahier des charges est établi et les matières sont choisies.

— C'est votre travail ? s'enquit Sami.

— Oui. Je crée les futures collections. Après moi, le formier réalise la base de la nouvelle chaussure. Il met en forme le dessin. Son rôle est capital pour rendre la chaussure la plus confortable possible.

Sami examinait avec étonnement les maquettes en bois et en plastique, de toutes les pointures pour un même modèle.

— Vient ensuite le patronage, reprit Ariane, la

tâche du modéliste. Il fabrique une sorte de coquille moulée sur laquelle il appliquera le dessin. À ce stade, il définira où placer les coutures, les perforations et les éléments de décoration.

Emma se montrait aussi très intéressée.

— Pour l'instant on n'a pas encore vu le moindre morceau de cuir ! releva-t-elle.

— Suivez-moi, c'est dans l'atelier voisin que ça se passe.

Derrière elle, Catherine semblait s'ennuyer.

— Si ça ne vous dérange pas, je vous laisse. Votre compétence en la matière est meilleure que la mienne. Je retourne au bureau. J'ai du travail.

Ariane sentit que la secrétaire était vexée. Peut-être lui avait-elle ravi le rôle que Charles lui avait assigné ? se demanda-t-elle.

— Vous pouvez poursuivre à ma place, si vous préférez.

Catherine déclina la proposition et s'esquiva discrètement.

— Passons maintenant à la découpe, fit Ariane.

Ils pénétrèrent dans un atelier flambant neuf où plusieurs ouvriers étaient penchés sur des établis, des peaux étalées devant eux. L'air ambiant répandait des effluves de tannerie.

— C'est ici que les chaussures prennent vraiment naissance, commença Ariane. La découpe est un stade important de la fabrication. On n'a pas droit à l'erreur. Sinon, la matière première est gaspillée. Or le cuir coûte cher. Nous utilisons tous les types de peaux : de veau, de porc, de vache, et même la peau de crocodile pour les chaussures de luxe. C'est la phase la plus délicate et la plus dangereuse. Le coupeur manie des outils tranchants de précision qui ne sont pas sans risques : emporte-pièce, tranchets, cutters… C'est plutôt un travail d'homme.

Emma se sentait incommodée par la forte odeur, mais n'en laissait rien paraître. Ariane s'en aperçut et lui suggéra d'interrompre la visite.

— On reprendra plus tard. Rien ne presse.

Emma refusa.

— Sami me semble trop intéressé. Poursuivons.

— Dans l'atelier suivant, les odeurs se seront dissipées.

Ils pénétrèrent dans une salle très éclairée où évoluait essentiellement de la main-d'œuvre féminine.

— Voici l'atelier de piquage, expliqua Ariane. On y assemble les différents éléments découpés pour former le dessus de la chaussure. Ils sont cousus ensemble et la chaussure va commencer à prendre tournure. Celle-ci comprend deux parties. Pour simplifier, il faut distinguer la semelle et la tige. Ceci est la tige, la partie supérieure qui est composée de plusieurs pièces : l'empeigne, la languette et les deux quartiers. Elle est tendue sur la forme et fixée en dessous, au niveau de la semelle, à la première de montage. Elle est en cuir pour les chaussures de qualité ou en croûte de cuir pour les autres.

Sami était tout ouïe. Il buvait littéralement les explications d'Ariane. Celle-ci finissait par se piquer au jeu. Faire la guide, finalement, ne lui déplaisait pas.

Plusieurs piqueuses s'affairaient à leurs machines. Lorsque Sami et Emma s'approchèrent d'elles en compagnie d'Ariane, elles s'arrêtèrent, curieuses de découvrir des visiteurs dans les travées.

— Ne faites pas attention à nous, leur dit Ariane. Certaines d'entre vous ont déjà rencontré ma fille, Emma. Voici son ami Sami.

La plus ancienne, une certaine Amélie, demanda aussitôt :

— Sami, tu es le fils d'Aliza Dufresne ?

Surpris, Sami acquiesça.

— Vous vous connaissez ? s'étonna Ariane.

— Non, pas exactement, mais j'ai entendu parler de sa maman, à ce jeune homme. C'était pendant la guerre…

Ariane coupa court, de crainte que la piqueuse de son père n'évoque des événements que Sami ignorait.

— Nous n'avons pas le temps de bavarder. Ce n'est ni le moment ni le lieu.

Emma comprit que sa mère avait détourné volontairement la conversation.

— Quelque chose te chagrine ? s'inquiéta-t-elle.

— Pas du tout. Mais je n'aime pas que les ouvrières s'écartent de leur tâche au moindre prétexte.

— Tu te montres aussi autoritaire que papi à présent ! Ça ne te ressemble pas !

Ariane convia Sami à poursuivre la visite.

— Pour terminer, il y a le semelage. C'est le dernier atelier.

Ils pénétrèrent dans la pièce voisine envahie par une forte odeur de colle.

— Pour les chaussures traditionnelles et de qualité, la semelle est d'abord encollée à la première de montage puis cousue. Pour les chaussures de travail – nous en fabriquons encore –, la semelle est injectée sous pression et vient adhérer à la matière de la tige.

— Incroyable ! s'extasia Sami. J'étais loin d'imaginer l'ingéniosité, la technique et la précision que cela exige.

— La chaussure est maintenant presque achevée. À ce stade, il n'y a plus que les finitions à apporter : brûlage des fils, laçage, cirage, mise en boîte. C'est une étape qui a toute son importance.

Sami était ravi.

— Je ne pensais pas que cela t'intéresserait autant ! s'étonna Ariane.

— Et si nous retournions à ton atelier de création ? proposa Emma. Je suis certaine que Sami aimerait examiner tes projets pour les futures collections.

Ariane hésita. Puis se reprit.

— Oh, après tout, il n'y a aucun secret, même si nous avons coutume de ne rien dévoiler avant l'établissement du cahier des charges.

Ils se dirigèrent à nouveau vers le bureau d'Ariane.

Charles patientait, assis dans un fauteuil en rotin, face à la table de travail de sa fille.

— Ah, vous voilà enfin ! s'exclama-t-il. Vous en avez mis, du temps. Cela fait plus d'une heure que je vous attends.

— Tu aurais dû nous accompagner, papa.

— J'ai préféré que Sami ne soit pas intimidé par ma présence.

Ariane sortit d'une armoire des esquisses et des dessins d'anciens et de futurs modèles.

Sami était admiratif.

— Et dire que tout part de là ! De votre imagination. De votre talent. Vous êtes une vraie artiste !

Il passa en revue les planches les unes après les autres, comme s'il découvrait les œuvres d'un maître reconnu.

— Aimerais-tu te joindre à nous ? demanda brusquement Charles.

— Je… je ne comprends pas !

— Te joindre à notre équipe. Dans l'atelier d'Ariane, tu aurais toute ta place. Emma m'a raconté que tu dessinais et peignais avec beaucoup de talent.

— Papa ! intervint Ariane. Tu plaisantes !

— Pas du tout. Je n'ai jamais été aussi sérieux.

Sami paraissait décontenancé.

— Vous me suggérez de travailler pour vous ?

— Mais Sami vient d'entamer ses études de médecine ! s'insurgea Ariane. Il ne doit pas songer à autre chose.

— Ce n'est pas à toi de décider, mais à lui seul. Souviens-toi de ton propre cas. Je ne t'ai pas interdit d'abandonner tes études quand tu l'as souhaité.

Emma était aussi surprise que sa mère par les propos de son grand-père. Elle regarda Sami d'un air navré, comme pour lui signifier que Charles se moquait de lui.

Mais Sami les surprit tous.

— À vrai dire, je suis entré à la faculté uniquement pour satisfaire au désir de mes parents. Je n'ai pas beaucoup de prédilection pour la médecine. En revanche, le travail que vous me proposez ne me déplairait pas. Créer comme Ariane, exercer mon talent au service d'une entreprise comme la vôtre me conviendrait parfaitement.

Charles avait gagné le pari que, secrètement, il avait tenu devant Thérèse, la seule au courant de ses intentions.

— Réfléchis, ajouta-t-il. Parles-en à tes parents. Et si vous êtes tous d'accord, je te prendrai en apprentissage comme je l'ai fait avec Ariane. Ma fille se chargera de toi le temps nécessaire pour que tu deviennes un bon styliste.

Ariane semblait tomber des nues.

— Tu désires que je forme Sami ?

— Pourquoi pas ? Qui d'autre est le mieux placé pour cela ?

Sami se rembrunit. L'ombre d'une hésitation se lut sur son visage. Travailler aux côtés d'Ariane le gênait. N'était-elle pas la mère de celle qu'il aimait ? Leur relation ne s'en trouverait-elle pas altérée ?

— Ensuite tu pourrais t'inscrire dans une école spécialisée dans la chaussure pour te perfectionner, précisa Charles.

Sami regarda Emma.

Il comprit ses réticences.

— Je vais en parler à la maison, répondit-il enfin. Pour ne pas trop décevoir mon père, je finirai mon année de médecine. Si j'obtiens le concours en juin prochain – et je ferai tout pour –, je poursuivrai sur ma lancée. En cas d'échec, j'accepterai votre proposition. Je ne désire pas redoubler.

— Maman, intervint Emma, tu l'aideras dans ce cas, n'est-ce pas ?

Devant l'insistance de sa fille, Ariane promit d'initier Sami à son art au cas où il reviendrait vers elle.

— Que ne ferais-je pas pour ton bonheur, ma chérie !

21

Tout se déroulait pour le mieux. Juin annonçait la douceur de l'été retrouvé. Ariane semblait définitivement réconciliée avec son père, pour le plus grand bonheur de Thérèse. Voir sa fille heureuse avec la bénédiction des siens la comblait de joie. Le passé s'éloignait, même si elle ressentait encore le besoin d'éclaircir certaines zones d'ombre. De son côté, Jacques appréciait que son fils ait conquis les Chaptal. Il les tenait en haute considération et entrevoyait l'avenir de Sami avec Emma sous de bons auspices.

Sami avait annoncé à ses parents son désir de se fiancer avec Emma au prochain été.

— Vous n'allez pas un peu vite ? lui objecta Jacques sans intention réelle de s'y opposer. Tu n'as que dix-neuf ans et Emma me paraît bien jeune. Les fiançailles constituent le premier pas vers le mariage. Terminez d'abord vos études.

— C'est beaucoup trop long. Mais nous n'avons

pas parlé mariage. Sur ce point, je suis d'accord avec toi, papa, c'est trop tôt. Nous ne pourrions pas nous assumer.

— Tu as conscience que tes études vont t'accaparer pendant des années ? Et Emma, qu'envisage-t-elle après son bac ?

— Elle songe à s'inscrire à la faculté des sciences ou de médecine, comme moi, mais elle hésite.

— Il serait temps qu'elle se décide. La date du bac approche. Pensez d'abord à vos examens.

Emma passa son baccalauréat à la mi-juin tandis que Sami attendait les résultats de son concours. Ils avaient beaucoup travaillé pour réussir. Sami avait tenu sa promesse. Il était cependant persuadé d'avoir échoué, tant les épreuves lui avaient paru difficiles et pleines de pièges.

— En cas d'échec, répétait-il, j'irai revoir ton grand-père.

— Es-tu sûr de ne pas commettre une grave erreur ? s'inquiétait Emma.

Quelques jours plus tard, elle fut la première à se réjouir. Elle avait brillé et obtenu la mention très bien. Le soir des résultats, elle bondit de joie et accourut prévenir Sami aux Taillades.

Ce dernier était rentré dans l'après-midi et discutait avec Clémence. Celle-ci, apercevant la mine radieuse d'Emma, comprit ce qu'elle venait leur annoncer.

— Tu as été reçue ?

— Oui, et avec une mention.

Sami la prit aussitôt dans ses bras. L'embrassa.

— Je ne doutais pas de ton succès.

Derrière eux, Clémence arborait un large sourire.

— Alors, les coupa-t-elle dans leur élan, tu n'as rien à lui dire ?

Sami glissa deux mots à l'oreille d'Emma.

— J'ai réussi mon concours. Je suis classé vingt-troisième.

Emma ouvrit des yeux ronds.

— Tu… tu as eu médecine ! Comme je suis soulagée ! C'est ton père qui doit être content.

— Il ne le sait pas. Je le lui apprendrai dès son retour.

Ils fêtèrent la bonne nouvelle aux Taillades, le dimanche suivant à midi. Jacques et Clémence convièrent la famille d'Emma pour l'occasion, mais Charles déclina l'invitation, prétextant un dossier en retard.

— Votre mari travaille même le dimanche ! s'étonna Clémence en s'adressant à Thérèse.

— Je crois plutôt qu'il boude.

— Qu'est-ce qui le chagrine ?

— Quand Ariane nous a annoncé le succès de Sami, il s'est renfermé sur lui-même. Il a compris que votre fils poursuivrait ses études.

— C'est ce qu'il nous a assuré, effectivement, commenta Jacques. Je n'en attendais pas moins de lui. Son idée de travailler pour votre mari me paraissait un peu saugrenue, sans vous vexer.

— Oh, mais je suis bien de votre avis !

Les deux jeunes gens s'étaient retirés dans le jardin avant de passer à table.

Emma s'interrogeait sur les intentions de Sami.

— Je n'ai qu'une parole, lui dit-il. J'ai promis à mes parents de continuer médecine en cas de succès au concours.

Au fond d'elle-même, Emma était soulagée. Elle craignait en effet que Charles ait convaincu Sami d'abandonner ses études.

— Ce n'était pas un bon plan, ajouta-t-elle. Sais-tu pourquoi mon grand-père t'a fait une telle proposition ?

— Parce qu'il a perçu mon talent de dessinateur. Il a sans doute pensé que je pourrais un jour succéder à ta mère.

— Ou à lui-même ! J'ai surpris une conversation entre mes grands-parents. Mon grand-père n'a eu qu'un garçon, à son grand regret. Or le frère de ma mère est mort très tôt, dans un malheureux accident d'escalade. Pour assurer sa relève dans quelques années, il ne compte pas sur sa fille.

— Tu sous-entends qu'il misait sur moi pour le remplacer un jour !

— Tu as deviné. Il a confié à mamie que tu serais très bien placé pour assurer la direction de l'usine après avoir été son styliste. Sa confiance en toi est extraordinaire ! Il te trouve intelligent, sûr de toi… et très sympathique, ce qui ne gâche rien !

— Comme il doit t'apprécier ! Car c'est à travers toi qu'il me considère de la sorte. Il est donc persuadé que nous nous marierons ?

— Tu ne l'es pas ?

Sami se serra contre Emma et l'enlaça tendrement.

— Comme je te l'ai dit, je n'ai qu'une parole, lui susurra-t-il à l'oreille.

*

L'été se déroula dans la félicité pour les deux amoureux. Leurs parents envisageaient d'unir leurs enfants dans un avenir proche. Dans cette attente, Thérèse songeait déjà aux fiançailles et se remémorait celles de sa fille, de nombreuses années auparavant.

— C'était le jour de l'été 39 ! Te souviens-tu ? On vous appelait les fiancés de l'été. C'était juste avant le début de la guerre. Comme ça me paraît loin !

— Comment pourrais-je l'oublier, maman ? s'attrista Ariane. Mais il ne sert à rien de regretter le passé. Ça nous fait plus de mal que de bien.

Thérèse n'insista pas. L'essentiel à ses yeux n'était-il pas désormais l'avenir de sa petite-fille ?

— Eux aussi, nous les appellerons les fiancés de l'été. Ça leur va si bien. Ils sont si jeunes, si adorables, tous les deux !

Thérèse était la plus émue de tous à l'idée que sa petite-fille nage dans le bonheur.

— Je te demande une chose, l'arrêta Ariane.

— Laquelle ?

— Ne raconte jamais à papa que Sami est juif par sa mère. Il l'ignore. Que cela reste entre nous.

— Tranquillise-toi, je ne lui ai rien dit. Mais pourquoi tant de cachotteries ?

Ariane hésita à dévoiler sa pensée. Elle n'aimait pas juger les autres, encore moins son père.

— Souviens-toi des propos de papa contre les Juifs, pendant la guerre. Et de son soutien au maréchal Pétain. Moi, je n'ai pas oublié, même si, ensuite, il a changé d'avis.

— Ce sont des histoires anciennes !

— Il subsiste encore chez lui un fond de méfiance envers les Juifs, pour ne pas dire d'antisémitisme. Mieux vaut ne pas réveiller ses vieux démons.

Thérèse promit toute sa discrétion.

À la rentrée d'automne, Sami ne rechigna pas à poursuivre sa médecine. Après l'année de concours, qui était en réalité une manière d'éliminer le plus de candidats possible, il aborda réellement le cœur de la discipline. Et ce fut pour lui une grande découverte.

Jacques l'avait prévenu :

— Quand tu étudieras les maladies et les moyens d'y remédier, comment établir un diagnostic et suivre l'évolution des patients, je suis certain que tu te passionneras, comme moi au début de mes études.

Emma de son côté s'était également inscrite en première année de médecine, dans les traces de Sami. Ils se croisaient parfois entre deux cours, dans les couloirs de la faculté qui avait accueilli en leur époque Nostradamus, François Rabelais et Guillaume Rondelet. Ils se retrouvaient chaque fin de journée devant les portes de l'établissement, au cœur du vieux Montpellier, et regagnaient le studio qu'ils louaient rue Diderot, près de la tour de la Babote, dans un vieil immeuble de l'Écusson. Leurs parents avaient consenti, après mûre réflexion, à leur permettre de partager le même toit.

— De toute façon, avait plaidé Clémence, nous ne pouvons pas leur interdire de vivre ensemble. Ils ne s'en priveront pas… dans notre dos.

Ariane avait émis des réserves à autoriser sa fille à cohabiter avec Sami. Mais elle avait fini par se laisser convaincre, songeant qu'elle n'aurait pas hésité à agir de la même manière si Raphaël le lui avait demandé.

— Décidément, Emma me fait beaucoup penser à toi, lui rappelait Thérèse, complice de sa petite-fille.

Les deux jeunes gens filaient le parfait amour. Le soir, ils approfondissaient leurs cours, assis face à face à la table de la salle à manger. Ils se contentaient d'un maigre repas et veillaient jusqu'à tard dans la nuit.

Ils évitaient d'évoquer le jour de leurs fiançailles qui approchait, pour rester concentrés sur leur travail. Mais ils succombaient parfois.

— J'ai dix-huit ans à présent, se réjouissait Emma. Tu n'as pas oublié ce que cela signifie ?

— Comment veux-tu que je l'oublie ? Tu ne cesses d'en parler !

— L'été prochain, après nos examens, on se lie pour la vie. Tu es toujours d'accord ?

— Pourquoi cette question ? Tu doutes de moi ?

Emma sentait un peu d'hésitation chez Sami.

En réalité, Sami souffrait de certaines remarques à propos de son origine. Si la majorité de ses camarades de faculté ne s'en préoccupaient guère, un petit nombre se complaisait en sa présence à des allusions désobligeantes, souvent même à caractère raciste.

— Laisse-les médire, lui conseillait Emma. Ils ne valent pas la peine qu'on s'intéresse à eux.

Depuis deux ans, la création de l'OLP, l'Organisation de libération de la Palestine, déchaînait les passions entre les partisans et les adversaires de l'État d'Israël. Sami, qui avait suivi avec émotion l'évolution des événements, ne cachait pas sa sympathie pour l'État hébreu, mais se méfiait des excès des plus belliqueux. À droite comme à gauche, les éléments extrémistes qu'il rencontrait ne cessaient de le juger, les uns le traitant de sioniste antiarabe, les autres de traître propalestinien.

Quand approchèrent les examens, ils se plongèrent dans les révisions. Emma ne se sentait pas sûre d'elle. À ses yeux, cette première année rebutait les étudiants, exigeant d'eux d'apprendre par cœur des notions souvent sans rapport avec la médecine.

— Qu'a-t-on besoin d'ingurgiter de la physique, voire de la chimie, pour comprendre le corps humain et soigner les maladies ? s'insurgeait-elle.

— Ce n'est qu'une étape à franchir, l'encourageait Sami. Après, tu attaqueras vraiment la médecine. Ne baisse pas les bras.

Sami se sentait plus à l'aise que l'année précédente à la même époque. Sa deuxième année se clôturait sur un simple examen. En revanche, Emma devait réussir un concours. Ce qui nécessitait d'être parmi les mieux classés.

— Je n'y arriverai jamais, explosait-elle. J'ai l'impression d'être une oie qu'on gave de savoirs inutiles.

Sami avait confiance dans les capacités d'Emma. Elle faisait partie des meilleurs de sa promotion.

— Si toi tu n'y arrives pas, personne n'y arrivera.

Les épreuves terminées, ils s'accordèrent quelques jours de repos et allèrent se détendre au bord de la mer, à Palavas. Il régnait déjà une chaleur estivale et les premiers touristes avaient envahi les plages. Ils avaient prévenu leurs parents qu'ils souhaitaient demeurer seuls pour effacer le stress de leur année studieuse.

Ariane s'en inquiéta. Elle s'imagina que sa fille s'était disputée avec Sami et qu'elle n'osait pas revenir.

Clémence la rassura.

— Il n'y a rien d'anormal. Ils désirent juste profiter jusqu'au dernier moment de leur intimité, le temps d'obtenir leurs résultats.

Quelques jours plus tard, sans avertissement, Sami et Emma débarquèrent au Joncas.

— Maman, je suis admise en deuxième année ! exulta Emma. J'ai réussi mon concours. Et Sami passe en troisième année. Nous pouvons nous fiancer à présent. Dans huit jours, c'est l'été.

Ariane sauta au cou de sa fille, puis tomba dans les bras de Sami.

— Il faut prévenir tes parents. Ils seront tellement heureux de cette bonne nouvelle.

*

Il ne leur fallut pas trop d'une semaine pour préparer les fiançailles de leurs enfants.

L'été s'annonçait joyeusement. Le ciel se drapait des couleurs du rêve. Emma et Sami avaient tellement attendu ce jour.

Ariane et Clémence avaient réfléchi aux moindres détails. Comme pour ses propres fiançailles, Ariane proposa que le repas de fête se déroule aux Abarines.

— Le parc est ombragé et à l'écart, soutint-elle. Nous y serons à l'abri des curieux. Le Joncas n'est pas assez joli pour une telle fête. Et je ne veux pas vous demander de l'organiser aux Taillades. Vous êtes très occupés tous les deux. Moi, je peux me libérer et ma mère s'y attellera avec plaisir. Ça lui rappellera de bons souvenirs.

Clémence accepta volontiers, les Abarines étant, à ses yeux, bien plus agréables pour un tel événement.

Depuis l'année où Ariane s'était fiancée avec Raphaël, l'endroit était resté tout aussi romantique, avec ses saules majestueux dont les frondaisons s'abreuvaient aux eaux claires et fraîches d'un petit étang. Les pelouses du parc étaient parfaitement entretenues. Charles mettait un point d'honneur à ce que tous les parterres de fleurs soient nettoyés de leurs herbes folles et à ce que les arbres soient débarrassés de leurs branches mortes. Il engageait à l'année un jardinier qui venait tous les jours.

Comme pour sa fille, Thérèse recommanda d'installer les tables à l'extérieur, juste devant l'escalier d'entrée.

— Ce sera plus commode pour le service. Et les saules nous protégeront du soleil, se souvenait-elle d'avoir suggéré à l'époque.

Durant toute la semaine, Sami et Emma furent peu présents, savourant dans la discrétion l'arrivée du grand jour, celui où, officiellement, ils se promettraient l'un à l'autre. Ils en profitèrent pour partir à la découverte des endroits de la région qui leur étaient encore inconnus : les sites ruiniformes de Montpellier-le-Vieux et de Nîmes-le-Vieux, la bergerie de Hures-la-Parade sur le causse Méjean. Ils s'aventurèrent même dans les gorges du Tarn et descendirent la rivière en canoë. Sami avait obtenu son permis de conduire et empruntait la Simca 1000 de Clémence pour leurs escapades.

Le jour des fiançailles fut fixé au 20 juin, la veille de l'été qui, cette année, tombait un lundi.

— À un jour près, vous ne nous en voudrez pas ! plaida Ariane devant Emma et Sami. Le dimanche est préférable. Et puis, il faut penser à ta grand-mère qui aimerait célébrer l'événement à l'église pour lui donner un caractère plus solennel. De plus, ce sera la fête des Pères !

Emma ne broncha pas. Regarda Sami, l'air dubitatif.

— J'ai dit quelque chose qu'il ne fallait pas ? s'inquiéta Ariane.

— Les parents de Sami ne sont pas très portés sur la religion. De plus, Sami est juif, tu sembles l'ignorer.

— Juif, certes, par ma mère, releva le futur fiancé. Mais je n'ai pas épousé le judaïsme pour autant. D'ailleurs, je n'ai aucune prédilection pour une croyance ou une autre. Mes parents sont athées. Personnellement, je ne suis pas hostile à ce que nous allions à l'église, si c'est pour satisfaire ta grand-mère.

Jacques et Clémence acceptèrent sans hésitation.

Tous se retrouvèrent devant le curé de la paroisse en ce dimanche matin. Thérèse, qui recevait toujours le prêtre à sa table, fut rassurée.

— Paris vaut bien une messe ! plaisanta Charles en aparté devant Jacques.

La fête battait son plein. Les nombreux convives s'étaient installés aux places prévues d'un commun accord entre Ariane et Clémence. Thérèse avait proposé d'inviter quelques voisins en plus de leurs amis.

— On ne se voit pas souvent, ce sera l'occasion de renforcer nos liens.

Ariane ne s'y était pas opposée. Elle avait même accepté la présence du vieux Félicien dont la solitude la peinait. Mais il refusa de participer à la fête, sous prétexte qu'à son âge son cœur se fatiguait vite. Ariane n'insista pas. En revanche, sans que Jacques ait eu besoin de le lui demander, elle n'envoya pas d'invitation aux Lapierre. C'était pour elle une évidence. Elle ne pardonnait toujours pas à Robert d'être venu arrêter son père en 1944. Au reste, Charles ne lui avait plus jamais adressé la parole. Quant à Jacques, depuis qu'il l'avait surpris à proférer des insanités contre les Juifs en public, il se méfiait de lui et le tenait à l'écart.

Le repas dura plusieurs heures. Le vin et la chaleur aidant, les hommes commencèrent à se libérer des convenances. La plupart avaient ôté leur cravate et déboutonné le col de leur chemise. Les femmes bavardaient entre elles, envisageant déjà le mariage des deux amoureux.

— Ils sont beaux comme des anges ! s'extasiait Thérèse. Emma ressemble tant à sa mère au même âge ! Et ce petit Sami, comme il est charmant ! Lui me rappelle Raphaël. Ils me ramènent des années en arrière.

La fête se poursuivit dans l'allégresse.

Les convives s'attardaient. L'atmosphère douce de la soirée attendrissait les cœurs. Des fragrances miellées de fleurs sauvages embaumaient les prairies voisines et se mêlaient aux parfums enivrants des jeunes filles. Emma et Sami étaient entourés de leurs amis étudiants. Ceux-ci donnaient le ton et créaient beaucoup d'ambiance. Les chanteurs à la mode passaient en boucle sur la chaîne stéréo mise à disposition par un camarade de promotion de Sami. On entendait de loin la musique et les filles reprendre en chœur les refrains de Sheila, de Claude François ou de Johnny Hallyday.

Sur le pas de sa porte, stoïque et l'œil vif, le vieux Félicien ronchonnait. Il tenait dans les mains le carton d'invitation qu'il avait reçu quelques jours plus tôt.

— Ça finira mal, c't'histoire, ne cessait-il de répéter en s'adressant à son chien. Ça finira mal !

22

Félicien ne dormait plus. Il ne cessait de penser à ce qui s'était déroulé aux Abarines, au début de l'été. Les fiançailles d'Emma Chaptal et de Sami Dufresne étaient à ses yeux une erreur irréparable.

Il avait horreur de se mêler des affaires des autres. Chacun n'avait qu'à balayer devant sa porte, pensait-il avec sagesse. Il se refusait à répandre les ragots. Et s'il était parfois obligé de les écouter, il veillait à ne pas les alimenter. Et Dieu sait pourtant s'il avait été bien placé pour être au courant de tout ce qui se tramait dans la commune ! Sa femme Simone était du genre à ne pas garder sa langue dans sa poche. Avec son amie Germaine Lapierre, elle se complaisait dans les racontars, et parvenait toujours à percer les plus intimes secrets. Mais Félicien ne lui répondait jamais, se contentant d'engranger sans commentaires.

Mais, cette fois, il bouillait de se taire.

Depuis le retour d'Ariane Chaptal, il était sur ses gardes. Il se demandait pour quelle raison cette jeune femme était subitement revenue à Cazeneuve. Certes, lorsque la mère ou la fille passaient devant chez lui et lui adressaient la parole, il les écoutait, mais il n'éprouvait aucune envie de nourrir la conversation. Il ne portait pas spécialement les Chaptal dans son cœur de vieux paysan. Il considérait Charles comme un hobereau, fier et méprisant, qui n'avait aucun égard pour les habitants du village où son père avait établi son usine. Des gens de la ville, qui ne comprenaient rien à la mentalité de ceux des campagnes et se permettaient de donner des leçons. Simone l'avait tenu au courant de ce qu'elle avait aperçu aux Abarines pendant l'Occupation, quand elle y travaillait comme cuisinière. La fille Chaptal entretenait de longues discussions avec l'officier allemand qui y logeait avec sa troupe. Aussi lors de son arrestation par les FFI, avec Robert Lapierre à la tête du petit commando, Félicien ne fut pas surpris d'apprendre ce qu'on lui reprochait. En outre, à l'époque, il avait été le premier à condamner Charles Chaptal d'avoir accepté de collaborer avec les Allemands.

Le retour d'Ariane ne lui semblait donc pas de bon augure. Il était convaincu que la jeune femme était revenue régler ses comptes. Elle cherchait sans doute qui l'avait dénoncée, était-il persuadé.

Les Dufresne lui inspiraient également beaucoup de méfiance. Si Jacques se montrait très avenant avec lui, lui enjoignant toujours de ne pas se gêner pour l'appeler en cas de nécessité, il se tenait néanmoins à distance. Simone, encore elle, lui avait rapporté ce qu'il lui avait proposé à la fin de la guerre. Il connaissait donc la triste histoire d'Aliza et de son enfant. Cet enfant… qu'ils avaient vite dissimulé en quittant la région sans crier gare… cet enfant… le jeune Sami !

Alors, le retour de Jacques Dufresne était-il lui aussi motivé par le même désir que celui d'Ariane Chaptal ? Souhaitait-il éclaircir les dessous de cette tragédie et se venger de celui qui aurait dénoncé sa défunte épouse ?

— Ah, comme tout cela sent mauvais ! se plaignait-il à son chien, son seul confident.

Ses soupçons sur les origines des deux fiancés de l'été le taraudaient. C'est pour cette raison qu'il avait refusé l'invitation d'Ariane Chaptal et prétexté que son cœur battait la breloque. Il ne supportait pas l'idée de se retrouver devant des gens aux arrière-pensées évidentes. Des gens qui avaient quelque chose à cacher.

Oui, c't'histoire finira mal, se disait-il, de plus en plus convaincu.

Alors, faisant appel à son courage, Félicien se décida à parler.

*

Il se rendit aux Abarines un dimanche après-midi. De son petit pas tranquille, il emprunta un raccourci à travers champs afin de ne croiser personne. Il ne souhaitait pas tomber sur les Lapierre ni sur les Dufresne, il tenait à rester discret. Sa seule crainte était de se retrouver en présence d'Ariane et de sa fille. Mais il les avait vues s'éloigner en voiture et espérait qu'elles soient allées se promener.

Effectivement, quand il sonna au portail de la demeure, Marie, la gouvernante, le rassura aussitôt.

— Ah, Félicien, ce n'est que vous ! J'avais cru un moment qu'Ariane avait oublié quelque chose.

— Elle n'est pas là ?

— Non. Elle est partie avec sa fille chez des amis. Il fait si beau en cette fin d'été. Avancez-vous donc. Je passe devant pour prévenir monsieur et madame Chaptal.

Marie Chabalier laissa Félicien en bas de l'escalier, puis, quelques instants plus tard, revenant vers lui, lui proposa de l'accompagner.

— Monsieur et madame vous attendent dans le salon. Voulez-vous que je vous aide à monter ?

— C'est bon, grogna Félicien. Je ne suis pas encore invalide !

Une fois sur la terrasse, il s'arrêta quelques secondes devant la porte pour reprendre haleine.

— Quand je vous disais que cet escalier est pénible ! insista Marie.

— C'est vous qui êtes pénible à considérer les autres plus handicapés qu'ils le sont !

Félicien et Marie Chabalier se connaissaient depuis leur tendre enfance, mais continuaient à se vouvoyer. Âgé de six ou sept ans de plus qu'elle, Félicien se souvenait très bien de cette fille fière, à l'air hautain, comme si elle provenait d'un milieu aisé. Pourtant Marie, fille unique du maréchal-ferrant du village, ne venait pas d'une famille très fortunée.

— Suivez-moi, je vous conduis jusqu'au salon.

Félicien regardait partout autour de lui. Il n'était jamais entré dans la demeure des Chaptal. Le luxe qu'il y découvrait le laissait pantois. Lui qui se contentait d'un logis modeste où l'eau courante et l'électricité n'avaient été installées qu'à la fin des années 1950, et qui ignorait ce qu'étaient une salle de bains et des toilettes séparées, il se sentit tout à coup mal à l'aise.

Il était sur le point de rebrousser chemin quand une voix féminine l'interpella.

— Avancez-vous, Félicien, ne soyez pas intimidé… Charles, viens accueillir notre voisin.

— Que nous vaut votre visite ? s'enquit immédiatement Charles en tendant la main au vieil homme. Il est rare que nous nous rencontrions ! Ah, les affaires ! À mon âge, il serait sage que je pense à prendre ma retraite.

Le mot « retraite » heurta Félicien.

— Il sera assez tôt d'y songer quand vous serez à deux doigts de la tombe, grommela-t-il.

Thérèse invita son hôte à s'asseoir dans le canapé et lui proposa une collation.

— Du thé, ça vous convient ? Marie nous l'a préparé.

— Du thé ! C'est comme la tisane ! C'est bon pour le soir, avant d'aller se coucher.

— Un café alors ?

— Si vous voulez… Mais je ne suis pas venu pour ça.

— Que pouvons-nous pour vous ? s'enquit vivement Charles, qui n'appréciait que modérément le vieil homme.

Félicien temporisait. Aller droit au but donnerait l'impression de tomber dans la médisance.

Il biaisa.

— Les fiançailles de votre petite-fille et du jeune Dufresne se sont bien passées ?

— Très bien, répondit Thérèse. C'est dommage que vous ayez refusé notre invitation. On vous aurait ramené chez vous quand vous l'auriez souhaité.

— Je n'aime pas ce genre de réjouissances. Dans ma jeunesse, j'ai trop souffert d'avoir perdu celle qui était l'amour de ma vie. Aussi, les fiançailles des autres, ça me rend triste.

— Votre fiancée est morte ?

— Non, elle ne m'a pas attendu alors que j'étais encore au front. C'était pendant la Grande Guerre. Ça ne date pas d'hier.

Thérèse se tut.

Charles, qui avait horreur des épanchements, le pressa :

— Je suppose que ce n'est pas pour nous raconter votre vie que vous désiriez nous voir !

— Charles ! Ne précipite pas monsieur Bastide ! s'offusqua Thérèse avant de s'adresser à Félicien : Prenez votre temps. Nous n'avons rien de prévu cet après-midi. Et notre fille ne nous dérangera pas. Elle est absente jusqu'à ce soir.

— Cela vaut mieux, répliqua Félicien. Pour ce que j'ai à vous dire.

Thérèse s'étonna de sa remarque.

— Il s'agit de ma fille ? s'inquiéta-t-elle. Qu'avez-vous à lui reprocher ?

— Je vous préviens tout de suite, intervint Charles agacé par la tournure de la conversation, si vous avez l'intention de critiquer notre fille sous notre toit, je vous reconduis immédiatement jusqu'au portail.

— Il ne s'agit pas de votre fille… enfin, pas directement. Mais de votre petite-fille.

— Emma ! réagit aussitôt Thérèse.

— Oui, de votre petite-fille et de son fiancé, le petit Dufresne.

— Parlez donc, le coupa Charles. Je déteste les sous-entendus.

Félicien ôta sa casquette, la tritura dans ses mains comme chaque fois qu'il hésitait à ouvrir ses pensées.

— Je n'aime pas me mêler des affaires des autres, amorça-t-il. Mais leurs fiançailles… fallait pas !

— Mais comment osez-vous ! s'insurgea Charles, prêt à renvoyer le vieil homme.

— Une union entre votre petite-fille et le fils Dufresne…

— Le fils Dufresne s'appelle Sami, et c'est un garçon plus qu'honorable !

— Une union entre votre petite-fille et ce jeune Sami est impossible, insista Félicien. Impossible !

— Je ne vous permets pas ! vociféra Charles qui laissait éclater sa colère. Dehors, ouste, dehors ! Vous n'avez plus rien à faire chez nous.

— Charles ! tempéra Thérèse. Je crois que monsieur Bastide nous doit une explication. Poursuivez, Félicien, je vous prie. Éclairez-nous.

Félicien baissa le regard, comme gêné par ce qu'il s'apprêtait à révéler.

— Quand vous saurez qui est ce Sami, vous comprendrez.

Un bref silence interrompit ses confidences.

Thérèse et Charles étaient suspendus à ses lèvres.

— Sami est l'enfant d'un Boche, avoua-t-il enfin. De cet Allemand qui logeait chez vous pendant la guerre. C'est ma femme Simone qui l'a mis au monde. Elle m'a tout raconté.

Les deux Chaptal, médusés, fixaient Félicien comme une bête curieuse.

Thérèse servit le café pour faire diversion.

— Vous mentez ! explosa enfin Charles. Vous colportez des ragots, comme certains ne s'en sont pas privés après la Libération.

— Ce ne sont pas des ragots, mais la pure vérité. Et sa mère était juive. C'est d'ailleurs à cause de cela que le Boche a abusé d'elle.

Thérèse ne parvenait plus à retenir ses larmes.

— Je savais qu'Aliza était juive, reconnut-elle. Mais pas que son enfant avait pour père ce... ce...

— Tu savais que la femme de Jacques Dufresne était juive ! Et tu ne m'en as pas parlé ! s'époumona Charles.

— J'avais promis à Ariane.

Charles s'assit dans un fauteuil, semblant reconsidérer les faits avec plus de calme.

— L'enfant d'un Boche ! marmonna-t-il entre ses dents. Et d'une Juive !

Son teint devint blafard. Il se frotta les yeux comme pour se sortir d'un mauvais rêve.

— Ça ne se peut pas ! s'écria-t-il tout à coup. Ça ne se peut pas !

Thérèse crut que son mari refusait la thèse soutenue par Félicien. Elle en fut soulagée.

— Sami est juif par sa mère, effectivement, releva-t-elle. C'est la vérité. Mais enfant d'un Allemand, ça, c'est tout simplement de la médisance, comme ce que racontaient les enfants de l'école à l'époque où ils fréquentaient la communale. Vous traînez Jacques dans la boue !

— Si ma pauvre femme était encore vivante, dit Félicien, elle confirmerait mes dires. Aliza Dufresne a été obligée de se donner à cet Allemand pour avoir la vie sauve. Sinon il l'aurait arrêtée et envoyée à Auschwitz.

— Qui l'a dénoncée ? s'étonna Thérèse.

— Oh, ça, je l'ignore. Et personne sans doute ne viendra nous le rapporter.

Charles paraissait bouleversé.

— Enfant de Boche ou non, peu importe, mais Juif, ça, ce n'est pas possible !

— Qu'est-ce qui n'est pas possible ? s'enquit Thérèse, craintive.

— Qu'Emma épouse un Juif.

À nouveau le silence s'abattit dans le salon. Thérèse se souvenait de la mise en garde d'Ariane à propos de son père. « Il subsiste encore chez lui un fond de méfiance envers les Juifs, pour ne pas dire d'antisémitisme. Mieux vaut ne pas réveiller ses vieux démons. »

— Cet Allemand ne s'est d'ailleurs pas contenté de cette Aliza Dufresne, poursuivit Félicien, énigmatique. Il devait avoir un beau tableau de chasse à son actif !

Cette fois, c'en était trop. Charles sentait que la conversation dégénérait. Félicien ne faisait-il pas allusion à l'histoire de sa propre fille ? Peu de personnes étaient au courant de ce qu'Ariane avait accepté d'endurer par amour pour Raphaël ! Mais ce Félicien, décidément, en savait beaucoup trop.

Il écourta l'entrevue.

— Je ne vous retiens plus. Ce que vous nous avez appris, je n'en ai cure. Ce ne sont que mensonges et compagnie ! Je vous somme de vous en aller, à présent.

Félicien s'extirpa du canapé. Et, sans un regard pour ses hôtes, fila vers la porte de sortie.

— Moi, pour ce que j'en avais à vous dire, ronchonna-t-il, je vous aurai prévenus !

*

Plus il réfléchissait aux propos de Félicien, plus Charles était gagné par le doute.

Et si le vieux grognon ne se trompait pas ! se demandait-il quand il se retrouvait seul, confronté à ses mauvaises pensées. Si cette Aliza Dufresne était bien juive, cela éclaircirait bien des choses : sa présence très discrète aux Taillades pendant la guerre, le comportement secret de Jacques, leur disparition subite… Et le retour de ce dernier des années après, accompagné d'une autre femme qui n'était pas la mère de Sami !

Le retour de Jacques… le retour d'Ariane ! Les deux faits devenaient tout à coup plus clairs. Plus il se voilait la face, plus l'évidence lui sautait aux yeux. Aliza et Sami, Ariane et Emma ! Entre les deux femmes, le même homme… ce Kurt Hensler… cet officier de la Wehrmacht qu'il avait été contraint d'abriter sous son toit… le responsable de tous ses ennuis… ce Boche qui avait abusé de sa fille ! Oui, tout était subitement lumineux.

Voilà pourquoi Félicien Bastide était venu le prévenir ! Lui connaissait la vérité, par sa femme qui était aux premières loges. Cette Simone qui travaillait dans ses cuisines et avait vu Ariane en grande conversation avec l'Allemand.

Alors, Emma ne serait-elle pas aussi… ? Non, impossible !

Son imagination le rendait fou. Il ne parvenait pas à chasser de son esprit l'horrible pensée que sa petite-fille pût être également le fruit de cette liaison abjecte.

Après tout, ruminait-il, si Ariane avait menti sur l'âge de sa fille, tout était envisageable.

Il ne dissimula pas longtemps ses soupçons. Thérèse, le trouvant particulièrement bouleversé depuis la visite de Félicien, s'inquiéta de son état.

— Si tu es malade, allons consulter Jacques Dufresne, lui proposa-t-elle.

— Ah, pas question ! Surtout pas lui. De plus, je ne suis pas malade.

— Qu'est-ce qui ne va pas ?

Charles hésitait, mais au fond de lui se réveillaient toutes les rancœurs du passé.

Alors il parla sans détour, exposant ses craintes, dévoilant les doutes que Félicien lui avait ancrés dans l'esprit.

Thérèse fut sidérée.

— Ça n'a pas de sens ! lui objecta-t-elle, écœurée.

— Au contraire. Plus je réfléchis, plus les choses maintenant me paraissent évidentes.

— Ta fille n'était pas enceinte à la fin de la guerre !

— Elle cachait sans doute bien son état. Souviens-toi, lorsqu'elle est restée cloîtrée aux Abarines à ma demande après les faits, elle ne mangeait plus, n'avait plus goût à rien, dépérissait à vue d'œil… Elle était peut-être en plein déni de grossesse. Puis, après son arrestation, pourquoi a-t-elle disparu sans nous envoyer des nouvelles pendant des années ?

— Elle se sentait humiliée.

— Humiliée ! Probablement, mais surtout honteuse de ne plus pouvoir nier sa grossesse.

— C'est impossible. Emma est beaucoup plus jeune.

— Comme pour Sami, à un ou deux ans près, on ne peut pas savoir !

Thérèse était toute retournée. Le doute commençait aussi à germer en elle.

— Dans cette hypothèse, Emma et Sami auraient le même père… cet abominable Allemand !

— Ce qui justifierait la mise en garde du vieux Félicien. Lui était au courant par sa pipelette de femme.

Thérèse demeurait abasourdie.

Ce soir-là, une chape de plomb s'abattit sur les Abarines.

23

Thérèse souffrait. Garder pour elle de telles insinuations la rendait folle. Folle de désespoir et d'inquiétude.

— Comment réagira Ariane ? geignait-elle devant son mari, tout aussi accablé. Si ce Félicien dit la vérité, il lui revient, à elle seule, de parler à Emma.

Charles ne considérait pas la situation de la même manière. Car ce qui le perturbait le plus était l'identité du père de sa petite-fille.

Thérèse, quant à elle, s'efforçait de convaincre son mari qu'il faisait erreur.

— Tu divagues. La colère l'emporte sur ta raison. Ariane n'a pas eu d'enfant avec cet Allemand.

Mais Charles n'en démordait pas, persuadé de son bon droit, celui de chef de famille, garant de son intégrité.

— Cette union est impossible, car contre nature.

— Et si nous nous trompions ? Félicien n'est

qu'un vieil homme qui n'a plus toute sa tête. Il rapporte des paroles datant de plus de vingt ans.

— Peut-on courir le risque ? Non ! Je vais m'entretenir avec Ariane. De toute façon, il n'est pas question que notre petite-fille continue à fréquenter ce Sami Dufresne. Quel que soit son père.

Le lendemain de cette conversation avec sa femme, sitôt Ariane arrivée à l'usine, il lui demanda de le rejoindre dans son bureau, toutes affaires cessantes. Ariane redoutait ces mises en demeure auxquelles Charles était habitué avec son personnel.

— Des soucis avec la nouvelle collection ? s'enquit-elle aussitôt.

Charles arborait une mine sévère. Ariane retrouva soudain le père qu'elle avait fui dans sa jeunesse, le père autoritaire, aveugle, sans concession. Elle devina que son travail n'était pas seul en cause.

— Je n'irai pas par quatre chemins, déclara-t-il. Il faut casser les fiançailles d'Emma et de Sami Dufresne. Immédiatement.

Ariane s'attendait à tout, mais pas à ce qu'il soit question de sa fille.

— Mais de quel droit ! s'insurgea-t-elle.

Charles s'abstint de parler du père présumé d'Emma. Ce qu'il avait à révéler sur celui de Sami suffisait.

En quelques mots bien choisis, il exposa les raisons de son injonction.

Pendant quelques secondes, Ariane, stupéfaite, demeura sans voix.

Puis se reprenant :

— Sami serait ainsi le fruit des exactions de Kurt Hensler !

— Il n'y a aucun doute. Tout corrobore cette triste vérité. Sa mère était juive…

— Jacques me l'avait avoué. Pour moi, ça ne changeait rien.

— Pour moi, ça change tout ! Ma petite-fille n'épousera pas un Juif !

— Tu ne changeras donc jamais !

— Quoi qu'il en soit, l'enfant d'un Boche en plus… non, c'est totalement exclu ! Quant à Emma…

Charles s'interrompit.

— Qu'as-tu à lui reprocher ?

— Rien. On en reparlera plus tard.

Effondrée, Ariane quitta l'usine, laissant en plan son travail.

Dans les jours qui suivirent, elle ne trouva plus le sommeil, très perturbée par les révélations de son père. Plus elle réfléchissait, plus le doute s'insinuait en elle. Ce qu'elle cherchait depuis son retour aux Abarines prenait soudain l'apparence d'une évidence.

Pour s'en convaincre, elle ouvrit un carnet de notes et y écrivit tout ce qui lui venait à l'esprit, afin de n'omettre aucun détail.

Kurt Hensler m'a abusée. Il a aussi abusé d'Aliza. Celle-ci serait tombée enceinte. Sami ne serait donc pas le fils de Jacques… à vérifier ! Jacques m'a expliqué que sa femme avait été harcelée par Robert Lapierre, à qui il l'avait confiée, après lui avoir révélé qu'elle était juive. Fait auquel il n'avait pas prêté une grande importance, Robert était éméché et n'avait pas conscience de ce qu'il faisait… Ce même Robert Lapierre qui était présent à la tête des FFI venus arrêter papa puis moi quelques jours après ! Robert Lapierre encore, qui avait un différend avec les Chaptal à cause d'une limite de propriété. Vengeance de sa part, c'est évident ! Vengeance ! Ne se serait-il pas aussi vengé d'avoir été repoussé par Aliza ? Serait-il donc le dénonciateur ? Celui qui aurait révélé aux Allemands qu'une Juive se cachait aux Taillades et aux autorités de libération que papa collaborait et que je couchais avec un Allemand ? Robert Lapierre, le traître, au courant de tout par sa femme et par les racontars de Simone, son amie !

Tout paraissait si limpide. Il n'y avait plus de doute possible. Le coupable était Robert Lapierre ! Le responsable de tous ses malheurs et de ceux des Dufresne. Aliza serait-elle morte de chagrin après avoir donné naissance à Sami ?

Elle ne pouvait garder cela pour elle. Elle courut voir Jacques à son cabinet.

— Je ne suis pas malade, le prévint-elle sans ambages. J'ai à vous parler.

— Encore ! sourit Jacques. Ça devient une habitude. Mais vous tombez bien, je viens de terminer avec mon dernier patient.

Il la conduisit dans sa salle d'auscultation, ferma la porte à clé derrière lui.

— La femme de ménage pourrait nous déranger, prétexta-t-il. Alors, qu'est-ce qui vous amène cette fois ?

Et Ariane de lui exposer le fruit de sa réflexion consécutive aux révélations de son père.

Jacques parut à son tour sidéré. Puis, ce fut de l'embarras qu'Ariane perçut sur son visage.

Il ne releva pas les insinuations de Félicien sur sa paternité. Il confirma seulement :

— Aliza en effet a été violentée par cet officier allemand en mon absence. Il la menaçait de la déportation… Donc, Robert Lapierre serait le coupable ! Remarquez, je l'avais deviné depuis longtemps. Mais sans preuve à l'appui, je ne tenais pas à remuer cette vieille histoire. Je ne souhaitais pas qu'elle arrive aux oreilles de Sami.

— N'était-ce pas ce que vous aussi étiez venu chercher en revenant aux Taillades ?

— Non… pas du tout !

Devant le désarroi de son ami, Ariane n'insista pas.

— Et maintenant, poursuivit Jacques, que décidons-nous ? Il est un peu tard pour le dénoncer à la police. De toute façon, les faits de délation pendant la guerre n'intéressent plus les autorités de notre pays. C'est affaire classée.

— Je dois réfléchir, répondit Ariane. En tout cas, dans l'immédiat, gardons nos enfants en dehors de tout cela. Qu'ils ne soient pas les victimes de notre passé !

*

Charles vivait avec ce poids sur la conscience depuis maintenant trois mois. Il se taisait, mais son entourage percevait son profond malaise.

Emma ayant repris ses études à Montpellier, il se passait parfois plusieurs semaines sans qu'elle revienne. Il bouillait de rage à l'idée qu'elle continuât à partager sa vie avec Sami. Seule Thérèse assistait à ses colères incontrôlées, de plus en plus fréquentes. Car il évitait Ariane, même au travail, afin de ne pas être contraint de lui rappeler ses responsabilités.

Un soir qu'Emma, de retour au Joncas pour les vacances de Noël, était venue aux Abarines, n'y tenant plus, il lui annonça, l'air grave :

— Suis-moi dans mon bureau, j'ai une chose très importante à te dire.

Emma s'alarma du ton cassant de son grand-père : il avait des griefs à lui adresser.

— Assieds-toi et écoute-moi, poursuivit-il sans lui laisser le temps de s'exprimer.

Emma obtempéra. Se rembrunit.

— Tu dois immédiatement cesser ta relation

avec Sami, ordonna Charles. Une union entre vous deux n'est absolument pas envisageable.

Emma demeura pétrifiée.

— Pourquoi donc ? Tu as quelque chose à lui reprocher ?

— Ce garçon n'entrera jamais dans notre famille.

— Mais nous sommes fiancés ! Tu étais le premier à te réjouir et tu nous avais donné ta bénédiction. Je ne comprends pas très bien !

Charles s'approcha d'Emma. La regarda droit dans les yeux. Déclara :

— Sami est juif par sa mère et, en plus, son père est un Allemand, celui qui s'est installé aux Abarines pendant la guerre.

— Mais, papi, comment peux-tu prêter l'oreille à de tels ragots ? Je croyais que tout cela était de l'histoire ancienne. Je n'en avais plus entendu parler depuis l'école primaire !

— C'est hélas la stricte vérité, ma petite-fille. Demande à ta mère, elle est au courant.

Selon la promesse faite à sa femme, Charles ne dévoila pas à Emma ses soupçons sur son propre père. Mais ce qu'il venait de lui dire suffit à atterrer la jeune femme, qui n'aurait jamais pensé que son grand-père pouvait se comporter de cette manière.

— Tu souhaitais que Sami fasse son apprentissage dans ton usine pour relayer maman ! s'étonna-t-elle. C'est parce qu'il a changé d'avis et qu'il poursuit ses études de médecine que tu ne veux plus de ce mariage ?

— Tu persistes à ne rien entendre, décidément ! Je ne veux pas de Sami dans notre famille parce qu'il ne saurait être question d'y admettre un enfant de la honte, juif qui plus est !

Emma sentait la colère monter en elle.

— Maman m'avait prévenue : tu n'es qu'un sale antisémite ! Je te retrouve comme tu étais à notre arrivée.

Emma quitta précipitamment les Abarines, sans même un au revoir à sa grand-mère.

— Tu n'y as pas mis les formes, à ce que je vois ! maugréa Thérèse. Cette petite est maintenant bouleversée.

— Comment voulais-tu que je le lui apprenne ? Je n'ai fait que mon devoir de chef de famille, puisque personne ici ne prend ses responsabilités.

Lorsque Emma rentra chez elle, Ariane, en plein bricolage en compagnie d'Émile, s'inquiéta de la voir en pleurs. Elle la rejoignit dans sa chambre, devinant ce qui s'était passé.

— Ton grand-père t'a parlé, n'est-ce pas ?

Anéantie, Emma ne répondit pas.

— Je vais lui dire deux mots, à ton grand-père. Il va m'entendre ! Ne prête pas attention à ce qu'il a insinué. De toute façon, seule compte mon opinion, pas la sienne. Et moi, je ne t'interdis pas de fréquenter Sami. Il n'est en rien responsable de ce qui est arrivé à sa mère. Quant au fait qu'il soit juif, ce n'est aucunement pour moi un motif pour le rejeter, au contraire !

Ariane se précipita chez ses parents. Elle découvrit sa mère effondrée. Thérèse ne supportait plus l'attitude de son mari. Et savoir sa petite-fille malheureuse lui était intenable.

Charles n'était pas retourné à l'usine. Ariane le trouva assis dans le canapé du salon. Sans même le saluer, elle s'écria :

— Qu'as-tu encore dit à Emma pour la mettre dans tous ses états ?

Charles se leva et, regardant sa fille bien en face, lui déclara :

— La vérité, la pure vérité. Et je ne transigerai pas.

— Tu vas t'excuser auprès d'elle. Tu m'as fait suffisamment souffrir quand j'étais jeune pour ne pas recommencer avec ma fille. Je ne supporte plus ton autoritarisme et tes idées réactionnaires. Je pensais que tu t'étais amendé, que tu n'étais plus l'homme qui m'avait condamnée sans appel. Eh bien, je me suis trompée !

Ariane laissait sa colère s'exprimer sans retenue. Derrière elle, Thérèse assistait à la scène, les yeux remplis de larmes.

— Charles ! essaya-t-elle d'intervenir.

— Tais-toi ! la rabroua celui-ci. Je t'interdis de donner raison à ta fille. Elle a perdu tout sens de la morale.

Ne souhaitant pas prolonger cette dispute, Ariane prit sa mère dans ses bras et lui glissa à l'oreille :

— Appelle-moi quand il sera revenu à de meilleurs sentiments. Je ne désire pas rester ici plus longtemps. L'atmosphère y est devenue irrespirable.

— Ne t'inquiète pas, ma chérie, quand ton père se sera calmé, tout rentrera dans l'ordre.

Ariane s'apprêtait à repartir chez elle, quand Charles l'arrêta :

— J'ai autre chose à te signifier. Tu me contrediras peut-être, mais tu comprendras pourquoi une union entre Emma et Sami est impossible.

— J'en ai assez entendu pour aujourd'hui. Tu ne me verras plus pendant un certain temps à l'usine. Je prends des vacances. Ça me changera les idées. À mon retour, j'ose espérer que tu seras revenu sur ta position. Tu n'as qu'une petite-fille, ne la perds pas !

— Précisément, je veux la préserver d'une erreur fatale. D'une monstruosité.

Le mot était trop fort. Ariane réagit, exigeant à nouveau des explications.

— Que vas-tu encore inventer pour nuire à ta propre petite-fille ?

Charles hésita.

— Pourquoi n'es-tu pas rentrée à Florac après avoir été libérée ?

Ariane s'étonna.

— Quel rapport avec Sami et Emma ?

— Justement… un rapport… de paternité !

— Je ne saisis pas.

Charles, pourtant d'habitude très direct, louvoyait.

— Si l'on peut être sûr, maintenant, du père de Sami… peut-on l'être de celui d'Emma ?

La question tomba comme un couperet.

Ariane en fut suffoquée.

— Le père d'Emma ! Mais je croyais t'avoir expliqué. Au reste, qu'est-ce que mon ex-mari vient faire dans cette histoire ? Oui, c'est lui le père d'Emma. Hervé Latour.

— En es-tu certaine ? Nous as-tu dit toute la vérité à ce sujet ?

— Charles ! s'interposa Thérèse. Ça suffit !

Ariane ne comprenait pas où son père voulait en venir.

Ce dernier lui fit part alors de tous les doutes qui s'étaient insinués dans son esprit depuis la fameuse allégation de Félicien. Ariane en fut estomaquée.

— Tu deviens parano, mon pauvre papa ! s'écria-t-elle. Tu sous-entends que le père d'Emma est cet abominable Allemand qui a abusé de moi ! C'est absurde ! Comment oses-tu penser une telle horreur ?

— Ton attitude pourrait me donner raison.

— Emma est née après la guerre. J'étais déjà à Paris depuis longtemps. C'est idiot !

Charles n'insista pas. Mais il était parvenu à mettre sa fille hors d'elle-même.

*

Ariane partit à Paris passer les fêtes de fin d'année chez son amie Carole, une ancienne collègue. Elle avait besoin de s'éloigner. D'oublier. De réfléchir aussi sur ce qu'elle avait découvert afin d'envisager l'avenir en toute sérénité.

— Je ne sais pas si je reprendrai mon poste auprès de mon père, lui confia-t-elle.

Carole travaillait toujours chez Christian Dior comme styliste. Elle n'avait pas quitté la maison à la suite du décès du grand couturier.

— J'y ai mes habitudes, expliqua-t-elle à Ariane. Certes, depuis qu'Yves Saint Laurent en est devenu le maître, ce n'est plus tout à fait comme avant. Mais nous nous adaptons.

Ariane renoua rapidement avec l'atmosphère de Paris et tout ce qu'elle avait apprécié à l'époque où elle avait conquis Hervé Latour et Marguerite Carré, la première d'atelier.

— Tu n'as jamais regretté d'être partie ? lui demanda Carole un soir.

— Jusqu'à présent, non. Mais j'avoue que l'attitude de mon père à l'égard d'Emma m'a ramenée vingt ans en arrière. Je ne pensais pas être rattrapée par mon passé. D'ailleurs, mon père avait beaucoup changé, jusqu'au jour où ses vieux démons ont resurgi.

— Je n'ai jamais compris pourquoi tu es retournée chez toi, après ce que tu y avais vécu.

— Emma désirait connaître ses grands-parents.

— Tu n'avais pas plutôt l'intention d'éclaircir certains mystères ?

Ariane éluda la question.

— Non, ce n'était pas mon but. Je n'avais aucune idée derrière la tête en revenant sur les lieux du drame.

Le soir même, elle appela sa mère au téléphone pour avoir des nouvelles d'Emma. Celle-ci était repartie à Montpellier et vivait toujours sous le même toit que Sami. Elle en voulait à son grand-père, mais tenait sa grand-mère informée.

Thérèse rassura aussitôt sa fille. Elle s'apprêtait à raccrocher quand elle se reprit :

— J'oubliais : Robert Lapierre est mort. On l'a retrouvé en bas d'un pont, le crâne fracassé. Les gendarmes sont venus aux Abarines. Ils désirent te voir le plus vite possible.

24

Ariane écourta son séjour. Dans le train qui la ramenait à Cazeneuve, elle s'interrogea, soucieuse, sur la raison pour laquelle les gendarmes de Florac souhaitaient la voir.

Une fois chez elle, elle téléphona à sa mère pour la prévenir de son arrivée, refusant de se rendre aux Abarines et d'y croiser son père. Elle n'avait pas encore digéré l'altercation. Elle avait besoin de temps.

Thérèse ne s'inquiétait pas outre mesure de cette convocation à la gendarmerie. Elle n'avait rien d'officiel. Deux gendarmes étaient venus au Joncas, puis, ayant trouvé porte close, ils s'étaient adressés aux parents de l'intéressée.

— Ils m'ont seulement déclaré que c'était à propos de la mort de Robert Lapierre. Je leur ai expliqué que personne dans notre famille ne fréquentait ce monsieur. Ils m'ont rassurée. Il ne s'agit que d'une simple formalité.

Dès le lendemain matin, Ariane se rendit à la gendarmerie. Elle s'excusa immédiatement de ne pas être passée plus tôt.

— J'étais à Paris, se dédouana-t-elle. J'ai sauté dans le premier train dès que ma mère m'a appelée.

Le capitaine Dumazert, officier adjoint chargé de la police judiciaire, l'invita poliment à le suivre dans son bureau.

— Je vous en prie, asseyez-vous. Ça ne sera pas long.

— Je suis au courant de l'accident survenu à monsieur Lapierre, le devança Ariane. Ma mère m'a prévenue par téléphone.

Le capitaine ôta son képi, se frotta le menton, s'accouda à son bureau.

— Qui vous parle d'accident ? rectifia-t-il.

— J'ai cru comprendre…

— Gardons-nous de conclusions trop hâtives, chère madame, la coupa le gendarme. Pour l'instant, rien ne prouve qu'il s'agit d'un accident. Au point où nous en sommes, rien ne prouve non plus le contraire. Une enquête a été ouverte pour établir les circonstances exactes du décès de Robert Lapierre.

— Que puis-je pour vous dans cette affaire ? s'enquit Ariane avec calme. Ni moi ni mes parents ne fréquentions la famille Lapierre.

— Nous recherchons la dernière personne à avoir rencontré la victime. Nous interrogeons tous les voisins, ainsi que ses amis.

— Pour ma part, ce sera vite fait. Je vous le

répète, j'étais à Paris depuis huit jours. Je n'ai donc pas eu l'occasion de croiser monsieur Lapierre.

Derrière le capitaine, un jeune gendarme tapait à la machine, enregistrant les propos d'Ariane.

Le gradé plissa les paupières comme pour signifier sa perplexité.

— Madame Chaptal…

— Latour, rectifia Ariane. Je suis divorcée, mais j'ai conservé le nom de mon ancien mari. Pour ma fille, précisa-t-elle. À l'école, les enfants posent des questions. Je ne tenais pas à mettre ma fille dans l'embarras.

— Madame Latour, reprit le capitaine Dumazert, d'après le médecin légiste, la mort de monsieur Lapierre remonte à au moins deux semaines. Son corps n'a été découvert au pied du pont de l'Alzon que très tard, le lieu du drame est peu fréquenté. De plus, il était dissimulé sous un amas de branchages.

— Il est tombé du haut de ce pont ?

— Tombé, ça reste à prouver !

— Quelqu'un l'aurait…

— Poussé, oui. C'est une éventualité que nous n'écartons pas. À moins qu'il se soit…

— Suicidé ?

— C'est aussi une hypothèse à envisager.

Le capitaine se leva et se retourna vers son subordonné. Ce dernier lui tendit la feuille dactylographiée sortie de sa machine à écrire.

— Veuillez signer votre déposition, madame

Latour. Je vous le répète, ceci n'est qu'une simple formalité.

— Avez-vous déjà convoqué d'autres personnes susceptibles d'avoir été témoins de l'accident... enfin, de ce drame ?

— Plusieurs, effectivement, dont monsieur Dufresne.

— Jacques !

— Vous le connaissez ?

— C'est un voisin, et notre médecin de famille. Nos enfants sont fiancés.

— C'est ce qu'il nous a expliqué, en effet. Je souhaitais vous entendre le confirmer.

Ariane trouva étranges les paroles du capitaine.

— Je ne vous retiens pas plus longtemps. Demeurez à notre disposition. L'enquête commence à peine, conclut le capitaine Dumazert avant de la raccompagner jusqu'à la sortie.

Ariane rentra au Joncas, contrariée, et curieuse de savoir ce que Jacques avait raconté aux gendarmes.

Contrairement aux fois précédentes, elle alla le rencontrer chez lui, aux Taillades, mais n'y trouva que Clémence, revenue la première du cabinet médical.

— Jacques ne devrait pas tarder. Le vendredi soir, c'est assez calme.

Ariane attendit l'arrivée de Jacques pour exposer l'objet de sa visite. Clémence, croyant qu'elle venait prendre des nouvelles de leurs enfants après son séjour dans la capitale, se montrait rassurante.

Elle ignorait l'altercation d'Ariane et d'Emma avec Charles.

— Ils sont tellement sérieux tous les deux ! Bien qu'ils soient fiancés, ils ne pensent qu'à leurs études. Emma est un amour. Je suis si heureuse pour Sami ! Auprès de votre fille, il a vraiment trouvé un sens à sa vie. Nous avons craint un moment, Jacques et moi, qu'il soit tenté d'abandonner médecine. Il nous a entretenus de la proposition de votre père. Remarquez, nous ne nous y serions pas opposés. Mais j'avoue…

— Effectivement, la coupa Ariane, ce n'était pas une bonne idée. Mon père prend trop souvent ses désirs pour des réalités. Il a agi avec Sami comme il a toujours agi avec moi.

Clémence s'apprêtait à demander plus de précisions. Elle en fut empêchée par l'arrivée de Jacques.

Quand ce dernier aperçut Ariane, il sourit en s'avançant vers elle.

— Vous êtes en progrès ! se moqua-t-il gentiment. Aujourd'hui, vous n'êtes pas venue me voir dans le secret de mon cabinet !

Clémence s'étonna.

— Je t'expliquerai, la rassura Jacques.

— Vous vous faites des confidences dans mon dos ! plaisanta Clémence.

— Ça nous arrive. Mais nous n'avons rien à cacher, n'est-ce pas, Ariane ?

Celle-ci ne souriait pas. Jacques devina immédiatement son embarras.

— Je vous écoute. Quel est l'objet de votre visite, cette fois ?

— Il ne s'agit pas de nos enfants, rassurez-vous. Mais de Robert Lapierre.

Jacques ne parut pas surpris.

— Ah, je suis au courant ! Les gendarmes m'ont convoqué à Florac pour prendre ma déposition. Je suppose qu'ils vous ont aussi posé quelques questions.

Ariane raconta ce qu'elle avait appris de plus concernant la mort de leur voisin.

Jacques reconnut :

— Ils m'ont dit la même chose. Ne vous alarmez pas, ils n'accomplissent qu'un travail de routine. Dès qu'ils auront la certitude que c'est un accident, ils classeront l'affaire.

Ariane ne semblait pas tranquillisée.

— J'espère qu'ils ne vont pas nous ennuyer avec cette histoire. On a suffisamment de soucis avec nos enfants ! lâcha-t-elle.

Clémence consulta Jacques du regard.

Il lui signifia discrètement qu'il ne saisissait pas les allusions d'Ariane.

— Que se passe-t-il avec nos enfants ? demanda-t-il, dubitatif.

Ariane prit conscience qu'elle avait parlé sans réfléchir et ne pouvait plus esquiver.

— Mon père s'oppose à leur mariage, avoua-t-elle. Je suppose qu'Emma en a informé Sami.

— Sami ne nous a rien dit, reconnut Clémence.

— Quelle raison invoque votre père ? s'étonna Jacques.

Ariane ne souhaitait pas fournir tous les détails de sa dispute avec Charles.

— C'est uniquement parce que Sami est juif, se contenta-t-elle de répondre. Mon père ne s'est pas encore débarrassé de son vieux fond antisémite. Je croyais qu'il avait évolué. Je suis navrée. Mais, pour moi, ça ne change rien. Nos enfants sont fiancés, jusqu'à ce qu'ils se marient. À moins qu'eux-mêmes changent d'avis d'ici là !

— Vous vous êtes donc heurtée à votre père, si je vous suis bien, fit Clémence.

— Oh, ce n'est pas la première fois et ce ne sera sans doute pas la dernière !

Jacques paraissait soucieux.

— Pour en revenir à l'objet de votre visite, qu'est-ce qui vous chagrine dans l'attitude des gendarmes ? Ils vous ont posé des questions... embarrassantes ?

— J'ai eu l'impression que l'officier de gendarmerie ne m'a pas révélé le fond de sa pensée. C'est pourquoi je désirais vous voir. Pour savoir s'il s'est comporté avec vous comme avec moi.

Clémence jugea étranges les paroles d'Ariane, ainsi que la réaction de Jacques. Elle les sentait gênés. Lui dissimulaient-ils quelque chose ? Un lourd secret ?

Elle les observa discrètement. Réfléchit.

Pourquoi Ariane avait-elle consulté Jacques plusieurs fois à son cabinet ? Y aurait-il quelque chose entre eux ?

La suspicion gagnait peu à peu son esprit.

Elle se reprit. Se reprocha de douter de l'homme qu'elle aimait.

— Vous dînez avec nous, Ariane ? lui proposa-t-elle. Nous aurons ainsi l'occasion de parler de nos enfants. C'est un sujet de conversation plus intéressant que la mort de ce Robert Lapierre.

— D'autant que c'était un personnage peu fréquentable, releva Jacques.

— Après tout, il n'a récolté que ce qu'il méritait ! laissa échapper Ariane.

*

Charles n'en démordait pas. Il restait campé sur sa position, sourd aux supplications de Thérèse. Celle-ci rendait visite à sa fille au Joncas, Ariane refusant de venir aux Abarines.

— Quand papa redeviendra plus raisonnable, je reprendrai le travail et reviendrai à la maison, affirmait-elle avec détermination. Je ne vais pas encore m'enfuir et disparaître. Une fois m'a suffi. Ce n'est pas à moi de courber l'échine. S'il s'obstine à ne rien écouter, il se passera définitivement de mes services à l'usine et il n'entendra plus jamais parler de moi.

Thérèse subissait dans le chagrin le désaccord entre sa fille et son mari.

Pourtant, en dépit de tous ses principes et de son caractère d'inquisiteur, Charles souffrait au fond de lui de tenir ce rôle de Cassandre au sein de sa propre famille. Emma l'avait conquis. Elle était parvenue à fissurer son armure d'homme autoritaire, à l'attendrir. Aussi, pourquoi s'était-elle entichée de ce jeune Sami, sans doute l'unique garçon aux origines obscures de la région ?

Plus il y réfléchissait, plus il était convaincu qu'il ne lui fallait pas fléchir. Il y allait de l'avenir de sa petite-fille. Elle ne serait jamais heureuse en épousant un enfant de la honte… qui plus est son demi-frère ! était-il persuadé. Cette seule pensée justifiait son intransigeance.

Je ne peux fermer les yeux sur une telle horreur ! s'obstinait-il quand il sentait faiblir sa détermination.

Il aimait Emma, plus qu'il ne le montrait, plus peut-être qu'il n'avait été capable d'aimer sa propre fille. Il se reprochait souvent de ne pas savoir exprimer ses sentiments. Avec Emma, ne s'était-il pas surpassé ?

Charles souffrait en silence de la distance de sa petite-fille. Celle-ci s'arrangeait pour retrouver sa grand-mère en son absence. Lorsqu'il rentrait de l'usine, il apprenait avec tristesse qu'Emma était passée sans l'attendre.

Il insistait pourtant auprès de sa femme pour qu'Emma accepte une discussion mais il se heurtait à son refus.

— Ce n'est pas à Emma de faire le premier pas, soutenait Thérèse. Tu dois lui demander pardon.

Mais ce conseil, Charles était incapable de le suivre.

Emma, de son côté, vivait très mal cette dispute familiale, consciente qu'elle était le centre du problème. On ne lui avait pas révélé toute la vérité.

Elle s'en confiait souvent à Sami.

— Mon grand-père ne peut réagir de cette façon uniquement parce qu'il a appris que tu étais juif.

Sami ne soupçonnait pas les griefs profonds de Charles. Il ne pensait plus aux injures de ses camarades de l'école primaire qui l'avaient traité d'« enfant de Boche ». Des années s'étaient écoulées. Se découvrir juif lui avait suffi à se sentir différent et à s'efforcer de se battre pour changer le regard des autres.

Alors, au cours des vacances de Pâques, revenue pour deux semaines à Cazeneuve, Emma implora sa mère de lui expliquer ce qu'on lui dissimulait.

— Je ne suis plus une enfant, plaida-t-elle. J'ai le droit de savoir pourquoi, dans cette famille, plane toujours l'ombre du passé. Comme si, tous, vous aviez des secrets inavouables tapis dans vos consciences. Qui est Sami ? Qui suis-je ? Pourquoi avons-nous le sentiment d'être des pestiférés ?

Devant l'insistance et le désarroi de sa fille, Ariane décida de tout révéler.

— Effectivement, ma chérie, je te dois la vérité.

Tu es en âge à présent de comprendre. Mais rassure-toi, ce n'est pas toi ni Sami qui êtes les causes de nos discordes, malgré les apparences.

Emma s'assombrit. Sa mère portait sur le visage le masque de la victime.

Elle se reprit. Tenta d'interrompre sa confession.

— Si c'est pour te rendre plus malheureuse, ajouta-t-elle, arrêtons là cette discussion. Je regrette déjà de t'avoir emmenée si loin.

Mais Ariane n'était pas disposée à se taire plus longtemps.

— Ce que j'ai à t'apprendre risque de t'atterrer. Tu auras honte de moi. J'admettrai qu'après tu ne souhaites plus demeurer ici, dans cette maison où je t'ai tenue dans l'ignorance.

Et, la mort dans l'âme, Ariane se mit à raconter : Raphaël… leurs fiançailles… l'arrivée des Allemands aux Abarines… la collaboration forcée de son père mais aussi ses idées bien arrêtées… enfin… enfin son sacrifice pour sauver la vie de l'homme de son cœur.

— Oui, reconnut-elle, j'ai accepté de coucher avec un Allemand, un abject officier de la Wehrmacht qui s'est moqué de moi. Et j'ai été tondue en place publique après avoir été jetée en prison.

Emma fut terrassée. Si certains détails lui étaient connus, elle ne s'attendait pas à ce que sa mère ait été la victime d'un tortionnaire nazi.

— Mais il me reste à t'avouer le plus effroyable, poursuivit Ariane.

Emma était au bord du malaise.

Ariane ne voulait plus rien cacher.

— Cet officier allemand, Kurt Hensler, est aussi le père de Sami. Sa mère, Aliza, a subi le même sort que moi pour avoir la vie sauve. Il la menaçait de la déportation si elle ne s'exécutait pas. Jacques l'ignorait. Puis, quand les Allemands ont quitté la région, elle lui a tout confessé.

Ariane crut bon d'ajouter pour apaiser sa fille :

— Personnellement, je ne m'en suis sortie qu'en me réfugiant à Paris où je suis repartie de zéro. C'est là que j'ai rencontré ton père.

Emma était bouleversée. Les révélations de sa mère la choquaient profondément. Comment les uns et les autres avaient-ils osé lui cacher toutes ces vérités et lui mentir par omission ?

L'idée que Sami soit l'enfant d'un Allemand ne la perturbait pas spécialement. Elle était suffisamment large d'esprit pour accepter cette terrible réalité. Qu'il soit juif ne l'avait jamais troublée non plus. Mais que le père de son fiancé soit l'homme qui avait abusé… qui avait… violé sa propre mère ! Non, elle repoussait cette ignominie !

Cette pensée lui était insupportable.

Elle sortit précipitamment de la pièce, l'estomac retourné. Alla vomir dans les toilettes.

Quand elle revint auprès d'Ariane, blanche comme un linceul, elle déclara :

— Je ne pourrai plus jamais aimer Sami.

25

L'enquête sur la mort de Robert Lapierre suivait son cours. L'officier de gendarmerie Dumazert questionnait tous ceux qui étaient susceptibles d'avoir rencontré la victime le jour de son décès. Il en avait déjà listé une demi-douzaine, Robert ayant fréquenté le café de la Placette ce jour-là, comme il en avait l'habitude. Tous avaient affirmé avoir vu leur ami vivant avant midi, heure à laquelle ils s'étaient séparés pour le déjeuner. Deux d'entre eux assuraient que Robert n'était pas rentré immédiatement chez lui, mais qu'il avait emprunté un chemin détourné. Le capitaine mit aussitôt cette escapade en relation avec le drame qui s'était déroulé peu après. Car, selon l'autopsie pratiquée par le médecin légiste, la victime avait de l'alcool dans le sang et n'avait rien mangé de consistant avant de mourir, pour le peu que l'examen de sa dépouille ait révélé deux semaines après les faits.

Tous les témoins avaient un alibi à l'heure présumée de l'accident. Plus l'enquête avançait, plus le capitaine était persuadé que Robert Lapierre avait été victime d'une chute malencontreuse du haut du pont de l'Alzon sous lequel on l'avait retrouvé mort.

— Il avait sans doute trop bu ce jour-là, supposa-t-il devant l'adjudant Reynaud, son second à la gendarmerie de Florac.

Ce dernier connaissait bien Lapierre. Ils avaient appartenu au même groupe de FFI et ne s'étaient jamais perdus de vue. Ensemble ils avaient procédé à l'arrestation de Charles Chaptal, puis, peu après, de sa fille Ariane. Aussi n'était-il pas satisfait des conclusions de son supérieur.

— Rien n'interdit de penser que la victime ait attenté à sa vie, ajouta le capitaine Dumazert.

— Personne, pas même sa femme, ne l'a jamais vu déprimé, objecta l'adjudant. Moi qui le rencontrais assez souvent, je peux affirmer que Robert Lapierre ne se serait jamais suicidé. Il avait bien trop peur de mourir. Entre nous, on en rigolait et on ne se gênait pas pour se moquer de lui, alors qu'il avait une grande gueule, comme on dit.

L'adjudant Reynaud estimait trop hâtive la décision de son chef de classer l'affaire.

— Vous n'êtes pas installé dans la région depuis suffisamment longtemps, mon capitaine, pour être au courant de tout, de ce qui se raconte, du vrai et du faux.

— Précisez votre pensée, adjudant.

— Ce sont souvent des qu'en-dira-t-on, mais, en ce qui concerne Lapierre, il y a des faits troublants.

— Avait-il des choses à se reprocher ?

— Je ne crois pas. On ne peut quand même pas le blâmer d'avoir participé à la libération du pays en 45. Même si, comme beaucoup, il n'est entré dans la Résistance que sur le tard !

— Quel est le rapport entre le passé de cet homme et sa mort ? Soyez plus précis !

L'adjudant Reynaud n'aimait pas colporter ce qu'il apprenait en prêtant l'oreille aux médisances. Trop de haine s'était déchaînée à l'époque. Lui-même, résistant de la première heure, s'était bien gardé de juger ceux qui, comme Lapierre, n'avaient montré leur courage que très tardivement, quand, en réalité, le danger était déjà passé.

— Si vous possédez des détails susceptibles de nous aider dans notre enquête, je vous somme de me les fournir, adjudant.

L'adjudant Reynaud hésitait. Il souleva son képi, puis le vissa sur son front, comme s'il s'attendait à un coup de vent.

— Des choses sont certaines, d'autres moins. Par exemple, ce n'est un secret pour personne que Lapierre a eu un grave différend avec l'industriel de Cazeneuve.

— Charles Chaptal ?

— Oui.

— Un différend ! À quel propos ?

— Une histoire de limite de propriété, instruite

par le notaire Soubise. Cela a fait grand bruit à l'époque. Personne ici n'était habitué à de telles querelles entre voisins. Mais Charles Chaptal était dans son bon droit. Henri Soubise lui a donné raison. Lapierre a dû renoncer à ses poursuites. Aussi certains ont imaginé que Lapierre…

Le capitaine coupa la parole à l'adjudant.

— Et je suppose que, depuis, les deux hommes ne se parlaient plus !

— Vous supposez bien. Jusqu'au jour où Lapierre est venu arrêter Chaptal et sa fille pour collusion avec l'ennemi. Cette fois-là, ils ont bien été obligés de se reparler ! L'affaire a été étouffée. Mais, personnellement, j'étais bien placé pour en connaître les dessous.

— Si je vous suis bien, adjudant, Robert Lapierre se serait vengé ! Et aujourd'hui ce sont les Chaptal que vous incriminez.

— Pas les Chaptal ! Le vieux Charles, il y a longtemps qu'il aurait agi ! Pourquoi aurait-il attendu plus de vingt ans, alors qu'il vivait à côté de son délateur ?

— Alors ?

— Sa fille. Oui. Ariane Chaptal. Ne vous êtes-vous jamais demandé pourquoi elle avait subitement réapparu après plus de quinze ans sans donner signe de vie ?

Le capitaine Dumazert réfléchissait, incrédule.

— Vous allez un peu vite en besogne ! Ce que vous insinuez n'est que supposition.

— Il y a quelqu'un d'autre que je soupçonne, poursuivit l'adjudant.

— Qui donc ?

— Jacques Dufresne.

— Le médecin ?

— Celui-là même ! Et pour d'autres raisons. Mais aussi pour se venger d'un fait qui remonte à la guerre.

— Décidément, je pensais que toutes ces histoires avaient été remisées aux oubliettes !

— Dans les campagnes, on a la rancune tenace ! J'ai mené ma petite enquête. Dans la commune, Robert Lapierre répandait le bruit que le père du jeune Sami Dufresne était l'officier allemand des Abarines. Celui avec qui la fille Chaptal avait eu des relations. Il sous-entendait que l'épouse du médecin, une Juive qu'il cachait aux Taillades, avait été victime de cet Allemand. Certains affirment que c'est Lapierre qui aurait dénoncé cette femme.

— Donc Jacques Dufresne serait aussi revenu à Cazeneuve pour régler définitivement ses comptes avec Lapierre ?

— C'est une autre hypothèse que nous ne devons pas écarter.

Le capitaine de gendarmerie semblait dépité par tant de révélations.

— Je n'aurais jamais imaginé qu'en étant affecté dans une petite ville tranquille comme Florac je serais un jour confronté à de telles histoires !

*

Ariane avait soigneusement évité d'évoquer devant Emma les doutes de Charles au sujet de son père. Elle ne pardonnait pas à Charles d'avoir une seule seconde nourri une telle supposition. Aussi, étant donné le désarroi de sa fille, elle regrettait à présent de ne pas avoir su se taire totalement. Elle n'avait d'autre confidente que sa mère à qui ouvrir son cœur anéanti. Mais Thérèse était effondrée et ne lui était d'aucun secours.

Emma n'était plus que l'ombre d'elle-même. Elle était atterrée par l'idée que celui qu'elle aimait puisse être le fruit d'un viol, le fils du nazi qui avait abusé de sa mère. Elle était prête à tout accepter, mais cette pensée l'empoisonnait à petit feu.

Ariane laissait le temps s'écouler avant de décider de son avenir. Se précipiter n'arrangerait rien, s'efforçait-elle de se convaincre.

Emma, elle, n'attendit pas. Il lui était impossible de vivre dans l'hypothèse que Sami fût le fils de Kurt Hensler. Sans lui avouer la terrible révélation d'Ariane sur sa naissance – désireuse de ne pas le tourmenter davantage –, elle prétexta un désaccord à propos de leurs études pour prendre ses distances.

— Je ne comprends pas ! s'alarma Sami. Tu as quelqu'un d'autre ?

Sami envisageait tout et le pire. Une rupture s'explique toujours ainsi ! croyait-il.

Il était loin d'envisager les vrais motifs de cette séparation. Emma ne pouvait pas lui dire la vérité, elle tenait trop à lui.

Aux vacances de février, elle lui annonça :

— Je rentre au Joncas. Évitons de nous voir à Cazeneuve.

Devant le fait accompli, Sami sombra dans le désespoir. Être abandonné par celle qu'il aimait, sans qu'il y ait eu entre eux l'ombre d'une dispute, uniquement parce que Emma soutenait avoir besoin de réfléchir, le plongeait dans d'horribles nuits blanches.

Elle quitta un matin leur studio, après une dernière nuit ensemble. Il avait deviné depuis quelques jours qu'elle était perturbée. Elle se refusait à lui, prétextant tantôt une migraine, tantôt ses règles, tantôt de la fatigue. Il montrait beaucoup de patience, comme il lui en avait toujours témoigné. Sami la respectait trop pour la contraindre.

Emma partie, il demeura à Montpellier, affirmant à ses parents qu'il avait beaucoup de travail en vue de son examen. En réalité, il se noyait dans de noires pensées, n'ayant de cesse de trouver la véritable cause de l'attitude d'Emma.

Peu avant la reprise des cours, celle-ci lui envoya une longue lettre dans laquelle elle lui annonçait qu'elle logerait dorénavant chez une amie commune qui avait gentiment accepté de l'héberger jusqu'à la fin de l'année universitaire.

Alors, réalisant qu'elle ne reviendrait pas sur sa décision, il lui répondit :

Ce ne sera pas la peine que tu déménages. Je te laisse l'appartement. Tu y as toutes tes affaires. Je ne veux pas que ce qui nous arrive te perturbe davantage. Il faut songer à ton examen. Moi, je m'en arrangerai. Je quitte Montpellier. Je préfère partir, je ne supporterai pas de te croiser dans les couloirs de la fac et de feindre que tout est comme avant. J'ai obtenu une dérogation pour finir mon année d'études à Lyon. J'ai l'intention de retourner à Yvoire pendant l'été et chaque fois que je m'absenterai de la fac. J'habiterai notre ancienne maison au bord du lac Léman que mon père a conservée. J'y retrouverai toute la quiétude dont j'ai besoin. Je t'aime et t'aimerai jusqu'à la fin de ma vie, car tu es toute ma vie...

Lorsque Emma reçut la lettre de Sami, elle ne retint pas ses larmes.

Tout était fini entre eux.

Jacques et Clémence étaient dans la confusion la plus totale. Sami les avait avertis par téléphone de son intention de s'installer à Yvoire.

— Nous nous y reverrons en juillet quand vous y viendrez, comme c'était prévu. Je vous expliquerai la raison qui m'a poussé à m'éloigner. Emma est rentrée chez sa mère.

Jacques craignit que son fils se soit disputé avec Emma. Il eut beau essayer de le faire changer d'avis, Sami persista dans sa détermination.

Alors il se précipita au Joncas. Trouva porte close. Se rua aux Abarines. Ariane n'y était pas. Il tomba sur Charles qui le reçut froidement.

— Je veux vous parler de Sami et d'Emma, déclara-t-il sans laisser à Charles le temps de lui demander l'objet de sa visite.

Charles se rembrunit. Convia Jacques à le suivre dans son bureau.

— Entrez, nous serons plus tranquilles pour discuter.

Jacques ressentit aussitôt beaucoup de distance de la part de Charles.

— Je souhaiterais savoir ce qui se passe entre mon fils et votre petite-fille, lui dit-il sans détour. Je n'y comprends rien. Je pensais que tous les deux envisageaient sérieusement de se marier. Or, Emma est ici chez sa mère, et Sami est parti à Yvoire et désire maintenant terminer ses études à Lyon. Ils se sont séparés sans nous en donner la raison.

Charles paraissait embarrassé.

— Je suis en froid avec ma fille qui ne m'informe plus de rien, reconnut-il. Et ma petite-fille ne rend plus visite qu'à sa grand-mère.

— Vous ne m'avez toujours pas dit pourquoi nos enfants se sont séparés !

Charles demeurait silencieux.

— Parlez, je vous en conjure ! insista Jacques. Je veux la vérité. Je sens bien que vous me cachez quelque chose.

— Je ne tiens pas à ce que ma femme et ma fille nous voient ensemble. Aussi, je serai bref.

Charles prit une longue inspiration.

— J'ignorais que votre épouse était juive. Si je l'avais appris avant que ma petite-fille s'attache à votre fils, je me serais immédiatement opposé à leur fréquentation.

Jacques fut sidéré d'entendre de tels propos dans la bouche d'un homme qu'il avait toujours respecté. S'il avait eu vent de ses démêlés avec les autorités de la Libération à la fin de la guerre, il s'était efforcé de ne pas y prêter attention, d'autant plus qu'il avait aussi découvert sa participation à la Résistance.

De tels personnages, il avait l'habitude de les ignorer. Il ressortit aussitôt des Abarines.

Sur le perron de la demeure, il croisa Thérèse. Celle-ci s'étonna de sa visite.

— Si vous cherchez Ariane, mieux vaut aller au Joncas. Elle évite son père depuis un certain temps.

— Je crois comprendre pourquoi ! répliqua Jacques, énervé. Mais votre fille n'est pas chez elle.

Quand il rentra chez lui, Clémence discutait avec Ariane. Les deux femmes avaient leur mine des mauvais jours. Clémence venait d'annoncer à Ariane le départ de Sami pour la Haute-Savoie. Ariane en était tout éplorée, convaincue à présent que leurs enfants s'étaient définitivement quittés.

— Il se passe dans cette commune des choses qui ne me plaisent pas du tout, déclara Jacques sans même la saluer. Et nos enfants sont les premiers à en souffrir. J'en suis persuadé.

*

La mort de Robert Lapierre n'était toujours pas élucidée. L'enquête préliminaire n'avait pas abouti. La juge d'instruction cependant, sur l'insistance de l'adjudant Reynaud, avait décidé de prolonger les investigations.

Le gendarme s'entêtait. Pour lui, il s'agissait d'un acte de vengeance et non d'un accident. À ses yeux, certains détails tendaient à prouver que le corps avait été déplacé et dissimulé sous l'amas de branchages.

— Des traces de sang ont été relevées à plus d'un mètre de la dépouille, expliqua-t-il à son supérieur qui s'étonnait de l'acharnement de son subordonné.

— La victime a pu tenter de se redresser, faire quelques pas avant de s'écrouler et de mourir.

— Il se serait caché lui-même sous des branchages ! C'est peu probable.

— S'il s'est affalé de tout son poids en roulant sur lui-même, c'est envisageable. Je vous ferai remarquer que, jusqu'à présent, nous n'avons aucun témoin après que Robert Lapierre eut quitté ses amis du café de la Placette. Il se serait dirigé vers le pont. Mais personne n'a aperçu quelqu'un dans les parages.

— Certes, mais cela ne prouve pas qu'il n'y ait pas rencontré son assassin.

— Nous n'avons aucune preuve de ce que vous supposez.

— Pas de preuve, mais des mobiles, si !

— La juge ne placera pas en examen Ariane Chaptal ni Jacques Dufresne sur de simples présomptions.

— Quoi qu'il en soit, nous leur demanderons de ne pas s'éloigner de Florac dans l'éventualité d'un complément d'enquête que la juge ne nous refusera pas, au regard de cet élément nouveau, à savoir les traces de sang.

Ni Ariane ni Jacques ne se doutaient de ce que l'adjudant Reynaud imaginait.

Sans se concerter, ils décidèrent de prendre leurs distances. Jacques n'attendit pas le mois de juillet pour emmener Clémence à Yvoire et rejoindre Sami. Quant à Ariane, elle partit à nouveau à Paris auprès de son amie Carole.

QUATRIÈME PARTIE

Aveux

1967-1968

26

L'adjudant Reynaud poursuivait ses recherches, ayant obtenu de la juge d'instruction un complément d'enquête. Il avait demandé l'analyse des traces de sang repérées non loin de la dépouille de Robert Lapierre. Il s'agissait bien du sien, le médecin légiste avait été formel.

— Étant donné la hauteur du pont, la victime est morte sur le coup, conclut sans hésiter l'adjudant. Le choc a été trop violent pour que notre homme ait eu la moindre chance de demeurer conscient. Une fois au sol, il n'a donc pas pu bouger vu son état.

— Ce qui signifie que quelqu'un aurait déplacé le corps pour mieux le dissimuler ? doutait toujours son supérieur.

— Je ne le certifierais pas, mais c'est plus que probable. J'exclus l'hypothèse d'un accident. Pour tomber par mégarde de ce pont, il faudrait enjamber le parapet, ce qui représente quand même une hauteur d'environ un mètre. C'est peu plausible !

Fort de ces conclusions, l'adjudant Reynaud affirmait que la mort de Robert Lapierre était un homicide. Il ne possédait pourtant aucun élément solide pour le prouver et mettre Ariane Chaptal ou Jacques Dufresne en examen.

Néanmoins il envoya deux de ses hommes à Cazeneuve pour les prier de se rendre au plus vite à la gendarmerie.

Ceux-ci trouvèrent portes et volets clos au Joncas comme aux Taillades.

Le vieux Félicien, toujours à l'affût de la moindre distraction pour égayer son existence, attira l'attention des deux gendarmes quand il les aperçut s'en retourner bredouilles.

— C'est inutile de les chercher, leur annonça-t-il. Je les ai tous vus partir de bon matin, le docteur pas plus tard qu'hier, et la fille Chaptal le jour d'avant.

— Où sont-ils allés ?

— Je l'ignore. Je ne m'occupe pas des autres. Ils sont libres d'aller et venir où bon leur semble ! Ce qui est sûr, c'est que leurs enfants ne les accompagnaient pas. Ils n'étaient pas dans leur voiture.

Les deux gendarmes essayèrent d'en apprendre un peu plus, mais Félicien se retrancha dans son mutisme habituel.

— Moi, j'l'avais bien dit qu'ça finirait mal, c't'histoire ! se contenta-t-il d'ajouter.

— Pouvez-vous être plus clair ?

Le vieil homme rappela son chien. Esquiva la question.

— J'ai du travail qui m'attend dedans, grommela-t-il.

Il se leva de son fauteuil d'osier et rentra précipitamment dans sa maison.

Les deux gendarmes se regardèrent, l'air dubitatif.

— Ce n'est qu'un vieux radoteur, releva l'un des deux.

— On sait maintenant que nos deux suspects se sont mis au vert. Étrange, non ? Comme s'ils avaient voulu disparaître au moment où l'on avait besoin d'éclaircissements.

Quand ils rapportèrent les faits à l'adjudant, ce dernier fulmina.

— Je leur avais pourtant signifié de rester à la disposition de la justice !

Le capitaine Dumazert, devant le zèle de son subordonné, tenta de calmer ses velléités.

— La juge n'a pas estimé nécessaire leur mise en examen. Je ne comprends pas pourquoi vous vous acharnez contre ces deux personnes. Visiblement il n'y a aucune charge contre eux.

— Vous oubliez leurs mobiles de vengeance contre Robert Lapierre.

— Ils manquent de fondement ! Si l'on fouillait davantage, je suis persuadé qu'on soupçonnerait d'autres personnes pour des raisons identiques. Je commence à croire que vous êtes de parti pris !

— Sauf votre respect, mon capitaine, je ne fais que mon travail. Je cherche la vérité.

— Vous ne seriez pas plutôt en train de chercher à sauver l'honneur d'un ami, ancien résistant ?

L'adjudant contenait sa colère. Être désavoué par sa hiérarchie était injuste et humiliant.

— Je vous accorde quinze jours pour me démontrer le bien-fondé de vos soupçons, pas un de plus, conclut le capitaine. Passé ce délai, je clos l'enquête. Nous avons en cours d'autres affaires beaucoup plus sérieuses que la mort par accident d'un alcoolique !

L'adjudant Reynaud obtempéra.

— Dès que mes lascars seront revenus de leur escapade, je leur tomberai dessus et je leur tirerai les vers du nez.

*

Ariane n'était pas pressée de regagner Cazeneuve. Auprès de Carole, elle se changeait les idées.

Seule sa fille lui procurait du souci. Mais elle ne tenait pas à lui imposer sa présence.

— Elle a besoin de toi, prêchait Carole pour la convaincre de rentrer chez elle. Emma doit être terriblement malheureuse.

— Elle m'en veut de lui avoir dissimulé la vérité. Elle a honte de moi, de ce que j'ai commis. Peut-être aussi a-t-elle des doutes sur son père à présent ? Après tout, j'ai été abusée par le même homme qui a mis enceinte la pauvre Aliza.

— Tu te trompes, j'en suis sûre. Quand on agit

par amour, on est déjà à moitié pardonné. Il faut absolument que tu aies une sérieuse explication avec ta fille. Souviens-toi de l'intransigeance de ton père à ton égard. Ne te comporte pas comme lui !

Ariane se rendit à la raison. Elle aimait trop Emma pour l'abandonner à sa souffrance et à sa solitude. Elle-même avait vécu cette situation vingt ans plus tôt. Elle savait combien il était pénible de s'en sortir seule. Elle ne le souhaitait à personne. Vivre loin des siens, dans le plus grand silence, avait été un véritable calvaire.

— Si tu ne te rapproches pas très vite d'Emma, ajouta Carole, toujours de bon conseil, elle pourrait réagir comme toi et se jeter dans les bras du premier venu, au risque de le regretter plus tard et de te le reprocher. C'est ce que tu désires ?

— Donne-moi quelques jours pour me retourner, supplia-t-elle son amie. Ensuite, je redescendrai à Florac.

Jacques et Clémence, de leur côté, avaient retrouvé Sami à Yvoire. Le jeune homme était aussi désespéré qu'Emma. Il ne comprenait pas le motif de cette rupture. Demeurer dans l'ignorance le minait au point qu'il en perdait le goût des études.

— Pour mon examen, c'est mort, déplora-t-il devant son père. Mon année est foutue. Je n'y arriverai pas.

Jacques avait beau l'encourager, il se heurtait à un mur.

— Je repasserai mes épreuves l'année prochaine, annonça Sami sans aucune conviction.

— Ça finira par s'arranger, intervint Clémence pour l'exhorter à ne pas baisser les bras. Cet été, descends dans les Cévennes pour avoir avec Emma une sérieuse discussion. D'ici là, elle aura eu le temps de réfléchir à ce qui ne va pas entre vous. Expliquez-vous franchement. Il s'agit probablement d'un malentendu.

Sami devinait que le mal était plus profond. Emma ne lui avait pas tout dit.

— Le prétexte qu'elle a invoqué me paraît bizarre. Certes, nous nous sommes disputés un peu violemment, car je prétendais que nous aurions intérêt à nous spécialiser plutôt que de poursuivre en médecine générale. Je me suis emporté, je le reconnais. Elle m'a rétorqué que j'étais trop ambitieux, ce qui m'a beaucoup vexé. Alors, je lui ai lancé, excédé : « C'est parce que je ne suis qu'un petit Juif ? » Je ne sais pas ce qui m'a pris. Je n'ai pas pesé mes mots. Elle s'est fâchée. Nous sommes restés en froid, jusqu'au jour où elle m'a annoncé qu'il était préférable de nous séparer. J'ai tous les torts. Mais je suis persuadé qu'elle me cache autre chose.

Jacques comprit qu'Emma avait sans doute appris, par sa mère, le calvaire d'Aliza. Il s'en ouvrit à Clémence :

— Emma connaît peut-être le lien qui l'unit à Sami : leurs mères ont été victimes du même homme… Et elle doit douter que je sois le père de Sami !

— D'où sa terrible décision !

Jacques prit sur lui de révéler à son fils ce qu'il ignorait encore.

Lorsque Sami fut en possession des détails de la tragédie qui s'était déroulée aux Taillades pendant la guerre, il en fut consterné, comme Emma l'avait été après les aveux de sa mère.

Mais contrairement à ce qu'attendaient Jacques et Clémence, il affirma :

— Je saisis mieux à présent la réaction d'Emma. Je ne la blâme pas. Je l'aime trop pour ne pas respecter sa volonté.

*

Ariane retourna à Cazeneuve. Elle avertit aussitôt son père qu'elle reprenait son travail à ses côtés, mais qu'il ne devait plus évoquer devant elle ce qui les opposait. Charles parut soulagé. La discorde avec sa fille lui pesait. Il reconnaissait ses torts, même si, au fond de lui, il ne changeait pas d'avis sur l'union de sa petite-fille avec Sami. Mais Thérèse était parvenue à le raisonner.

— Il ne nous appartient pas de décider pour nos enfants et petits-enfants, argumenta-t-elle auprès de son mari. Nous avons eu notre temps. Laissons-leur la liberté d'engager leur vie comme ils le souhaitent. Si tu aimes ta petite-fille comme tu le prétends, cours au-devant d'elle et, comme tu le lui as montré quand elle est arrivée avec sa mère, prouve-lui ton amour pour elle.

Charles fit acte de contrition. Sans se déjuger, il accepta de s'expliquer, d'abord à sa fille.

— Je suis heureux de ton retour à l'usine, lui déclara-t-il. Sans toi, celle-ci aurait perdu son âme. J'avoue ne plus avoir la fibre. Il m'aurait fallu embaucher un autre styliste. Mais je suis sûr qu'il n'aurait pas eu ton talent. Ensemble nous avons encore de beaux jours devant nous.

Ariane ne s'enthousiasma pas de la réaction de son père. Méfiante, elle se tint sur ses gardes, habituée à ses sautes d'humeur.

Elle réinvestit son bureau et, sans explication pour le personnel, se remit au travail.

Charles voulut ensuite s'entretenir avec Emma, afin d'effacer le malentendu qui s'était installé entre eux. L'entreprise lui paraissait plus délicate, la jeune fille étant plus sensible, moins au fait que sa mère des tourments de la vie.

Emma s'apprêtait à passer ses examens. Elle rendait toujours visite à sa grand-mère chaque fois qu'elle revenait à Cazeneuve pour réviser mais ne s'éternisait pas de crainte de rencontrer son grand-père, furieuse que ce dernier lui ait opposé son refus d'accepter Sami dans la famille.

Charles la guettait discrètement en arrivant de l'usine de façon impromptue, lorsqu'il la savait de retour de Montpellier. Thérèse, de connivence, lui indiquait sa présence en accrochant un chiffon rouge à la fenêtre de sa cuisine, visible depuis son bureau. Malgré ce stratagème, ils ne parvinrent pas à se croiser.

Aux vacances de Pâques, Emma rentra au Joncas pour ses dernières révisions, son examen débutant fin mai. Depuis le départ de Sami, elle n'avait plus de repères à Montpellier et s'y sentait comme une étrangère. Elle aussi perdait le goût de l'étude, réalisant soudain qu'elle s'était engagée dans cette voie surtout pour être au plus près de celui qu'elle aimait.

Elle s'en ouvrit à sa mère qui, craignant que sa fille n'ait maintenant des doutes sur son propre père, ne trouva pas d'arguments.

Le jour de Pâques, Thérèse les invita toutes les deux au repas dominical.

— Ce sera l'occasion de nous réunir à nouveau, prétexta-t-elle.

Ariane accepta non sans redouter une fois de plus les allusions désobligeantes de son père. Elle demanda à sa fille de l'accompagner.

— Je n'ai guère envie de déjeuner avec grand-père, objecta Emma. Il va encore me reprocher ma relation avec Sami. Même si nous nous sommes séparés, je ne veux pas l'entendre le critiquer.

À force d'insister, Ariane parvint à la convaincre.

À midi, tous les quatre se retrouvèrent aux Abarines. Thérèse avait assisté à la première messe du matin et avait ordonné à sa gouvernante de s'occuper du repas. Marie Chabalier avait préparé le plat préféré d'Emma, un sauté de veau aux morilles et, pour le dessert, une île flottante – selon la tradition cévenole – accompagnée de cake aux fruits confits.

Charles s'était absenté en début de matinée afin de régler à l'usine une affaire pressante. Quand, de retour, il entra dans la salle à manger où étaient attablées sa fille et sa petite-fille en compagnie de Thérèse, toutes les trois cessèrent de parler. Devant Emma, il se sentit soudain très embarrassé.

Il engagea le premier la parole :

— Cela me ravit de vous voir toutes les deux. Il y a longtemps que cela n'est pas arrivé.

Emma se leva et, l'air grave, s'approcha de son grand-père pour le saluer.

Ils s'embrassèrent comme si de rien n'était. Puis Emma retourna à sa place, le cœur lourd.

— Mes enfants, annonça Charles, je souhaite aujourd'hui effacer tout ce qui nous a opposés ces derniers temps. Je regrette de m'être emporté à propos de Sami. Je ne pensais pas ce que je disais... Emma, me pardonneras-tu ? C'est mon plus vif désir. J'ai déjà fait la paix avec ta mère.

Emma regarda Ariane d'un œil interrogateur. Celle-ci lui sourit comme pour confirmer les propos de son père. Alors, elle se leva à nouveau, vint se blottir contre son grand-père, lui avoua :

— J'étais trop malheureuse, papi, à l'idée que tu

repousses Sami. Hélas, il est trop tard à présent ! Sami est parti. Il ne reviendra plus.

Charles ne releva pas. Mais, en son for intérieur, il se promit d'aider sa petite-fille.

*

Quelques jours plus tard, Ariane fut à nouveau appelée à la gendarmerie de Florac. L'adjudant désirait lui poser d'autres questions dans le cadre du complément d'enquête accepté par la juge d'instruction. Elle ignorait qu'il avait aussi convoqué Jacques Dufresne le même jour.

Surprise, elle s'inquiéta de la tournure que prenait l'affaire. Elle n'osa en parler à son père, mais s'en ouvrit à sa mère.

— J'ai l'impression que ce gendarme s'acharne sur moi. Je ne comprends pas. En quoi suis-je impliquée dans la mort de Robert Lapierre ? Cet homme buvait, ce n'était un secret pour personne. De plus, on ne se fréquentait pas.

— Les gendarmes doivent se tromper, argua Thérèse. Ils manquent probablement d'indices sérieux. Alors, ils fouillent dans son passé. Mais tu n'as pas à t'inquiéter, puisque, au moment des faits, tu déjeunais avec moi aux Abarines. Je peux le certifier. Marie Chabalier aussi.

— Si papa avait été présent ce jour-là, vous auriez été trois à le confirmer.

— Ma parole suffira.

Le capitaine assista à l'interrogatoire, mais laissa son adjoint le mener sans intervenir. Assise inconfortablement sur une chaise de bois, Ariane eut très vite le sentiment d'être une coupable potentielle.

— Si mes investigations sont exactes, précisa l'adjudant, un grave différend vous opposait à la victime. Cela remonte à… 1944, si je ne me trompe pas.

Ariane coupa net l'officier de gendarmerie.

— Vous pensez sérieusement que j'aurais attendu autant de temps pour venir régler mes comptes avec ce monsieur ! s'insurgea-t-elle. Je suppose que vous faites allusion à mon arrestation par les FFI auxquels appartenait Robert Lapierre ? À ce compte-là, pourquoi ne vous acharnez-vous pas aussi sur mon père ? Lui aussi a été arrêté par le même groupe de résistants.

— Pourquoi aurait-il patienté si longtemps alors qu'ils vivaient quasiment côte à côte et qu'ils ne manquaient pas de se rencontrer dans le village ?

— Votre remarque vaut également pour moi, adjudant ! Reconnaissez que vous cherchez un coupable à tout prix pour un fait divers qui ne mérite pas trois lignes dans le *Midi libre* !

Ariane se déchaînait. Devant l'entêtement du gendarme, elle se leva brusquement et faillit sortir.

Le capitaine calma leur tête-à-tête.

— Madame Latour, je vous rassure, il n'y a rien jusqu'à présent qui me permettrait de vous placer en examen. Dans cette enquête, vous êtes interrogée en tant que témoin. Pas davantage. De plus, les déclarations de votre mère vous fournissent un alibi sérieux.

Se sentant désavoué par son supérieur, l'adjudant Reynaud tenta de reprendre la main.

— Néanmoins…

— Ce sera tout pour aujourd'hui, madame Latour, le coupa le capitaine. Je ne vous retiens pas davantage.

Sans un regard pour l'adjudant, Ariane quitta la gendarmerie, ulcérée.

Dans la rue, elle rencontra Jacques qui se rendait à sa convocation.

— Vous aussi ! s'étonna-t-elle. Décidément, nous sommes les principaux suspects dans cette histoire !

— À Florac, ce n'est pas tous les jours que les gendarmes ont l'occasion d'instruire une affaire de meurtre… si meurtre il y a ! Alors, ils s'en donnent à cœur joie. Ça les change de leur train-train quotidien !

Ariane n'avait pas le cœur à plaisanter.

— Je commence à en avoir assez de leurs sous-entendus. Surtout venant de cet adjudant beaucoup trop zélé. C'est probablement parce qu'il était ami avec Lapierre. Heureusement que le capitaine parvient à le tempérer ! Mais tant que le dossier ne sera pas classé, nous ne serons pas tranquilles.

L'interrogatoire de Jacques prit la même tournure. Ce dernier fut contraint de se justifier, sans comprendre ce que l'adjudant lui reprochait.

— Tout ce que vous avancez, rétorqua-t-il aux insinuations du gendarme, n'est fondé que sur des bruits qui ont couru dans le village. La seule vérité, c'est que j'ai caché ma femme Aliza aux Taillades pour la protéger des rafles. Si quelqu'un l'a dénoncée, je suis le premier à le déplorer. Mais, personnellement, sans preuve, je ne condamnerai personne, alors que vous, vous nous incriminez, Ariane Chaptal et moi-même.

L'interrogatoire devenait à nouveau tendu. Le capitaine l'abrégea comme il avait interrompu celui d'Ariane.

— Nous en avons terminé, monsieur Dufresne. Ainsi que je l'ai déclaré à madame Latour... ou Chaptal, si vous préférez... nous n'avons rien contre vous. Vous étiez convoqué seulement en tant que témoin. Pour ma part, étant donné les éléments dont nous disposons, je demanderai à la juge d'instruction de prononcer un non-lieu. Je pense qu'elle me suivra.

Jacques ressortit de la gendarmerie, rassuré.

Il se précipita à Cazeneuve pour tenir Ariane informée des paroles du capitaine.

— J'ai bien réfléchi, lui dit cette dernière. S'ils nous laissent libres de nos mouvements, je pars. Je ne resterai pas une seconde de plus dans cette commune. Je quitte l'entreprise de mon père. Je m'éloigne à nouveau comme une pestiférée.

Jacques fut abasourdi.

— Quels sont vos projets si vous abandonnez l'usine de chaussures ?

— J'y ai songé lors de mon séjour à Paris.

— Vous reprendrez votre travail dans la haute couture ?

— Non. Cela aussi appartient au passé. Je me suis renseignée. À Romans, l'industrie de la chaussure est en plein essor. J'y trouverai facilement un emploi à ma convenance.

— Et Emma ? Elle a besoin de vous ! Sami n'est plus à ses côtés pour la soutenir.

— Je lui en ai parlé. Elle me donne raison. Romans n'est pas le bout du monde. Je redescendrai de temps en temps à Montpellier. Je ferai les vitrines avec ma fille, on ira au cinéma… Quant à mes parents, je ne les abandonnerai pas. On s'arrangera.

Ariane n'en dit pas plus sur son intention de quitter définitivement la région.

Quand Jacques rentra chez lui, aux Taillades, il déclara sans détour à Clémence :

— Je vais remettre mon cabinet à un confrère. Nous nous installerons à Montpellier dès que possible. L'atmosphère, ici, commence à devenir irrespirable. Je préfère m'éloigner, moi aussi.

— Toi aussi ? s'étonna Clémence.

— Oui, comme Ariane. Elle a décidé de partir travailler à Romans dans la Drôme. Loin de ce village, source de tous nos malheurs.

27

L'enquête sur la mort de Robert Lapierre fut finalement classée sans suite. Aucun élément nouveau n'était venu étayer la thèse d'un homicide ni celle d'un suicide. La victime, qui n'avait rien d'un être déprimé, serait tombée du haut du pont de l'Alzon, probablement à cause de son état d'ébriété. Des témoins avaient confirmé cette hypothèse, ayant assuré avoir vu Lapierre titubant et la tête embrumée. En outre, le tenancier du café de la Placette reconnut lui avoir servi plus d'un verre d'alcool peu avant midi le jour du drame. Dans tout le village, beaucoup furent soulagés, être à la une des quotidiens pour un tel fait divers ne plaisait pas à tous.

Les souvenirs du passé furent une fois de plus remisés au grenier des oublis. Personne ne souhaitait plus remuer ce qui avait parfois affecté des familles entières. Pour l'heure, l'actualité occupait à elle seule les esprits. Chaque soir, on se rivait à son poste de télévision, lucarne magique qui avait le don de faire rêver mais aussi d'effrayer dans un monde de plus en plus anxiogène. Ne parlait-on pas maintenant de guerre froide, de terrorisme, voire de l'éventualité d'un conflit d'un autre genre qui anéantirait les populations en l'espace de quelques secondes ? Le napalm au Vietnam, la montée des tensions au Moyen-Orient, la révolution culturelle en Chine, les essais de la bombe atomique en Polynésie française, tous ces événements ne préfiguraient-ils pas une ère nouvelle où l'inquiétude, relayée par les journaux, serait permanente ?

À Cazeneuve, le Joncas et les Taillades demeuraient clos en l'absence de leurs occupants. Félicien avait retrouvé sa quiétude et retournait dans son pré pour se dégourdir les jambes et sortir ses brebis. Il n'avait pas apprécié la présence des Dufresne tout près de chez lui, voyant en eux des étrangers, pas plus que celle d'Ariane, dont il s'était méfié dès le premier jour. À ses yeux, ils n'étaient que source de problèmes, liés à des réminiscences qu'il était préférable de ne pas exhumer. Quant à leurs enfants, ce Sami Dufresne et cette Emma Chaptal – il ignorait son patronyme –, heureusement qu'il était intervenu, songeait-il avec satisfaction, afin d'éviter une scandaleuse histoire de mœurs. Il avait appris ce qui s'était passé aux Abarines entre le père et la fille après sa visite et se félicitait que Charles Chaptal ait mis un terme à la relation entre sa petite-fille et le fils Dufresne. Tout était terminé à présent, se réjouissait-il non sans une pointe de cynisme à l'égard de ces gens soi-disant de bonne famille. Félicien était un paysan dans l'âme. Il avait des convictions et des idées bien arrêtées. Il émettait rarement un avis mais, quand il le jugeait nécessaire, il n'hésitait pas à intervenir pour que le monde autour de lui ne parte pas à la dérive.

Félicien se posait en garant de l'ordre et de la morale.

Sami et Emma n'étaient pas revenus à Cazeneuve. Ils avaient repris leurs études chacun de son côté, Sami à Lyon, Emma à Montpellier. Ils ne parvenaient pas à oublier ce qui les avait opposés, mais restaient persuadés tous deux qu'il leur manquait un élément du problème.

Sami devinait que son père dissimulait un mystérieux secret à propos de sa mère. Jacques, qui lui rendait visite régulièrement à Yvoire pendant ses révisions, déviait toujours la conversation. Il s'obstinait en effet à lui cacher qu'Aliza était tombée enceinte à la suite des actes de Kurt Hensler. Il pensait que Sami ne se relèverait pas d'un tel aveu. Découvrir que sa mère avait été violée pendant des mois par un nazi l'anéantirait, croyait-il non sans raison. Aussi Sami savait-il seulement qu'Aliza était juive et qu'elle était morte peu après sa venue au monde.

De son côté, Emma s'abrutissait dans le travail. Elle s'était finalement rangée à l'idée de Sami et avait demandé une spécialité pour la prochaine rentrée : la pédiatrie. Ayant elle-même pâti de l'absence d'un père, et connaissant le malheur de Sami d'avoir perdu sa mère, elle était particulièrement touchée par la souffrance des enfants. Avant de regagner Montpellier, elle en avait informé Ariane qui s'était réjouie de son choix.

— Sami n'avait pas tort, se justifia-t-elle. La médecine générale ne nous convient pas. Je regrette de m'être fâchée avec lui pour cette raison.

— Alors il faut le lui dire ! lui conseilla Ariane, dépitée de voir sa fille en proie à des remords.

— Non, de toute façon je ne pourrai plus jamais le regarder comme avant, après ce que papi et toi m'avez révélé.

— Tu lui en as parlé ?

— Surtout pas ! Je l'aime encore. Je ne voulais pas le rendre plus malheureux.

Ariane comprit que sa fille, comme elle de nombreuses années auparavant, se sacrifiait par amour. Elle en fut très contrariée mais l'approuva.

*

Ariane quitta Florac et sa région où, dorénavant, elle n'envisageait plus rien. Elle avait donc fixé son choix sur Romans, capitale de la chaussure, où elle pensait trouver facilement un travail de styliste.

Avant de partir, elle tint à tranquilliser sa mère et à assurer à son père que sa décision n'était motivée que par sa seule volonté de s'éloigner du lieu où son passé l'avait rattrapée. Certes, elle n'oubliait pas la réaction de Charles envers Sami et Emma. Mais n'avait-il pas fait marche arrière une fois de plus ?

— Il ne changera jamais, s'était-elle résignée devant Thérèse. Il agit et tranche toujours sur un coup de tête, mettant en avant ses principes rigides et son autorité de patriarche, sans réfléchir aux conséquences de ses actes sur ses proches. Puis il regrette et éprouve des remords qui l'amènent ensuite à de meilleurs sentiments. Papa est un être entier, trop difficile à gérer pour moi. Je n'ai plus envie de me heurter à lui, chaque fois que nous aurons un avis contraire. Je ne disparaîtrai pas, je reviendrai aux Abarines quand mon nouveau travail m'en laissera le loisir.

Charles n'essaya pas de retenir sa fille, conscient qu'entre eux la confiance ne régnait plus. Quant à Thérèse, une fois encore, elle courba l'échine, dans l'espoir que tout finirait par s'arranger.

Ariane séjourna d'abord une semaine à Montpellier pour rester au plus près d'Emma qu'elle savait en souffrance. Elle ne désirait pas lui imposer sa présence, aussi se montra-t-elle la plus discrète possible. Elle prit une chambre dans un petit hôtel près de la gare Saint-Roch, et, quand Emma n'avait pas cours, lui proposait de sortir s'aérer l'esprit.

Heureuse de se retrouver avec sa mère, loin du lieu de ses tourments, Emma semblait reprendre goût à la vie. Elles se donnaient rendez-vous devant la faculté et, comme deux complices, filaient dans le centre-ville, s'attardaient aux terrasses des cafés, sur la place de la Comédie, ou déambulaient dans les magasins en quête d'une bonne affaire.

Un soir, Ariane invita Emma au cinéma. La queue s'étirait devant le Gaumont. Au programme, le film de Luis Buñuel *Belle de jour*. Emma adorait Catherine Deneuve qu'elle avait découverte dans le film de Jacques Demy *Les Parapluies de Cherbourg*. À ses yeux, elle incarnait la jeunesse et la liberté. Elle la préférait à Brigitte Bardot qu'elle jugeait plus légère, plus désinvolte, et cependant tout aussi jolie, dans les rôles que Vadim lui offrait.

L'actrice mise en scène par Buñuel portait des escarpins vernis à boucles, signés Roger Vivier. Ariane le releva en lisant attentivement le générique. En sortant de la salle obscure, elle en fit aussitôt la remarque à Emma.

— Tu vois où mène le talent ! lui signifia-t-elle. Rien n'est impossible à ceux qui gardent foi en leur avenir. Roger Vivier chausse les grandes stars du cinéma depuis plus de trente ans. Jeune apprenti bottier à quinze ans, en 1930 il habillait déjà de paillettes les pieds de Mistinguett. En 53, je me souviens, il travaillait pour Dior. Il était le seul à qui ce dernier permettait d'accoler son nom au sien. La même année, il a créé les sandales de chevreau or brodées de grenats de la nouvelle reine d'Angleterre, Élisabeth II, pour son couronnement.

Ariane connaissait bien les ateliers parisiens de Roger Vivier d'où, en 1954, étaient sorties les premières chaussures à talons aiguilles, à la paternité partagée avec Charles Jourdan. Cette invention, qui terminait la silhouette féminine d'un simple coup de crayon, avait ravi Christian Dior, car elle accompagnait à merveille, de sa fière cambrure, ses modèles les plus raffinés. À l'époque, elle avait approché le grand chausseur, mais n'avait jamais imaginé qu'un jour elle rejoindrait son univers.

— Comme quoi, ajouta-t-elle, tout est possible dans la vie. Il ne faut jamais désespérer de rien.

Ariane avait conscience des difficultés d'Emma à traverser cette période douloureuse. Elle se montra rassurante et attentionnée, prit tous les prétextes pour l'encourager à ne pas baisser les bras. Elle ignorait si le destin remettrait un jour sa fille sur le chemin de Sami. Elle s'efforçait d'y croire, en dépit de sa propre expérience.

— Fais le premier pas, lui suggéra-t-elle.

Elle tenta en vain de persuader Emma que, même si Jacques n'était pas le père de Sami, cela ne devait en rien altérer ses sentiments pour lui.

— Il faut se placer au-dessus de tous ces préjugés. Nous ne choisissons pas nos parents, donc nous ne pouvons être tenus pour responsables de leur conduite. Sami ne serait pas le premier à ne pas connaître son père biologique. Cela ne change rien pour lui ni pour toi. C'est un garçon exceptionnel, qui a été élevé dans l'amour d'une vraie famille. Peu importe si Jacques et Clémence ne sont pas ses parents. Tu ne dois pas lui reprocher ses origines obscures.

Emma souffrait intérieurement d'entretenir de telles pensées.

— Je ne lui en veux aucunement, se défenditelle. Mais, à l'idée qu'il ait été conçu à la suite d'un viol perpétré par celui qui a aussi abusé de ma propre mère, cela me révulse. Chaque fois qu'il me serrera dans ses bras, je me souviendrai de ce que tu as subi.

Après une semaine en compagnie de sa fille, Ariane quitta celle-ci sur le quai de la gare, non sans l'inviter à réfléchir à ce qu'elle lui avait conseillé.

Emma ne lui promit rien, laissant le silence répondre pour elle.

28

Ariane s'exila à Romans.

Au Moyen Âge, la cité était déjà renommée pour ses activités de mégisserie. Depuis plus d'un siècle, sur une initiative de François Barthélémy Guillaume, l'industrie de la chaussure avait relayé celle de la tannerie. Au cours de la Grande Guerre, elle y était devenue prépondérante et employait la majorité de la population. Romans s'était alors orientée vers une production de luxe et de qualité. Ce qui convenait parfaitement à Ariane. C'était le choix qu'elle avait imposé à son père à son retour à Florac.

La ville accueillait les ateliers de célèbres créateurs, tels que Jourdan, Clergerie, Kélian. Tous travaillaient en relation étroite avec le monde de la haute couture.

À son arrivée, Ariane ne se lança pas dans la recherche d'une place de styliste, elle souhaitait prendre un peu de temps pour elle.

Dès le premier jour, elle loua une chambre dans une maison modeste du quartier de la Presle, dans la vieille ville. Elle y établit ses quartiers momentanément, le temps de prendre ses marques et de trouver un logement plus spacieux et plus confortable. Enserrée dans ses remparts, Romans en effet avait beaucoup changé depuis la fin du siècle précédent, avec la construction du chemin de fer et de la gare. Elle s'était étendue vers l'est, ce qui avait permis la valorisation de nouveaux espaces où avaient fleuri de nombreux ateliers de chaussures. Ces bâtiments, aux toits en dents de scie, attestaient encore de l'essor de la ville, dont les tanneries avaient migré en périphérie, tandis que la population ouvrière avait été relogée hors les murs, dans le quartier de la Petite-Monnaie.

Très vite, Ariane repéra les belles demeures d'aspect bourgeois édifiées à l'époque de la municipalité de Jules Nadi, dans les années 1920, et témoins de l'enrichissement des classes moyennes. Sans hésiter, elle emménagea dans un pavillon individuel au-delà de la voie ferrée. La maison n'était pas très spacieuse, mais elle possédait un jardin en façade et donnait à l'arrière sur des terrains en friche descendant jusqu'à l'Isère. La vue sur la rivière lui rappelait celle qui s'offrait à elle de sa chambre, aux Abarines. La proximité de la nature la rassurait.

Une fois installée, elle visita les entreprises implantées dans la ville et se renseigna sur leur notoriété. Peu lui importait de travailler pour une enseigne reconnue ou pour un jeune établissement. Seule la place de styliste l'intéressait.

Ses pas cependant la guidèrent chez Charles Jourdan, le plus célèbre chausseur de la cité. Elle se souvenait que, l'année de son départ de chez Christian Dior, Charles Jourdan avait ouvert sa première boutique à Paris, boulevard de la Madeleine. L'événement avait fait grand bruit dans l'univers très distingué de la mode. Très vite – mais Ariane n'était déjà plus là pour le constater –, Charles Jourdan était devenu le chausseur de référence, concurrençant Roger Vivier chez Dior et ailleurs.

Afin de ne pas passer pour une ignorante, elle étudia le parcours du créateur dans les revues spécialisées. Elle voulait s'imposer non seulement par son expérience mais aussi par ses connaissances du milieu. Elle se renseigna et fut surprise d'apprendre que Charles Jourdan produisait uniquement de petites collections, déclinées en une multitude de coloris. Ce qui, à ses yeux, était un gage de talent. Elle découvrit qu'il avait été le premier fabricant français installé aux États-Unis en 1952. Marilyn Monroe était l'une des premières fidèles de la marque qui alliait élégance et confort. Ava Gardner, Sophia Loren, ou encore Jackie Kennedy témoignaient également du succès du créateur français outre-Manche.

Elle n'hésita pas longtemps. Après deux ou trois visites chez des chausseurs moins illustres, qui lui promirent de la rappeler dès qu'un poste de styliste se libérerait, elle franchit la porte de la maison Jourdan et proposa ses services.

Le chef du personnel étudia attentivement son curriculum vitæ avant de lui poser quelques questions bien ciblées.

— Êtes-vous mariée ? s'enquit Didier Van Duynslaeger. Avez-vous des enfants ?... Quelles sont vos disponibilités ?... Qu'avez-vous créé d'original dans l'usine de votre père ?... Étiez-vous seul maître de vos décisions pour vos collections ?... Pour quelles raisons avez-vous quitté l'entreprise familiale ?... Avez-vous exercé un autre métier auparavant ?...

Ariane, sans se départir de son calme, répondit sans hésitation à l'interrogatoire du chef du personnel. Ce dernier la testait, cherchait à déceler une faille dans son profil. Ariane évita de lui parler de sa vie privée. Son passé lui appartenait. Elle n'avait pas à l'exposer au premier venu, fût-ce lors d'un entretien d'embauche.

Plus les minutes passaient, plus elle se disait qu'elle ne serait pas retenue. L'homme, devant elle, réajustait ses grosses lunettes d'écaille chaque fois qu'il griffonnait dans son registre. Sa mine austère dénotait sa méfiance. Il n'avait pas semblé apprécier qu'elle ait parlé de Roger Vivier en faisant allusion à Christian Dior. Les deux chausseurs étaient-ils à ce point rivaux auprès des grands couturiers ? se demanda-t-elle.

Le chef du personnel ne lui donna pas immédiatement sa réponse.

— Je dois en référer au patron, se contenta-t-il de l'informer. Je ne vous promets rien.

Ariane s'en retourna chez elle, déçue.

Elle attendit sans trop d'espoir un message de la maison Jourdan. Elle profita de son temps de liberté pour agencer son intérieur. Elle acheta quelques meubles, refit les tapisseries, peignit les portes et les plafonds. Elle s'épuisa dans le travail manuel pour éviter de penser à un échec.

Au bout de trois semaines, elle comprit qu'elle ne serait pas engagée.

Alors, elle s'apprêta à partir à Montpellier pour retrouver sa fille et oublier sa déception. Elle s'était mis en tête qu'en cas de refus elle ne resterait pas à Romans. Mais où aller ? se demanda-t-elle. Elle se sentit soudain perdue, comme après son procès et sa relaxe.

Retourner aux Abarines et réintégrer son poste auprès de son père était inenvisageable. Elle avait sa fierté. Elle se montrait aussi entêtée que Charles. Or, se convainquait-elle, j'ai du talent, personne ne m'ôtera cette certitude. Elle songeait souvent aux paroles de Joseph, le vieux peintre de la butte Montmartre qui l'avait prise sous son aile à son arrivée à Paris. Il l'encourageait sans cesse lorsqu'elle perdait confiance, lui affirmait qu'elle était une artiste-née. Alors, pourquoi ce chef de service, qui n'avait sans doute jamais tenu un crayon de sa vie, se permettait-il de douter de ses capacités ? maugréait-elle dans l'attente de sa réponse.

Ses bagages étaient bouclés quand elle reçut un télégramme en provenance de la maison Jourdan. Son cœur cogna dans sa poitrine.

Elle ouvrit lentement le pli. Lut :

Madame Latour, vous êtes priée de vous présenter le plus tôt possible au bureau d'embauche de la maison de création de chaussures Charles Jourdan. À la suite de votre entretien, nous avons le plaisir de vous informer que vous êtes embauchée comme styliste.

Ariane bondit de joie.

Elle déballa immédiatement sa valise.

Le lendemain, à l'heure d'ouverture de l'établissement, elle était devant la grille de la maison Charles Jourdan.

Elle y fut officiellement engagée et, en référence à son passage chez Christian Dior, fut chargée des relations avec les grandes maisons de couture : Dior, Chanel, Balenciaga, Cardin.

29

Alors qu'Ariane s'était faite à ses nouvelles fonctions, Emma avait repris ses cours à la faculté, essayant de ne plus songer à ce qui l'avait éloignée de Sami. Elle restait souvent très tard à la bibliothèque pour approfondir ses connaissances, suscitant l'admiration de ses professeurs. Elle découvrait la pédiatrie avec grand intérêt et se montrait déjà particulièrement douée pour cette spécialité.

Le soir venu, elle dînait au restaurant universitaire puis rentrait chez elle sans traîner. Certains après-midi, pour se changer les idées, elle se permettait une séance de cinéma avec une amie. Elle évitait de sortir à la nuit tombée, craignant les mauvaises rencontres dans les rues étroites de la vieille ville où se situait son studio. Plus d'une fois, elle fut approchée par des garçons malintentionnés qui rôdaient dans la rue des Étuves aux abords de l'Opéra. Pour leur échapper, elle filait sans leur répondre, son sac serré contre sa poitrine, redoutant le pire, songeant à ce qui était arrivé à sa mère et à celle de Sami pendant la guerre. Cette seule pensée lui retournait le cœur. Elle ne s'en était jamais confiée à personne, estimant qu'il s'agissait d'actes monstrueux.

Autour d'elle, les filles qui militaient pour la défense de la liberté de la femme commençaient à être nombreuses. Beaucoup s'émancipaient de la tutelle de leurs parents et affichaient leur méfiance vis-à-vis des garçons avec ostentation.

Claire Bérenger, sa meilleure amie, appartenait à l'association mixte Féminin Masculin Avenir, le FMA, créé depuis peu au sein du Mouvement démocratique féminin par Jacqueline Feldman et Anne Zelensky. Elle pressait Emma de la rejoindre.

— Nous voulons proclamer notre indépendance et lutter pour la liberté de nos droits, lui affirmait-elle. Tu devrais assister à nos réunions sur les relations entre hommes et femmes.

Emma n'était pas prête à s'engager dans quelque mouvance que ce soit. Son esprit était trop occupé par les souvenirs de Sami.

Elle préférait se consacrer entièrement à ses études.

Elle déclina l'invitation de Claire.

Décembre touchait à sa fin. Elle s'apprêtait à quitter Montpellier pour rejoindre ses grands-parents à Cazeneuve et fêter avec eux la nouvelle année. Si elle maintenait encore une certaine distance avec son grand-père, elle gardait des liens étroits avec sa grand-mère, devenue son unique confidente. Elle ignorait si Ariane se rendrait également chez ses parents.

Depuis qu'elle avait été embauchée chez Charles Jourdan, celle-ci lui donnait moins de nouvelles et n'était pas venue la voir à Montpellier. Son travail l'accaparait. Elle se déplaçait fréquemment à Paris et avait renoué avec d'anciens collaborateurs du monde de la haute couture. Ariane semblait s'épanouir dans ses nouvelles fonctions. Un autre destin s'était ouvert devant elle.

Aurait-elle oublié les affres de son passé ? osait espérer Emma.

Dans les lettres qu'elles s'adressaient, elles évitaient de ressasser les mêmes histoires. Ariane décrivait à sa fille en quoi consistaient ses responsabilités au sein du groupe Jourdan. Emma qui se passionnait pour la pédiatrie parlait longuement de ses études. Et raconta que son amie Claire l'avait persuadée de se joindre à son groupe de joyeux lurons, avec lesquels, lui avait-elle affirmé, elle n'avait rien à craindre.

Les étudiants de son année se préparaient à fêter Noël dans les locaux de la faculté selon la tradition des carabins. Elle n'appréciait pas beaucoup ce genre de célébrations sujettes à des débordements qu'elle réprouvait. Elle n'aimait ni boire ni se laisser aller en public. Toutefois, ne souhaitant pas se démarquer, de crainte d'être mise à l'écart, elle accepta d'y participer.

Le dernier jour de cours, elle s'attarda dans les couloirs de la faculté pour offrir ses services à la préparation de la soirée.

Tandis qu'elle pénétrait dans une réserve pour y prendre des boissons, un étudiant déjà passablement éméché l'accula contre le mur. Il lui demanda sans détour si elle couchait avec les garçons.

— Je sais que tu fréquentes ces folles du FMA, lui souffla-t-il au visage, l'haleine lourde de vapeurs d'alcool. Tu préfères peut-être baiser avec les filles ! Non ? Les garçons, c'est pas ton truc !

Emma détourna la question.

— Rends-toi plutôt utile en apportant ces bouteilles, lui rétorqua-t-elle en essayant de se dégager et d'atteindre la porte du local.

Il la retint au passage, voulut l'embrasser de force. Emma s'esquiva. Le repoussa. S'énerva.

— Arrête ! Tu es ivre avant même que la fête ait vraiment commencé. Laisse-moi tranquille !

— Sinon, qu'est-ce que tu fais ? Tu appelles ta maman ?

Emma n'était pas parvenue à s'arracher à la poigne de l'étudiant. Elle se débattit. En vain.

Il la pressa contre un mur. Tenta d'arracher son corsage. Puis de déboutonner son jean.

Elle poussa un cri. Il lui plaqua une main sur la bouche.

— Détends-toi, lui murmura-t-il à l'oreille. Tu verras comme c'est agréable.

Il glissa ses doigts dans son pantalon, colla ses lèvres aux siennes.

Elle eut alors la vision de sa mère aux prises avec l'officier allemand et perdit tous ses moyens. Tétanisée.

Quand, tout à coup, un bruit de pas tout proche la ramena à la réalité. Quelqu'un venait à son secours.

— Lâche-la ! entendit-elle.

Elle sentit faiblir l'étreinte de son agresseur. Celui-ci fut projeté en arrière, trébucha, s'étala sur le sol.

— Fiche-moi le camp ! poursuivit l'inconnu. Je me souviendrai de toi à ton prochain examen !

Encore toute retournée, Emma remit de l'ordre dans sa tenue et ouvrait la bouche pour remercier son bienfaiteur quand la surprise la coupa dans son élan.

— Vous ! s'étonna-t-elle.

— Ça va ? Tu n'as rien ? Heureusement que je passais par là !

— Monsieur Dufresne ! Que faites-vous là ?

— Moi aussi, je participe à votre petite fête. Quand tu as appelé à l'aide, je me suis précipité. J'ai horreur de ces manières éhontées qui dégradent notre faculté. Cet étudiant ne mesurait certainement pas la portée de son geste. Mais je ne le manquerai pas !

— Je ne comprends toujours pas pourquoi vous vous trouvez dans cette faculté ! insista Emma.

— J'y enseigne l'anatomie aux deuxième année. Je suis chargé de cours depuis la rentrée. On m'a pressenti. J'ai accepté volontiers. Cela me change de mes consultations à l'hôpital.

Emma ne cacha pas sa surprise.

Elle en fut tout émue. Elle pensa aussitôt à Sami, mais n'osa lui demander de ses nouvelles.

Jacques fit le premier pas.

— Viens donc à la maison. Je suppose que tu n'es plus très disposée à poursuivre cette petite fête. Tu dois être bouleversée.

Emma hésita.

— Tu y reverras Clémence, reprit Jacques. Nous discuterons tranquillement tous les trois, loin de ces chahuts de carabins.

Elle réfléchit quelques secondes, puis suivit Jacques jusque chez lui, rue de la Loge.

*

Clémence l'accueillit chaleureusement, ravie de la retrouver après une si longue absence. Elle l'invita gentiment à partager leur dîner.

— Tu n'es pas pressée de rentrer chez toi ?

— J'évite de traîner dehors le soir. On ne sait jamais.

Jacques narra sa mésaventure à la faculté.

— Si tu préfères, reste dormir chez nous, lui proposa Clémence.

Emma refusa, précisant qu'elle avait l'intention de prendre le premier train pour Alès le lendemain.

— Je vais rendre visite à mes grands-parents à Cazeneuve, expliqua-t-elle.

Jacques s'excusa et s'esquiva dans la cuisine.

— C'est moi qui prépare le repas. Vous aurez tout le temps de bavarder entre femmes. Vous avez certainement beaucoup de choses à vous raconter.

Clémence sourit.

— Il adore cuisiner. C'est son péché mignon. Je lui laisse souvent les manettes, trop heureuse !

Clémence hésitait à orienter la conversation sur Sami. Elle ignorait si Emma avait eu de ses nouvelles, s'ils étaient restés en relation malgré leur différend.

De son côté, Emma semblait embarrassée.

Jacques leur proposa un apéritif.

— Sami et toi, vous ne buviez jamais d'alcool. Mais j'ai du Coca-Cola…

Emma sursauta. Entendre le nom de Sami, comme si de rien n'était, la troublait. Elle ne put dissimuler son émotion.

Jacques se reprit.

— Pardonne-moi, je n'aurais pas dû.

Emma se détendit. Ajouta, avide de parler de celui qu'elle aimait toujours :

— Comment va-t-il ?

De fil en aiguille, la conversation tourna autour

de l'absent. Son évocation réconfortait Emma, lui procurait un bonheur qu'elle n'avait plus ressenti depuis longtemps.

Alors elle se libéra, avouant être très malheureuse d'avoir quitté Sami après une simple querelle d'amoureux.

— Était-ce seulement pour cela ? demanda Clémence qui sentait Emma sur ses gardes.

Celle-ci lui parut très troublée.

Elle n'insista pas.

Mais Emma confia :

— Je ne parviens pas à accepter que Sami puisse être le fruit d'un viol avec celui qui a aussi abusé de ma mère. Je connais les dessous de cette tragédie. Je n'en ai jamais discuté avec Sami, je ne tenais pas à le bouleverser…

Elle s'interrompit. Reprit, embarrassée :

— Voilà… je vous ai donné le véritable motif de notre séparation. Je regrette, je suis la seule responsable de cette situation qui rend Sami si malheureux… Je suis contente de vous avoir parlé.

Jacques se taisait. Abasourdi.

Clémence le fixait d'un air désemparé.

— Jacques, dis quelque chose ! Ne laisse pas Emma dans l'ignorance plus longtemps ! Explique-lui toute la vérité.

— Tu crois que Sami est le fils d'un Allemand ? s'insurgea-t-il. Tu donnes donc raison à ceux qui ont répandu cette ignominie ! Je pensais que, déjà à l'école, tu avais pris sa défense et rejeté cette rumeur.

— Comment peux-tu prêter l'oreille à de tels ragots ? ajouta Clémence.

— Il ne s'agit pas de ragots ! s'indigna Emma. Aliza a bien eu un enfant à la fin de la guerre, un enfant né d'une relation forcée avec l'officier allemand qui logeait sous le toit de mes grands-parents !

La conversation s'envenimait. Emma demeurait persuadée qu'on lui mentait.

— Comment osez-vous nier devant moi cette terrible réalité ? explosa-t-elle. Sami est le fruit du viol que votre femme a subi. En outre, j'ai des doutes sur mon propre père à présent. Ma mère aussi a été victime de ce bourreau nazi. Tout le monde était au courant. Pourquoi ne nous a-t-on pas avertis, Sami et moi ? Si mon grand-père ne s'était pas opposé à notre union, que se serait-il passé ? Vous l'imaginez ? Pas moi !

Emma s'effondra, en larmes.

Elle se leva brutalement dans l'intention de partir, furieuse d'avoir été trompée.

— J'ai eu tort de vous parler, se reprocha-t-elle en regardant Jacques. Je n'aurais jamais dû accepter votre invitation.

Devant le désespoir qui se lisait dans ses yeux, Clémence la rattrapa et la supplia de l'écouter.

— Je vais tout te raconter, lui dit-elle en la

conviant à se rasseoir. C'est trop difficile pour Jacques.

Jacques s'était à nouveau absenté dans la cuisine, mais percevait la conversation.

— Effectivement, cet Allemand a violenté Aliza sous la menace. Elle est tombée enceinte. D'un commun accord avec Jacques, elle a décidé d'avorter. Simone Bastide avait accepté de s'en charger. Mais il était trop tard. Alors, elle est allée au terme de sa grossesse…

— Sami est donc bien le fils de ce criminel qui a aussi abusé de ma mère ! la coupa Emma. Comment voulez-vous que je puisse encore le regarder dans les yeux avec amour, sans songer une seconde à cette horrible réalité ?

— Non ! s'écria Jacques du fond de la cuisine.

Il revint parmi elles.

— Tu te trompes ! Cet enfant n'a pas vécu. Il souffrait d'une malformation. Il est mort à quarante jours. Mais dans notre malheur, nous avons été réconfortés. Quelques semaines plus tard, Aliza est à nouveau tombée enceinte. Sami est né avant terme huit mois après. Son père, c'est bien moi, il faut me croire sur parole.

Emma avait peine à admettre une telle explication. Mais Clémence confirma les propos de Jacques et lui montra l'acte de naissance de Sami, à défaut de lui présenter l'acte de décès du bébé, étant donné les circonstances de sa venue au monde.

— Nous l'avions appelé François, ajouta Jacques,

effondré d'avoir été contraint de ressusciter un passé qu'il s'efforçait d'oublier.

Emma se rassit, encore sous le choc de ces aveux. Tout tournait subitement dans son esprit, sa mère… son grand-père… Félicien… Émile… Jacques.

Elle se ressaisit, soulagée, et déclara :

— Alors… je me suis trompée… Sami n'est pas…

Elle ne termina pas sa phrase.

Clémence lui souffla la réponse à la question qu'elle ne parvenait pas à poser.

— Sami et toi n'avez pas le même père, si c'est ce que tu redoutais. Rien ne s'oppose à votre union.

Jacques griffonna trois lignes sur une feuille de papier.

— Tiens, lui dit-il, un sourire illuminant enfin son visage. Voici l'adresse où tu trouveras Sami. Cours le rassurer. Je suis sûr qu'il t'attend.

— Il m'aime encore ?

— Tu en doutes ?

30

Emma prévint sa mère qu'elle montait à Yvoire. Elle lui annonça sans s'étendre que tout s'arrangeait avec Sami, sans oser imaginer la réaction de ce dernier.

Elle le trouva en pleine révision de son examen dont une partie avait lieu fin janvier.

Quand elle frappa à sa porte, il ne contint pas son émotion.

— Emma ! Comment m'as-tu retrouvé ? se réjouit-il, prêt à se jeter dans ses bras.

Il hésita au dernier moment. Emma s'avança vers lui, lui sourit :

— Pardonne-moi, Sami. Je me suis trompée. Je t'aime toujours. Je ne peux pas vivre sans toi.

Surpris, Sami l'invita à entrer.

— Que se passe-t-il ? s'inquiéta-t-il. Pourquoi es-tu là ?

— J'ai rencontré ton père dans les couloirs de la fac. Il m'a tout expliqué... J'ai été aveugle.

Emma se sentait coupable d'avoir rejeté Sami. Elle lui raconta dans le détail les raisons qui lui avaient interdit de poursuivre sa relation avec lui, puis ses craintes sur sa propre naissance.

— J'ai même envisagé que nous avions le même père, cet abominable Allemand qui logeait chez mes grands-parents.

Effaré, Sami resta sans voix.

— On nous a soupçonnés tous les deux d'être les enfants de ce sale type !

— Mon grand-père a instillé le doute dans l'esprit de ma mère, ajouta Emma.

— Mais comment en est-il arrivé à cette conclusion ?

— Le vieux Félicien est venu aux Abarines. Il savait beaucoup de choses. Des ragots, en réalité.

Sami se sentait à la fois soulagé, dépité et en colère.

— C'est écœurant ! Mais pourquoi mon père a-t-il laissé courir de tels bruits ? Je lui en veux de m'avoir tenu dans l'ignorance. Lui connaissait la vérité.

Emma commençait à regretter de s'être livrée.

— Il ne souhaitait pas te rendre malheureux. Et il était persuadé que je m'étais éloignée de toi pour une autre raison, celle que j'ai invoquée devant toi.

Sami était décontenancé.

Il fixa Emma dans les yeux. S'approcha d'elle. La prit dans ses bras.

— Ma chérie, comme je suis heureux que tu sois revenue ! Plus jamais nous ne nous séparerons.

Ils se donnèrent aussitôt l'un à l'autre, rattrapant le temps perdu, dans un tourbillon de voluptés qui les emporta jusqu'au petit matin.

Ils séjournèrent une semaine dans la villa au bord du lac, sans se préoccuper d'envoyer de leurs nouvelles, sans sortir, se contentant de se prélasser sur la terrasse, au soleil de l'hiver, à admirer la couleur argentée de la surface de l'eau. Emma fut immédiatement subjuguée par cet endroit, véritable balcon sur le Léman, d'où son regard voguait à l'infini et s'évadait toujours plus haut.

L'année nouvelle commençait, pleine de promesses.

Sami réagit le premier.

— Il faudrait informer nos familles. Elles doivent s'inquiéter.

Tout à son bonheur, Emma ne songeait pas à tranquilliser les siens. Elle acquiesça.

— Nous irons d'abord à Romans avertir ma mère, puis à Montpellier chez tes parents, suggéra-t-elle.

Sami se rembrunit.

— Ça ne te convient pas ? s'enquit Emma.

— Je désirerais éclaircir certains points. Après la visite à mes parents, nous partirons à Cazeneuve. Moi aussi, j'ai des comptes à régler.

Emma l'interrogea.

— Quels comptes ?

— Tu m'as bien dit que c'est le vieux Félicien qui est allé voir ton grand-père ?

— Oui.

— Alors, c'est lui qui est à l'origine de tout ! Il faudra qu'il s'explique.

— C'est un vieil homme qui n'a plus toute sa tête, plaida-t-elle en sa faveur.

— Peu importe. Je ne serai en paix qu'une fois toute la vérité levée sur cette tragédie vécue par nos mères.

Lorsqu'ils arrivèrent à Romans, ils trouvèrent porte close. Ariane était partie chez ses parents aux Abarines pour les fêtes de fin d'année.

Ils gagnèrent aussitôt Montpellier. Jacques et Clémence leur ouvrirent les bras et ne mesurèrent pas leur bonheur à les voir à nouveau réunis. Jacques se confondit en excuses auprès de son fils pour l'avoir maintenu dans l'ignorance. Mais soulagé qu'il n'y eût aucun doute sur leur lien de parenté, Sami pardonna à son père.

— Moi, je n'ai jamais prêté l'oreille aux médisances que j'entendais à l'école. Tu te souviens, Emma, comment Pierre Lapierre m'appelait ? Fils de Boche ! qu'il s'écriait dans la cour de récréation.

— C'est son père et sa mère qui divulguaient de telles ignominies, affirma Jacques. Je m'en suis rendu compte très vite. Tout finit par se savoir dans un petit village. Je ne tenais pas à remuer le passé. J'ai toujours ignoré Robert Lapierre.

— Il ne l'a pas emporté au paradis ! releva Clémence.

— Pourquoi ? s'étonna Sami.

— Il est mort. À la suite d'une chute malencontreuse du haut d'un pont. Il était ivre.

Jacques garda pour lui l'enquête des gendarmes, de crainte de perturber d'une autre manière son fils et Emma.

— Et si nous fêtions votre réconciliation à Cazeneuve ? proposa-t-il. Ce serait une bonne occasion de nous y retrouver tous ensemble.

*

Emma rejoignit directement les Abarines. Ariane avait remis les clés du Joncas à sa propriétaire dès son départ pour Romans. Mère et fille furent accueillies par Thérèse à quelques heures d'intervalle.

— Vous vous êtes donné le mot ! s'exclama celle-ci, au comble du bonheur de revoir sa petite-fille. Ariane vient d'arriver. Je ne m'attendais pas à ta visite. Cela fait si longtemps !

Emma tomba dans les bras de sa mère.

Charles, comme toujours, était à l'usine. Il y passait tout son temps, prétextant que personne ne le suppléait et que, avec l'absence d'Ariane, tout lui incombait. Quand il rentra chez lui pour le repas du soir, il demeura sans voix. Les larmes lui montèrent aux yeux, trahissant son émotion.

— Vous… vous auriez dû nous prévenir. Je me serais hâté.

Charles était bouleversé. Ariane s'en aperçut en l'étreignant. Il la serra contre lui avec beaucoup plus de chaleur qu'il n'en avait l'habitude.

Elle dévia aussitôt la conversation.

— Nous avons eu la même idée, Emma et moi. Fêter la nouvelle année aux Abarines. Nous ne nous sommes pas concertées, n'est-ce pas, ma chérie ?

Emma regardait son grand-père avec beaucoup de tendresse. Elle se retint de courir l'embrasser.

— Les Dufresne sont revenus aux Taillades, lui apprit-elle. Sami accompagne ses parents.

Elle observa la réaction de son grand-père.

Charles semblait embarrassé.

Thérèse se porta à son secours.

— Marie va nous préparer le repas. Ce sera un peu improvisé, mais je peux compter sur elle pour nous concocter un bon petit plat. J'ai des réserves dans le congélateur.

En attendant, elle convia sa fille et sa petite-fille au salon.

— Et si tu ouvrais une bouteille de champagne ! suggéra-t-elle à son mari. Fêtons ces retrouvailles tous ensemble.

Charles s'exécuta.

Il laissa s'écouler une demi-heure, parlant essentiellement de son travail à l'usine pour informer Ariane. Il s'intéressa à ses nouvelles fonctions au sein de la maison Jourdan. Ses yeux la fuyaient, comme s'il se retenait d'une impossible révélation.

Ariane l'aida involontairement.

— Puisque nous sommes tous réunis, je voudrais d'abord m'adresser à Emma. Puis à papa.

Tous échangèrent des regards étonnés.

— Voilà, ajouta-t-elle. Afin qu'il n'y ait plus aucun doute, je vous ai apporté la preuve que c'est bien mon ex-mari, Hervé Latour, le père d'Emma. Papa en a douté. Cela m'a beaucoup chagrinée, d'autant plus que le trouble s'est insinué dans l'esprit d'Emma.

Elle sortit de son sac à main un papier officiel à l'en-tête de la mairie de Paris.

— C'est son extrait de naissance. Tout y est consigné.

Elle tendit le document à son père.

— Il y a longtemps que je souhaitais te le montrer, je n'en avais pas encore eu l'occasion…

Charles était gêné. Il bredouilla :

— J'ai fini par te croire. Tu n'étais pas obligée…

— Ainsi, tous tes soupçons n'ont plus lieu d'être.

Emma souriait. Non pas de la réaction de son grand-père, mais de le retrouver tel qu'il se comportait avec elle avant leur différend.

Le repas touchait à sa fin. Thérèse, heureuse de voir toute sa famille réunie, tout sujet de discorde effacé, envisageait l'avenir sous de meilleurs auspices.

— Cette année nouvelle sera porteuse d'espoirs, osa-t-elle avancer en regardant sa petite-fille d'un air complice.

Dans la cuisine, Emma lui avait confié s'être retrouvée avec Sami. Elle n'en avait pas parlé de toute la soirée, de peur de jeter un froid alors que l'atmosphère était à la détente.

— Tu n'as rien à nous dire ? feignit de s'étonner Thérèse en s'adressant à sa petite-fille.

— Puisque tu insistes, mamie. Voilà, Sami et moi, nous nous sommes réconciliés. Nous désirons nous marier au printemps. Nous en avons discuté avec ses parents, ils sont d'accord.

Ariane fut la première à se réjouir.

— Je l'espérais tellement ! Je suis heureuse pour vous deux, ma chérie. Tout finit par s'arranger, je te l'avais bien dit avant mon départ pour Romans.

Charles se taisait.

— Ça ne te fait pas plaisir ? releva Thérèse. Tu n'as pas changé d'idée ? Puisque Emma est la fille d'Hervé Latour, tu ne peux plus t'opposer à son mariage avec Sami. Tes pensées sur son origine juive ne t'honoreraient pas !

— Il ne s'agit pas de mes pensées ! répliqua Charles. Au demeurant, j'ai réfléchi. Je me suis mal comporté, je le reconnais. Il y a en moi un mauvais démon qui resurgit parfois. Je l'ai terrassé. Je vous le confirme.

— À la bonne heure ! Alors, pourquoi tu ne te réjouis pas ?

Charles cherchait ses mots.

— Je dois vous faire un aveu... poursuivit-il. Je connais le délateur qui est à l'origine de tous nos malheurs. Je me reproche énormément d'avoir prêté l'oreille à un tel individu. Je me suis rendu complice par bêtise et aveuglement. Je comprendrais que vous m'en vouliez, une fois de plus.

— Quel aveu ? demanda Ariane, pressentant le pire.

Charles inspira profondément. Déclara :

— Je n'aime pas dénoncer quelqu'un. Mais après tout, Ariane et moi l'avons été pendant la guerre.

— Sois plus clair ! s'énerva Thérèse. Ne tourne pas autour du pot !

— C'est Félicien. Félicien Bastide.

Tous écarquillèrent les yeux.

— Il m'a tout avoué, pris de remords. Il ne va pas très bien. Il sent sa fin approcher. Il y a une quinzaine de jours, il est venu me voir à l'usine. Quelle ne fut pas ma surprise ! Il m'a annoncé souffrir d'un cancer de l'estomac. Puis il s'est mis à parler... Voilà... il m'a révélé avoir dénoncé Aliza Dufresne aux Allemands après avoir appris par sa femme, Simone, qu'elle était juive. Simone elle-même l'avait appris par son amie Germaine Lapierre, laquelle en avait été informée par son mari Robert.

— Jacques le lui avait confié, en effet, afin qu'il veille sur elle, coupa Ariane. De ce fait, il a toujours été persuadé que Robert avait trahi sa femme. C'était donc faux !

— Félicien a craint les représailles des Allemands sur les voisins des Dufresne, au cas où cela se serait su. Il a eu peur pour lui.

Tous demeuraient médusés.

— Ce n'est pas tout, précisa Charles. Il nous a aussi dénoncés, Ariane et moi, à la Libération, il condamnait nos agissements. Il me l'a également avoué. Il croyait que je collaborais ouvertement avec les Allemands, et sa femme lui avait révélé avoir surpris Ariane dans une situation ambiguë avec le capitaine Hensler et en avait déduit qu'elle couchait avec lui. Il n'a pas supporté.

L'atmosphère s'assombrit. Personne ne trouvait les mots justes pour continuer la conversation. Charles semblait délivré. Thérèse était submergée par une vérité qui l'avait aveuglée. Ariane tenait enfin le coupable qu'elle cherchait à démasquer depuis son retour aux Abarines. Telle était, en effet, la raison profonde de sa quête. Quant à Emma, elle ressentait un grand soulagement. Toutes ces histoires tapies dans l'ombre, tous ces non-dits, toutes ces rancœurs, qui empoisonnaient l'esprit des survivants, tomberaient maintenant dans le domaine de l'oubli.

— Il faut absoudre le vieux Félicien, eut-elle le courage d'avancer. Il n'a pas mesuré à l'époque le poids de ses actes. Tous les hommes, hélas, n'ont pas l'étoffe des héros. Tous ne sont pas comme Raphaël, le fiancé de maman.

Charles se raidit. Se mura à nouveau dans le silence.

Thérèse proposa de terminer le repas tranquillement et de ne penser dorénavant qu'au bonheur de sa petite-fille.

— Quand j'annoncerai tout cela à Sami et à Jacques, ajouta Emma, ils seront surpris !

31

Le temps calmait les esprits.

Mais Charles n'avait pas terminé ses confidences. Le plus difficile lui restait à avouer.

Ce qu'il gardait en lui depuis si longtemps l'étouffait. Mais, lui aussi, maintenant pris de remords, ne parvenait plus à supporter ce qu'il avait appris de la bouche même de son ami Henri Soubise quelques jours avant son fatal accident. Il avait beau avoir été, à maintes reprises, au bord de l'aveu, jamais il n'avait eu le courage de livrer son secret. Les différends qui l'opposaient à sa fille le maintenaient tellement à l'écart de sa famille qu'il n'avait jamais osé en rajouter.

Il attendit le moment opportun. Réfléchit aux conséquences de ce qu'il s'apprêtait à dévoiler, aux réactions probables des siens, à ce qu'il déciderait si ceux-ci le condamnaient sans appel.

Ariane s'accomplissait à Romans. Emma avait retrouvé Sami, et ensemble ils finissaient leur année universitaire à Lyon, elle en pédiatrie, lui en cardiologie. Jacques avait racheté un cabinet médical à Montpellier, Clémence à ses côtés comme à Florac, et continuait à dispenser ses cours d'anatomie à la faculté.

À l'approche de la Chandeleur, tous se réunirent une fois encore à Cazeneuve. Les Dufresne aux Taillades, Ariane aux Abarines. Sami et Emma les y rejoignirent peu après, se partageant entre leurs deux familles.

Charles souhaitait être seul avec sa fille pour lui parler.

Ariane venait parfois à l'usine pour lui présenter des dessins qu'elle avait conçus pour Charles Jourdan ou pour lui donner son avis sur ses propres créations. Elle lui semblait bien disposée. Elle se réalisait pleinement dans son nouvel univers. Elle était redevenue une femme accomplie et libre.

Toutefois elle ne parlait jamais à ses parents de ses aventures sentimentales. Thérèse avait beau la questionner, elle n'obtenait que de vagues réponses à sa curiosité :

— Oh, ma vie n'est pas le désert de Gobi ! relevait Ariane pour lui signifier qu'elle acceptait de temps en temps des relations sans lendemain, et que cela lui convenait parfaitement.

Après de nombreuses hésitations, Charles franchit le pas.

— J'ai des choses importantes à t'apprendre, lui annonça-t-il.

Le ton solennel de son père laissait tout craindre à Ariane.

Elle s'assit dans un fauteuil, dans son bureau.

— J'espère que tu n'as pas l'intention de ressortir ces histoires qui ont pollué ma vie et la tienne !

— Non. Il ne s'agit pas de cela. Mais d'un fait qui t'intéresse au premier chef.

Ariane fronça les sourcils.

— Je t'écoute.

— Promets-moi de ne pas trop m'en vouloir. Je n'ai agi que pour ton bien.

Ariane redoutait le pire.

— Je ne vais pas y aller par quatre chemins…

Il respira profondément.

— … Raphaël est vivant.

— … Qu'est-ce que tu racontes ? Si c'est une plaisanterie, elle n'est pas drôle !

— Suis-je du genre à plaisanter ?

Ariane faillit défaillir. Se ressaisit.

— Vas-y. Je suis prête à tout entendre. J'en ai pris l'habitude.

— Raphaël n'est pas mort en déportation. Henri, son père, me l'a avoué peu avant son accident.

Charles avait préparé une explication, la plus concise possible, pour permettre ensuite à Ariane de décider sereinement.

Elle l'écouta, blanche comme un linceul.

— En réalité, Raphaël est revenu à Florac en

1948. Il a été interné à Buchenwald. Ça, tu ne l'ignores pas. Il a essayé par deux fois de s'évader. Alors il a été transféré à Auschwitz. La mort à coup sûr l'y attendait. Mais le camp a été libéré par les Soviétiques. Il était parmi les rares survivants. Emmené en Russie, il fut maintenu dans un camp d'anciens déportés pendant trois ans. Puis il est rentré dans sa famille.

Ariane ne bronchait pas, les yeux remplis de larmes.

Charles poursuivit d'une voix monocorde :

— Tu étais déjà partie. Nous ne savions pas où tu avais fui. Nous ne pouvions pas te contacter. Les parents de Raphaël ont préféré lui taire ce que tu avais subi. Ils lui ont déconseillé de venir nous voir, nous étions trop éplorés. Ils lui ont affirmé que tu avais disparu, que tu le croyais mort en déportation. Désespéré, Raphaël a obéi à son père. Il a renoncé. Il a terminé ses études et s'est exilé aux États-Unis. Il s'est associé à un cabinet d'architectes à San Francisco. Seuls ses parents connaissaient son existence.

— Il avait deux sœurs ! coupa Ariane. Je les ai aperçues à l'enterrement des Soubise.

— Elles ne souhaitaient sans doute pas t'aborder. Ce n'était plus utile.

— Raphaël était absent aux obsèques !

— Il a dû être prévenu trop tard. De toute façon, il ne serait pas arrivé à temps. Il a certainement préféré rester éloigné.

Ariane ne trouvait pas les mots justes pour exprimer ce qu'elle ressentait. Ces révélations subites lui semblaient irréelles.

Elle se reprit :

— Ainsi... Raphaël est vivant !

— Je te l'ai dit. Oui, il réside toujours à San Francisco. Quand Henri Soubise m'a confessé tout cela, il n'était pas marié et n'avait pas d'enfants. Il me l'a confirmé.

— Mais comment as-tu pu garder le silence aussi longtemps ?

— Je ne désirais pas réveiller en toi de douloureux souvenirs. Chacun de votre côté, vous avez refait votre vie.

— Pourquoi maintenant alors ?

Charles se tut. Regarda sa fille, les larmes aux yeux.

— J'étais persuadé que depuis la guerre... tu avais cessé de m'aimer. Je ne voulais plus t'affronter sur ce qui a été la source de tous nos problèmes.

Ariane s'effondra dans les bras de son père.

— Comment as-tu pu penser que je ne t'aimais plus ?

Il lui fallut plusieurs jours pour se remettre des aveux de Charles.

Avant de regagner Romans, elle déclara à ses parents et à Emma :

— J'ai réservé un billet d'avion pour San Francisco. Je m'envole dans deux jours.

32

Les révélations de Charles abasourdirent tout le monde aux Abarines. Mais, loin de jeter à nouveau la discorde, elles furent accueillies comme un signe du destin.

Ariane partit aux États-Unis sans plus attendre. Elle était trop excitée de revoir Raphaël ; elle ne songea pas une seconde qu'elle pourrait être profondément déçue en se retrouvant nez à nez avec lui. Thérèse eut beau lui conseiller d'être prudente, de ne pas s'emballer, elle n'écouta que son cœur. Toute sa jeunesse lui revenait d'un coup à l'esprit.

Elle se fit conduire à Nîmes en voiture par son père, afin de gagner du temps, le train des Cévennes étant deux fois plus long à joindre Paris que celui de la vallée du Rhône. Arrivée à Orly, dans l'affolement elle se trompa de porte d'embarquement et faillit rater son vol. Au dernier moment, alors qu'elle attendait, impatiente et anxieuse, une voix dans un haut-parleur appela son nom et la convia à se rendre rapidement à la porte d'embarquement. Se levant précipitamment, elle oublia son sac à main sur le siège à côté d'elle. Il renfermait son portefeuille avec tout son argent et le carnet dans lequel elle avait consigné l'adresse de Raphaël, ainsi que quelques affaires personnelles – trousse de maquillage, lunettes de soleil, mouchoirs en papier… Heureusement, elle avait mis son passeport dans sa poche avec son billet d'avion.

Elle s'en aperçut une fois à bord. Paniquée, elle demanda à une hôtesse de l'air comment elle pourrait récupérer son sac et ce qui lui arriverait à son débarquement sur le sol américain.

— Ne vous inquiétez pas, madame, la rassura cette dernière. Je vais faire le nécessaire pour qu'on retrouve au plus vite votre bagage et vous le faire parvenir là où vous êtes attendue.

— Dans un premier temps, je dois me rendre à l'hôtel, précisa Ariane. Mais sans argent, je crains qu'on ne m'y accepte pas.

— Je suis navrée, madame, je ne peux rien faire de plus pour vous. Où descendez-vous à votre arrivée ?

— À l'hôtel International Airport.

— Nous allons prévenir la réception pour qu'ils tiennent compte de votre problème. Avec un peu de chance, ça devrait s'arranger.

Le voyage d'Ariane commençait mal. Sur le coup, elle regretta d'être partie si soudainement. J'aurais dû avertir Raphaël de mon arrivée, songea-t-elle.

Je n'aurais pas eu ce souci de dernière minute. Il serait venu me chercher.

Pendant tout le vol, elle s'angoissa à l'idée d'être refoulée par la police des frontières.

Quand elle débarqua à San Francisco, elle passa les contrôles sans aucun problème, ayant pu justifier son identité. À l'hôtel, le réceptionniste l'informa avoir été averti et l'invita à prendre possession de sa chambre. Ariane soupira de soulagement.

Elle dut patienter trois jours, trois jours pendant lesquels elle s'échina à essayer de se rappeler l'adresse de Raphaël. En vain.

Quand elle récupéra son sac, elle ne retrouva pas le carnet. J'ai oublié de l'emporter ! paniqua-t-elle.

Elle commençait à perdre espoir et était prête à repartir pour la France, quand, lisant le journal de la veille au cours de son petit déjeuner, son attention fut attirée par un titre en petits caractères en troisième page. Son anglais était approximatif, mais elle comprit ce qu'il annonçait : « Le chantier de la Central Tower a été attribué à un architecte français, Raphaël Soubise ».

Son cœur ne fit qu'un bond dans sa poitrine.

Aussitôt elle chercha comment obtenir les coordonnées de Raphaël. Elle y parvint aisément et, le lendemain, elle se rendit à l'endroit qu'on lui avait indiqué, son cabinet d'architecture. Raphaël était absent, parti sur un chantier, l'informa une secrétaire. Ariane lui expliqua qui elle était et les raisons de sa venue. Elle finit par la convaincre, en s'acharnant, de lui donner son adresse personnelle.

Lorsqu'elle fut devant la porte de Raphaël, Ariane hésita, consciente tout à coup du temps qui s'était écoulé depuis leur séparation. Pourtant, elle avait l'impression qu'ils s'étaient quittés la veille.

Elle inspira profondément. Ferma les yeux. Chassa de son esprit toutes ses pensées afin de se concentrer sur l'instant présent.

Elle sonna, l'oreille à l'écoute. Patienta, le cœur battant à se rompre.

Comment réagira-t-il ? s'inquiéta-t-elle alors, un peu tardivement. Me reconnaîtra-t-il ? N'aura-t-il pas changé au point d'être devenu un autre homme ? Il aura refait sa vie, aura fondé un foyer ! Il m'aura sans doute oubliée !

Elle était prête à renoncer, à rebrousser chemin, malgré le long voyage qu'elle avait effectué, quand la porte s'ouvrit.

Morte de peur, elle le vit devant elle… sans pouvoir prononcer un mot… le regard figé.

Il se passa d'interminables secondes. Tous deux eurent subitement l'impression de faire un bond de vingt-deux ans en arrière.

Dans la rue, le bruit d'un moteur les rappela à la réalité.

— Enfin ! fit simplement Ariane, la voix pleine de sanglots.

— Ariane !

Raphaël n'ajouta rien sur le moment, tant était grande son émotion.

Il la convia à entrer, intimidé comme à l'instant de leur première rencontre.

— Tu n'as pas changé ! s'extasia-t-il. Je te redécouvre comme si le temps s'était arrêté.

— J'ai quelques rides de plus et des cheveux blancs !

Leurs retrouvailles furent des plus intenses. Raphaël laissa Ariane s'épancher, longuement, sans l'interrompre, ne posant aucune question sur ses malheurs ni sur les raisons qui l'avaient amenée jusqu'à lui. À son tour, il lui raconta ce qui lui était arrivé et les circonstances de son départ.

Plusieurs jours leur furent nécessaires pour chasser le passé et prendre conscience du présent recouvré.

Puis Ariane prévint Charles Jourdan qu'elle serait absente encore quelques semaines, et sa famille qu'elle demeurait auprès de Raphaël pour se remettre de ses émotions.

⋆

Emma et Sami, de leur côté, ne se quittaient plus. À chaque occasion, ils se réfugiaient dans la maison des Dufresne à Yvoire. Emma était conquise par la beauté du site, au point de vouloir s'y installer une fois ses études terminées.

Ariane ne revint pas tout de suite des États-Unis.

Emma fut soulagée. Sa mère était heureuse avec l'homme qu'elle n'avait jamais oublié.

Au printemps, elle reçut une lettre de San Francisco. Ariane l'avertissait de son prochain retour. Elle n'expliquait rien de plus.

Je vais reprendre mon poste dans la maison Jourdan, se contentait-elle d'annoncer. *On me l'avait gardé au cas où. Je leur en suis très reconnaissante...*

Emma s'assombrit en tendant la lettre à Sami.

— Je crois que c'est fini entre Raphaël et maman. Elle rentre.

Quelques jours plus tard, elle reçut cette fois une lettre de sa grand-mère lui demandant de la rejoindre rapidement aux Abarines. Elle pensa aussitôt à son grand-père.

— Il lui est arrivé quelque chose, redouta-t-elle devant Sami.

— Je t'accompagne. Nous partirons demain par le premier train.

Lorsqu'ils débarquèrent aux Abarines, ils furent accueillis par Thérèse, la mine réjouie.

— Mes enfants ! exulta cette dernière. Comme je suis heureuse que vous ayez accouru aussi vite !

— Papi n'est pas malade alors ? dit Emma.

— Mais non, ma chérie ! Ton grand-père se porte comme un charme. Entrez donc tous les deux. On vous attend au salon.

Emma s'accrocha à Sami, l'entraîna dans la pièce voisine.

Ariane leur tournait le dos, assise dans le canapé, dans les bras d'un homme.

Elle se retourna, se leva.

— Emma, ma chérie, approche-toi… Je te présente Raphaël.

Ariane tenait Raphaël par la main.

Alors Emma se pressa tout contre Sami. Le bonheur illuminait son visage.

— J'étais certaine que nos fiancés de l'été se retrouveraient un jour, dit Thérèse en s'adressant à sa fille et à sa petite-fille.

Épilogue

Haute-Savoie, 2021

Emma observait l'étendue infinie du lac. Au loin, dans le scintillement des flots, un bateau de pêche dessinait derrière lui un sillon argenté, trace éphémère de son passage qui se refermait très vite sur un univers aquatique jaloux de ses secrets. Elle aimait laisser vagabonder son regard, quand, au bord du soir, l'horizon se voilait sous une brume légère, recouvrant les premiers contreforts du Jura, comme sortis de l'eau par enchantement.

Depuis qu'elle avait élu domicile dans la petite commune d'Yvoire avec Sami, elle aimait assister quotidiennement à ce spectacle qui la transportait soudain devant la beauté magique d'un simple coucher de soleil.

Elle se sentait apaisée dans la maison familiale de son mari héritée de ses parents. Jacques la lui avait donnée de son vivant. Sami y avait grandi.

Il y avait conservé des liens, des souvenirs, des objets personnels.

Depuis la terrasse de la villa dominant le Léman, elle distinguait sans peine les murs flanqués d'échauguettes du château des comtes de Savoie, sentinelle gardant le lac, édifiée à l'extrémité d'une pointe avancée sur la route entre Genève et l'Italie. Elle se savait privilégiée de vivre dans un tel décor, même si, par ses racines cévenoles, elle demeurait très attachée à la terre de ses ancêtres.

*

Emma pensait souvent aux événements survenus après la réapparition de Raphaël.

Ariane poursuivit sa brillante carrière de styliste chez Charles Jourdan. Raphaël créa un cabinet d'architectes à Grenoble. Ils vécurent intensément leur bonheur retrouvé. Ariane s'éteignit à plus de quatre-vingt-dix ans, quelques semaines seulement après Raphaël, espérant sans doute rejoindre son amour pour l'éternité.

Jacques et Clémence menèrent une existence paisible à Montpellier. Ils retournèrent régulièrement aux Taillades et profitèrent de longues soirées en compagnie des Chaptal pour évoquer leurs enfants et petits-enfants. Dans les années 1970, ils se mirent à la disposition d'une ONG afin d'aller secourir les populations d'Afrique. Jacques y contracta un virus qui le rendit paraplégique. Il fut contraint de cesser ses fonctions jusqu'à la fin de sa vie. Clémence passa le reste de ses jours à le soigner et à l'aider dans son dernier combat.

Après quelques années, l'usine de Charles ferma ses portes, faute de repreneur. Charles et Thérèse connurent enfin une retraite bien méritée. Au décès d'Ariane, les Abarines furent revendues. Emma ne tint pas à conserver la maison de ses grands-parents où le drame s'était déroulé.

Elle épousa Sami en mai 1968, le même jour et dans la même église qu'Ariane et Raphaël. Un vent de liberté soufflait sur le pays. Ils devinrent médecins, chacun dans sa spécialité à l'hôpital de Thonon, puis ouvrirent leur propre cabinet. Ils vécurent heureux et donnèrent le jour à quatre enfants qui leur ressemblaient. Thomas suivit les traces de son père et devint chirurgien en cardiologie. Alice se lança dans le sillage de sa grand-mère Ariane et fonda une enseigne de prêt-à-porter. Rodolphe tenta de redonner vie à l'usine de son grand-père, mais échoua. Il créa alors sa société de design et mit son talent de styliste à la disposition des marques de chaussures de luxe. Renaud enfin sillonnait le monde comme grand reporter pour un quotidien national.

*

Éplorée mais sereine, Emma traversait les années avec, tapi au fond de son cœur, le souvenir de Sami disparu dans un tragique accident de la route. Quinze ans déjà s'étaient écoulés depuis le drame qui avait endeuillé sa paisible existence. Âgée de soixante-quatorze ans, choyée par tous les siens – ses quatre enfants et maintenant ses sept petits-enfants –, elle avait été heureuse et remerciait tous les jours le ciel de lui avoir permis de rencontrer l'homme qui l'avait comblée de bonheur. Elle était la première à reconnaître qu'elle ne devait pas se plaindre, au regard de ce qu'avait enduré sa mère, Ariane, à une époque difficile, dans les tourments de la guerre.

À l'automne de sa vie, elle se sentait apaisée. Elle avait la certitude que ce qu'Ariane avait vécu n'était rien d'autre qu'une merveilleuse histoire d'amour entre deux êtres prédestinés à se rencontrer et à se retrouver. Une histoire, semblable à la sienne, qui avait commencé par des fiançailles le premier jour de l'été.

Saint-Jean-du-Pin, le 10 mars 2020

Vous souhaitez en savoir plus sur les livres
et les auteurs de la collection Terres de France ?

Retrouvez toutes les informations sur le site
www.collection-terresdefrance.fr
et abonnez-vous à notre lettre d'information.

Suivez-nous également sur notre page Facebook,
notre compte Twitter et Instagram.

Composition et mise en pages
Nord Compo à Villeneuve-d'Ascq

MIXTE
Papier issu de sources responsables
FSC® C003309

L'éditeur de cet ouvrage s'engage dans une démarche de certification FSC® qui contribue à la préservation des forêts pour les générations futures.

Pour en savoir plus :
www.editis.com/engagement-rse/

CET OUVRAGE
A ÉTÉ ACHEVÉ D'IMPRIMER
SUR ROTO-PAGE
PAR L'IMPRIMERIE FLOCH
À MAYENNE EN OCTOBRE 2022

N° d'impression : 101253
Imprimé en France